Atia Abawi

Der geheime Himmel

© Conor Powell

Atia Abawi, als Kind afghanischer Eltern in Deutschland geboren, wuchs in den USA auf. Bereits als Schülerin wusste sie, dass sie einmal Journalistin werden wollte. Sie berichtete u. a. fünf Jahre lang als Auslandskorrespondentin für verschiedene amerikanische Fernsehsender aus Kabul. Heute lebt sie mit ihrer Familie in Jerusalem. ›Der geheime Himmel‹ ist ihr erster Roman und basiert auf ihren Erfahrungen, die sie in Afghanistan gemacht hat; er fand sofort breites Interesse in den Medien und wurde sehr positiv besprochen.
www.atiaabawi.com

Bettina Münch arbeitete nach dem Studium als Kinderbuchlektorin. Heute ist sie freie Autorin und Übersetzerin und lebt mit Mann und Tochter in der Nähe von Frankfurt am Main.

Atai Abawi

Der geheime Himmel

Eine Geschichte aus Afghanistan

Roman

Aus dem amerikanischen Englisch
von Bettina Münch

dtv

Ausführliche Informationen über
unsere Autoren und Bücher
www.dtv.de

Die Übersetzung des Werkes wurde von der Kunststiftung
Nordrhein-Westfalen und dem Europäischen Übersetzerkollegium
in Straelen gefördert.

MIX
Papier aus verantwortungsvollen Quellen
FSC® C019821
FSC
www.fsc.org

Ungekürzte Ausgabe
2017 dtv Verlagsgesellschaft mbH und Co. KG, München

Titel der amerikanischen Originalausgabe: ›The Secret Sky.
A Novel of Forbidden Love in Afghanistan‹,
2014 erschienen bei Philomel Books
This edition published by arrangement with Philomel Books, a division of
Penguin Young Readers Group, a member of Penguin Group (USA) LLC,
a Penguin Random House Company.

Umschlaggestaltung: Katharina Netolitzky unter Verwendung
des artworks von Semadar Megged
Gesetzt aus der Fairfield LT
Satz: Fotosatz Amann, Memmingen
Druck und Bindung: Druckerei C.H.Beck, Nördlingen
Gedruckt auf säurefreiem, chlorfrei gebleichtem Papier
Printed in Germany · ISBN 978-3-423-71753-3

Für die Menschen, die mich die Liebe
– in all ihren Formen – gelehrt haben:
meine Eltern Wahid und Mahnaz, meinen Bruder Tawab
und meinen Mann Conor, den zu finden mir bestimmt war.

Sieh, das ist Liebe: himmelwärts zu fliegen,
in jedem Nu die Schleier zu besiegen,
im ersten ganz den Atem anzuhalten,
im letzten dann den Fuß zurückzuhalten.*

Dschelaluddin Rumi

---

* Quelle: Schimmel, Annemarie (Hg.): Dschelaluddin Rumi: Sieh! Das ist Liebe. Gedichte. Aus dem Persischen von A. S. Mit Illustrationen von Ingrid Schaar. Basel: Sphinx 1993.

Einführung

Ich war noch im Bauch meiner Mutter, als meine Eltern und mein zweijähriger Bruder mit zwei Koffern und nicht mehr Geld, als sie in den Taschen hatten, Afghanistan verließen. Ihre anstrengende und nervenaufreibende Flucht aus Kabul begann an einem glühend heißen Sommertag während des Krieges gegen die Sowjetunion. Ihr Flugzeug wurde noch auf dem Rollfeld gestoppt, dann marschierten kommunistische Polizisten stundenlang in den Gängen auf und ab, ehe die Maschine schließlich starten durfte. Über Moskau gelangten sie ans Ziel ihrer Reise, nach Westdeutschland. Einen Monat später kam ich zur Welt und ein Jahr darauf zogen wir in die Vereinigten Staaten. Ich bin voller Dankbarkeit und Bewunderung für meine Eltern, die den Mut hatten, alles, was ihnen vertraut war, hinter sich zu lassen, um ihren Kindern ein besseres Leben zu ermöglichen.

Ich wuchs mit den Erinnerungen meiner Eltern an ein Land auf, das sie verzweifelt wiederzusehen wünschten. In den Achtzigerjahren begannen viele ihrer Sätze mit den Worten »Wenn wir zurückkehren …«. Sie meldeten meinen Bruder und mich sogar zum Samstagsunterricht in einer afghanischen Schule an, weil sie fanden, dass wir wenigstens *eine* afghanische Sprache lesen und schreiben können sollten nach unserer Rückkehr. Unser Leben zu Hause richteten sie an afghanischen Traditionen aus, während sie uns gleichzeitig gestatteten, draußen in die neue Kultur einzutauchen. Die glühenden Schilderungen meiner Mutter über Afghanistan und seine ethnische Vielfalt erschufen in mir das Bild eines Schlaraffenlandes, dessen über alle Landesteile verstreute Volksstämme es mit mannigfaltiger Schönheit und Freundlichkeit erfüllten. Erst als ich älter wurde, las ich von den ethnischen Spaltungen und blutigen Rivalitäten. Und diese Wahrheit kam mir fast wie Betrug vor.

Als die Jahre vergingen und in Afghanistan ein Krieg in den nächsten überging, hörten mein Bruder und ich die Worte »Wenn wir zurückkehren …« schließlich gar nicht mehr. Ich sah die Verzweiflung in den Augen meiner Eltern, wenn sie die Nachrichten verfolgten und mit ansahen, wie das Land, das sie liebten, Abend für Abend in Trümmern versank. Es ist schwer, die Träume der eigenen Eltern vor seinen Augen zerrinnen zu sehen. Ich hörte zu, wenn ihre Freunde bei zahllosen Tassen grünem Tee mit einer Prise Kardamom über eine Situation diskutierten, von der sie wussten, dass sie viel zu weit weg waren, um irgendetwas bewirken zu können. Eine Szene, die sich rund um den Globus in den Heimen der meisten Exilafghanen abspielte.

Mit der Invasion der Vereinigten Staaten im Jahr 2001 wurde das Land schließlich auf der ganzen Welt wieder zum Gesprächsthema und nicht mehr nur in afghanischen Haushalten. Ich fuhr 2005 das erste Mal nach Afghanistan, um einen Dokumentarfilm zu drehen, und ich hoffte, ein Land im Wiederaufbau vorzufinden. Was ich fand, war ein Museum aus Kriegsüberbleibseln: sowjetische Panzer, die auf dem Flughafen von Kabul noch immer das Rollfeld säumten, versehrte und von den Kämpfen zermürbte Männer und Frauen und Horrorgeschichten von jenen, die die Jahre der Barbarei zwischen den Kriegen überlebt hatten. Ich hörte unzählige Geschichten von Zerstörung und Triumph. Obwohl die Menschen erschöpft waren, hofften sie weiter darauf, dass sich die Dinge bessern würden. »Schlechter kann es kaum werden«, sagten sie. Während dieser fünfwöchigen Reise hatte ich die unglaubliche Gelegenheit, mich einige Zeit in einem abgelegenen kleinen Dorf in Zentralafghanistan aufzuhalten, abgeschnitten vom Rest des Landes und dem Einfluss der Regierung. Es war ein Dorf, das nur dank des Einsatzes seiner Bewohner überlebte, die sich aus Paschtunen und Hazaras zusammensetzten; ein Dorf ganz ähnlich wie jenes, das ich in diesem Buch beschreibe.

2008 übersiedelte ich ganz nach Afghanistan, zunächst als Fernsehkorrespondentin für den Sender CNN, dann für NBC News. Ich tauchte ein in das Land und mischte mich unter seine Menschen. Auch wenn ich aus Afghanistan stamme und die Sprache spreche, war mir bewusst, dass ich eine Außenstehende bin; mein Anliegen war es, jene zu Wort kommen zu lassen, die keine Möglichkeit hatten, mit einer Welt, die sich nun in ihre Geschichte einmischte, in Verbindung zu treten. In den mehr als vier Jahren, die ich dort verbrachte, zeigten sich mir das Leben von seiner wunderbarsten – und der Tod von seiner schrecklichsten Seite. Ich begriff schnell, dass Afghanistan ein Land voller Widersprüche ist, erfüllt von unvorstellbarer Schönheit und unfassbarer Hässlichkeit. Ich habe dort gute Menschen getroffen, die sinnlos getötet wurden, und schlechte, die davonkamen, obwohl sie viele andere auf dem Gewissen hatten. Es gab Zeiten, in denen mein Leben von Menschen bedroht wurde, die ich gar nicht kannte, und andere Zeiten, in denen die Bedrohung von jenen ausging, die ich nur allzu gut kannte. Tagtäglich sah ich das Leben von seiner schönsten und von seiner schrecklichsten Seite.

Trotz der Not und Verzweiflung, die Afghanistan im Laufe dieser Jahre erlebt hat, bin ich der Meinung, dass dem Land ein kaum zu beschreibender Zauber innewohnt. In der Zeit, die ich dort gelebt, den Geschichten gelauscht und das Leid mit angesehen habe, hat es mir fast das Herz zerrissen. Dennoch glaube ich fest daran, dass Gottes Wege unergründlich sind. Mir hat er in Afghanistan das größte Geschenk von allen gemacht: nämlich Liebe. Die Liebe einer Familie, die floh, um mir ein besseres Leben zu gewähren, und schließlich die Liebe eines Ehemannes, der mir begegnete, als ich von einem erschütternden Krieg berichtete. Diese Liebe hat meinem Herzen geholfen zu heilen.

Dieser Roman basiert auf meiner Zeit in Afghanistan, den Städten und Dörfern, die ich gesehen habe, den Leuten, denen ich begegnet bin, und der Hoffnung vieler auf eine hellere Zukunft. Ich habe, so gut ich es vermochte, reale Erfahrungen beschrieben, weil ich meinen Lesern Einblick in eine wunderschöne und tragische Welt geben wollte, die so vielen verborgen ist. Afghanistan ist ein großes Land mit Millionen von Menschen, die sich sowohl in ihren Ansichten als auch in ihrem Glauben unterscheiden, und die Lebensweisen vieler weichen erheblich von jenen ab, die ich in diesem Roman dargestellt habe. Auch wenn es sich um eine erfundene Geschichte handelt, wurde sie von wahren Begebenheiten und echten Menschen beeinflusst. Ich hoffe, sie berührt eure Herzen ebenso, wie die Menschen, die mich zu dieser Geschichte inspirierten, meines berührt haben.

Atia Abawi
Juni 2013
Jerusalem

Erster Teil

Eins

FATIMA

Ich kenne diesen ausgetretenen Pfad besser als mich selbst. Während ich durch den nussfarbenen Dunst laufe, schmecke ich den salzig bitteren Geschmack des verdorrten Bodens, der mir über die Luft in den Mund dringt. Schon als Kind habe ich immer versucht, ganz vorn zu laufen, damit sich der Staub nicht auf meine Kleidung legt. Es gibt nichts Schlimmeres als den Geruch von Erde, der an den Kleidern haftet, wenn man abends auf seiner Matratze liegt und einschlafen will. Er lässt einen nicht los und schleicht sich in die Träume.

Dennoch tröstet mich der Pfad. Er ist mir vertraut. Die neuen Kurven meines Körpers sind mir fremder als seine Biegungen.

Ich schaue an mir herab und bin froh, dass ich mich unter einem übergroßen *payron** verstecken kann. Ich beneide meine dreijährige Schwester Afifa. Sie muss sich keine Gedanken darüber machen, was es heißt, eine Frau zu werden. Zumindest noch nicht. Ich drehe mich um und sehe, wie sie

* *Worterklärungen finden sich am Ende des Buchs.*

hinter mir in meine Fußspuren springt, ebenso sorglos, wie ich es einmal war.

»Was machst du da, du verrücktes Mädchen?«, fragt meine beste Freundin Zohra meine kleine Afifa.

»Ich springe, damit ich nicht ertrinke!«, sagt diese entschieden und streckt die Zunge seitlich aus dem Mund, als sie auf dem nächsten Fußabdruck landet.

»Ertrinken? In was? Wir laufen über Erde.« Zohra schüttelt den Kopf.

»Nein, das ist ein Fluss!«, erwidert Afifa. »Und Fatos Spuren sind die Steine, auf die ich springen muss, damit ich nicht ertrinke!«

»Also gut, du *dewanagak*«, sagt Zohra lachend. »Deine Schwester hat wirklich eine blühende Fantasie, Fatima. Ich glaube nicht, dass wir in ihrem Alter so einfallsreich waren.«

»Ich glaube schon, dass wir das waren«, erwidere ich. »Ich zumindest. Du hast dich immer vor allem gefürchtet, selbst vor deinem eigenen Schatten.« Ich muss lachen.

»Was weißt du schon?«, schmollt Zohra, wie erwartet. Das Beste daran, sie zu ärgern, ist, dass sie furchtbar schlecht dagegenhalten kann. Sie ist aus vielen Gründen meine beste Freundin und das ist definitiv einer davon.

Ich lache weiter vor mich hin und schließlich stimmt auch Zohra ein. Sie konnte mir noch nie lange böse sein, selbst wenn ich es verdiene.

Wir haben den Brunnen fast erreicht, als der Baumstamm vor uns auftaucht. Wir kommen fast täglich an ihm vorüber, und er erinnert mich jedes Mal daran, wie das Leben war, als wir Dorfkinder unsere Tage noch damit verbrachten, zusammen zu spielen. Meine Mutter meint, für ein Mädchen mit meiner Figur gehöre es sich nicht mehr, draußen herumzulaufen und zu spielen, die Leute würden es für unanständig halten. Aber selbst wenn sie mich ließe, ist niemand mehr übrig, mit dem ich über die Felder laufen könnte. Die meisten Mädchen in meinem Alter dürfen das Haus nicht mehr verlassen, und die Jungen haben angefangen, ihren Vätern auf den Feldern oder im Laden zu helfen.

Zohra und ich dürfen uns noch besuchen, aber selbst mit ihr ist es nicht mehr so, wie es einmal war. Sie will nicht mehr herumrennen; sie sitzt lieber da und flicht mir die Haare, während sie mir Dorfklatsch erzählt.

Zum ersten Mal im Leben fühle ich mich allein. Einsam. Obwohl meine kleinen Brüder und meine Schwester ständig um mich herum sind, ist es, als würde ich nicht länger zur Familie gehören – zumindest nicht dieses neue Ich: dieses bizarre, kurvige, erwachsene Ich. Das Gefühl des nirgendwo Dazugehörens erfüllt mich mit einer Leere, die ich niemandem erklären kann, nicht einmal Zohra. Im Gegensatz zu mir scheint sie all die Veränderungen zu begrüßen.

Ich wünschte, ich könnte wie dieser Baumstamm sein. Er war schon immer so, wie er jetzt ist: groß genug, um den kleinen Hinterteilen von einem guten Dutzend Kindern Platz zu bieten, die sich dicht zusammendrängen. Wir hockten da und ruhten uns aus vom Toben im Dorf, teilten Leckereien, wenn wir welche hatten, und kauten die Nüsse und Maulbeeren, die wir im nahen Wald gepflückt hatten.

»Was lächelst du denn so?«, unterbricht Zohra meine Gedanken.

»Nichts. Ich habe nur gerade daran gedacht, wie wir früher rund um diesen Baumstamm gespielt haben«, sage ich, während mein Lächeln erlischt. »Er sieht so traurig aus ohne uns.«

»Du bist diejenige, die wegen einem Stück Holz ein trauriges Gesicht macht«, erwidert Zohra. »Außerdem glaube ich nicht, dass wir auf diesem Ding heute noch alle Platz hätten. Unsere Hintern sind ein bisschen größer geworden, falls dir das noch nicht aufgefallen ist.« Sie grinst. »Ich weiß noch, wie Rashid das Ding beim Beerenpflücken im Wald gefunden hat und wir es hierherrollen mussten. Ich glaube, mein Kreuz hat mir das bis heute nicht verziehen!« Zohra fasst sich theatralisch an den Rücken und beugt sich vor wie eine alte *bibi*, wobei sie ihrer Großmutter tatsächlich sehr ähnlich sieht.

Obwohl es eine Ewigkeit her ist, erinnere ich mich noch genau an diesen Tag. Alle zusammen hatten wir diesen Holzklotz vor uns hergerollt. Es war ein anstrengendes Unterfangen, und keiner von uns hatte geglaubt, dass wir es schaffen würden, bis auf Samiullah, dessen Familie der Brunnen und die dahinterliegenden Felder gehören. Er wusste, dass wir es schaffen konnten. Kaum waren wir ein paar Schritte vorangekommen, wollte irgendeiner aufhören. Doch Samiullah ließ es nicht zu. Er feuerte uns pausenlos an weiterzuschieben.

Er war immer der Anführer unserer kleinen Bande von Dorfkindern gewesen. Einige Familien erlaubten es ihren Kindern nicht, mit uns zu spielen, weil wir eine gemischte Gruppe waren – paschtunische und hazarische Kinder, die miteinander spielten –, aber unsere Eltern störte das nicht. Wir waren durch das Land und unsere Väter verbunden. Samiullahs paschtunischer Vater ist der Landbesitzer und unsere hazarischen Väter sind die Bauern.

Nachdem wir den Stamm an den Platz bugsiert hatten, an dem er heute liegt, setzten wir uns darauf und zogen uns gegenseitig die Splitter heraus. Wir konnten kaum glauben, dass wir es geschafft hatten, genau wie Samiullah es vorausgesagt hatte.

»Hast du gehört, dass Sami wieder da ist?«, unterbricht Zohra meine Gedanken an früher.

»Was?« Ich muss mich verhört haben. Samiullah war fortgegangen, um die Religionsschule zu besuchen. Ich dachte, er würde jahrelang fortbleiben. Er konnte unmöglich wieder da sein.

»Ja, ich habe gehört, er wäre zurück aus der *madrasa*. Jedenfalls hat mein Vater das gestern Abend meiner Mutter und meiner Großmutter erzählt. Er hat es von Kaka Ismail erfahren«, fügt sie hinzu, während sie ihren leeren Kanister in die Luft wirft und wieder auffängt und Afifa damit zum Lachen bringt.

»Samis Vater hat es deinem Vater erzählt?«, frage ich, immer noch verwirrt.

»Ja. Hat dein Vater dir nichts gesagt? *Kaka* Ismail hat es ihnen wohl erzählt, als er vorbeikam, um nach den Feldern zu sehen.« Diesmal griff sie nach dem Wurf daneben. »Er hat es nicht lange ausgehalten, was?« Sie hebt den Kanister auf und wischt den Staub ab.

»Wie meinst du das?« Ich verstehe gerade kein Wort von

dem, was Zohra sagt. Wie kann Samiullah wieder da sein? Warum habe ich ihn noch nicht gesehen? Warum habe ich nicht gewusst, dass er zurückgekommen ist? Wir waren früher eng befreundet, Sami und ich. Ist er hier vielleicht irgendwo? Wir sind ganz in der Nähe seines Hauses. Er könnte hier überall sein.

»Die meisten Jungen kommen erst zurück, wenn sie erwachsen sind und struppige Bärte haben. Und dann erzählen sie uns, was für schlechte Moslems wir sind«, sagt Zohra und verdreht die Augen. »Ein Glück, dass er früher abgegangen ist. Rashid ist anscheinend noch dort. Kaka Ismail hat gesagt, er käme auch bald nach Hause, aber nur zu Besuch. So wie ich Rashid kenne, wird er uns, wenn er mit der *madrasa* fertig ist, allesamt als Ungläubige aufhängen wollen, einfach nur, weil er es kann.«

»Sag das nicht.«

»Warum nicht? Wir wissen doch beide, dass er schon immer ein bisschen *dewana* war.« Zohra zuckt mit den Achseln, ehe sie übermütig zu schielen beginnt.

Ich schnalze missbilligend mit der Zunge und schnappe mir ihren Kanister. Samiullahs Vetter war schon immer ein bisschen rauer als der Rest der Familie, aber er ist nicht *verrückt*. Er war ein Teil unserer Kindheit. Ein Teil dessen, was uns zu dem gemacht hat, was wir sind.

Während ich den Pfad entlanggehe, schwirren mir Zohras Neuigkeiten durch den Kopf. Ist Samiullah wirklich wieder zu Hause? Als er vor drei Jahren fortging, glaubte ich, meinen Freund für immer verloren zu haben. Ist er tatsächlich zurück?

Ich spähe durch die Bäume, die das Haus seiner Familie vom Brunnen abschirmen, und eine Flut von Fragen rauscht mir durch den Kopf: Ist er da? Sieht er mich gerade? Ist mein Kleid sauber? Warum habe ich mir heute von Zohra nicht die Haare flechten lassen? Warum spielt das überhaupt eine Rolle?

Doch ich kenne die Antwort auf die letzte Frage. Ich weiß, warum es eine Rolle spielt.

Ich war immer davon ausgegangen, dass es mir nach Samiullahs Rückkehr nicht mehr gestattet sein würde, ihn zu sehen, dass wir in einem Alter sein würden, in dem sich ein Mann und eine Frau nicht besuchen dürfen, wenn sie nicht miteinander verwandt sind. Ich hatte angenommen, sie würden ihm eine Frau suchen, sobald er nach Hause kommt, und ihn verheiraten. Und ich wäre zu diesem Zeitpunkt wahrscheinlich ebenfalls verheiratet. Mit einem anderen. Ein Gedanke, bei dem ich Magenschmerzen bekomme.

Sami war schon immer anders als die anderen Jungen. Er hat mich als die angesehen, die ich bin, und nicht nur als Alis kleine Schwester. Und er kümmerte sich um mich … aber das hat er vermutlich bei allen getan.

Während wir das Wasser aus dem Brunnen holen, merke ich, dass ich mir jeder meiner Bewegungen bewusst bin und mich dabei frage, ob er mich wohl beobachtet. Es ist so dumm. Ich weiß, dass er mich nicht auf die gleiche Weise vermisst hat wie ich ihn. Trotzdem kann ich nicht anders, als immer wieder heimlich durch die Blätter zum Haus seiner Familie hinüberzuspähen.

Ich lasse den Eimer ins Wasser fallen. Als ich spüre, wie

das hereinströmende Wasser den Kübel nach unten zieht, hole ich ihn wieder herauf. Zug um Zug. Sobald er den Brunnenrand erreicht, hebe ich ihn heraus, schütte das Wasser in unsere Kanister und lasse den Eimer wieder hinunterfallen, um die mühsame Prozedur von vorn zu beginnen.

Afifa wird unser Schweigen irgendwann langweilig; mit ihren kleinen Armen kann sie nicht mithelfen, das Wasser aus dem Brunnen zu holen, also läuft sie zurück nach Hause. Zohra und ich arbeiten wortlos weiter, weil wir so schneller vorankommen. Die Sonne versinkt allmählich hinter den Bergen und färbt den Himmel so orange wie meine Lieblingsmandarinen. Es wird bald Nacht und Zohra muss noch nach Hause laufen. Ich schütte den letzten Eimer Wasser in den zweiten Kanister und sehe, wie etwas davon vom Rand der Plastiköffnung auf mein Kleid spritzt und das Rot des Stoffes in tiefes Burgunderrot verwandelt.

»Glaubst du, er kann uns sehen?«, spricht Zohra die Frage aus, die mich selbst beschäftigt. Wie eine Eule starrt sie zum Anwesen der Ismailzai hinüber, während sie die Maulbeeren kaut, die sie unentwegt aus einer Tasche zieht, die sie extra zu diesem Zweck in ihr Kleid genäht hat.

»Was? Mach dich nicht lächerlich!«, erwidere ich und schraube den Deckel auf den letzten Kanister. »Warum sollte er zu uns hinschauen? Er ist wahrscheinlich mit seiner Familie beschäftigt.« Trotzdem spähe ich abermals heimlich durch die kargen Bäume.

»Warum mache ich mich lächerlich?« Zohra nimmt den ersten Behälter, und wir treten den kurzen Rückweg an, der langsamer und mühsamer ist, weil wir jetzt mit vollen Kanistern beladen sind. »Der Junge war schon in dich verliebt, als wir noch auf dem Töpfchen saßen! Glaubst du vielleicht, er will nicht sehen, wie deine Brüste gewachsen sind?«, sagt sie lachend.

Mir ist, als hätte man mir gleichzeitig in den Magen getreten und die Kleider ausgezogen. Zohra hat im Handumdrehen dafür gesorgt, dass ich mir unrein vorkomme. Mit einem Mal verabscheue ich sie für ihre Worte. Die Offenheit, mit der sie über die Veränderungen unseres Körpers spricht, ist peinlich und abstoßend. Es scheint ihr nichts auszumachen, dass wir uns in Monster verwandeln. Sie scheint es sogar zu mögen.

»Du bist wirklich primitiv, weißt du das. Du hast überhaupt keine Manieren!« Ich gehe schneller. Manchmal frage ich mich, ob sie noch die gleiche Zohra ist, mit der ich aufgewachsen bin, oder ob nicht der Teufel ihren Platz eingenommen hat. Ich höre ihr Gelächter. Definitiv der Teufel. Ich beuge mich vor, um jede Spur der Rundungen zu verbergen, die mein Leben ruinieren, weil sie der Welt zeigen, dass ich zur Frau werde.

»Ich mache doch nur Spaß, Fato!« Zohra, die dumme Kuh, lacht immer noch. »Tut mir leid! Außerdem solltest du froh sein. Ich wünschte, ich hätte selber welche. Ich bin immer noch so flach wie die Schreibtafel, die wir in Bibis Unterricht benutzen!«

Ich höre, wie ihre Füße hinter mir ins Stocken geraten und Zohra stolpert. »Aaah!«, schreit sie auf vor Schmerz. Als ich mich umdrehe, liegt sie staubbedeckt auf dem Boden. Auch der Kanister ist umgekippt, Wasser läuft heraus. Ich laufe zu ihr und richte den Kanister auf, ehe ich mich um Zohra kümmere. Für den Bruchteil einer Sekunde erwäge ich, sie liegen zu lassen, auch wenn ich weiß, dass ich das niemals tun würde.

»Alles in Ordnung?«, frage ich und schaue nach, wo sie sich verletzt hat.

»Es geht mir gut«, sagt sie, während sie ihren Knöchel umklammert. »Ich glaube, ich habe ihn mir gerade verstaucht. Vielleicht hat Gott mich bestraft, weil ich über deine Brüste geredet habe.« Sie grinst.

»Dann hast du deine Lektion hoffentlich gelernt.« Unwillkürlich erwidere ich ihr Lächeln. Ich weiß, dass sie mich mit ihren Worten nicht verletzen wollte. Und ich will ihr nicht länger böse sein. Sie ist die einzige Freundin, die mir geblieben ist. »Kannst du aufstehen?«

»Wenn du mir hilfst«, bittet sie. Ich packe sie am Ellbogen und ziehe sie hoch. Sie macht einen humpelnden Schritt. »Es tut ein bisschen weh, aber es geht schon. Müssen wir frisches Wasser holen?«

»Nein, ich habe den Kanister aufgestellt, ehe zu viel herauslaufen konnte«, sage ich, während ich nach dem Deckel Ausschau halte. Als ich die blaue Plastikkappe finde, schraube ich sie wieder auf. Diesmal richtig fest. »Es wird reichen. Meine Mutter schickt uns morgen sowieso wieder los. Solange sie nicht diejenige ist, die zum Brunnen gehen muss, verbraucht sie alles, was wir ihr bringen, nur damit sie uns wieder losschicken kann. Tagaus, tagein! Manchmal glaube ich, sie hat nur Kinder bekommen, weil sie sich keine Diener leisten kann.« Ich stöhne und warte darauf, dass

Zohra loskichert, doch das tut sie nicht. Egal. Ich puste mir eine Haarsträhne aus dem Gesicht und nehme ihren Kanister. »Ich trage beide. Ich will nicht, dass du dir noch mal wehtust.«

Als ich mich zu Zohra umdrehe, bemerke ich in ihrer Nähe einen Mann. Er steht wortlos da und starrt uns an. Einen Moment lang stockt mir das Herz. Unfähig, klar zu denken, weiche ich einen Schritt zurück und versuche mich zu sammeln. Ich habe diesen Mann noch nie gesehen, was mir panische Angst einjagt. Ich spüre, wie mich ein eisiger Schauer durchläuft. Wir kennen jeden im Dorf – Besucher sind wir nicht gewöhnt und Fremde schon gar nicht.

Doch da ist etwas in seinen eisgrünen Augen, das mir bekannt vorkommt, ja, sogar beruhigend wirkt. Der Schauer verebbt. Es gibt nur ein Augenpaar, das mir ein solches Gefühl von Wärme einflößt. In diesem Moment wird mir klar, dass es gar kein Fremder ist. Es ist Samiullah. Und mir stockt der Atem.

Ein Blick auf Zohra sagt mir, dass sie schneller begriffen hat als ich, denn sie klopft sich bereits den Staub aus den Kleidern. »Willkommen zurück, Sami!«

»*Salam*, Zohra *Jan*«, sagt er. »Vielen Dank.« Seine Stimme klingt anders. Sie ist tiefer, als ich sie in Erinnerung habe. Doch nicht nur seine Stimme hat sich verändert. Er ist jetzt fast so groß wie sein Vater und seine Gesichtshaut wirkt straffer und stacheliger; die glatten runden Wangen, die ich in Erinnerung habe, sind verschwunden.

Zum ersten Mal erkenne ich eine Kieferpartie, die so kantig ist wie bei den Männern im Dorf. Nur dass Samiullahs anders wirkt; nicht so müde und verbraucht wie bei den anderen. Seine Gesichtszüge sind … wunderschön. Die perfekt geschwungenen Augenbrauen wirken dunkler und dichter, was die smaragdgrünen Augen noch stärker hervorhebt. Sie funkeln noch genauso, wie ich es von früher kenne. Aber heute bringen sie mich dazu, den Blick abzuwenden. Ich spüre, wie mein Herz zu pochen beginnt und mein Atem schneller wird, und ich weiß nicht, warum. Ich weiß nur, dass es schlimmer wird, wenn ich versuche ihn anzuschauen.

»Wann bist du zurückgekommen?«, fragt Zohra.

»Am Samstag«, erwidert Samiullah. »Wie geht es euch beiden?« Ich weiß, dass seine Frage auch mir gilt, aber ich habe Angst zu antworten. Sie sollen nicht wissen, dass ich nervös und atemlos bin.

»Uns geht es gut, danke«, gibt Zohra ihm schließlich zur Antwort. »Wir wollten bloß Wasser holen, aber ich bin auf dem Weg zu Fatimas Haus gestolpert und hingefallen, als ich mit ihr um die Wette gelaufen bin. Es wird dunkel und wir hatten Angst, dass mein Vater zu lange auf mich warten muss, um mich mit nach Hause zu nehmen.«

»Natürlich, ich will euch auch nicht aufhalten. Ich wollte nur *Salam* sagen und fragen, wie es euch geht.« Ich höre seine Stimme, halte die Augen aber weiter auf den gelben Wasserkanister gerichtet.

»Vielen Dank«, sagt Zohra. »Es ist schön, dich wieder hier zu wissen. Die Augen deiner Familie haben sicher geleuchtet vor Glück, vor allem die deiner Mutter.«

Er nickt. »Bitte grüßt eure Väter von mir.«

»Das machen wir. Fatima?« Zohra nimmt einen Kanister

und scheint wieder mühelos laufen zu können. Ich folge ihr mit gesenktem Kopf und dem anderen Kanister in der Hand. Ich versuche, mich hinter meinem Kopftuch vor Samiullah zu verstecken, und konzentriere mich darauf, nicht zu stolpern, während ich auf mein Elternhaus zugehe.

Ich weiß nicht, was mit mir los ist. Das ist Sami, unser Sami, mein Sami. Warum kann ich ihn nicht anschauen?

Zwei

FATIMA

Als ich aufwache, merke ich, dass außer mir niemand mehr im Schlafraum ist. Mein Vater muss mit Karim draußen auf den Feldern sein und meine Mutter melkt wahrscheinlich unsere Kuh, während Afifa darum bettelt, ihr helfen zu dürfen. Meine jüngeren Brüder, Houssain und Massoud, spielen vermutlich irgendwo im Dorf mit den Nachbarskindern.

Ich reibe mir den Schlaf aus den Augen. Ich habe kaum geschlafen, weil mir die gestrigen Ereignisse immer wieder durch den Kopf gingen. Ständig sah ich Samiullahs Gesicht vor mir und hörte seine neue Stimme. Doch jedes Mal, wenn ich daran dachte, wie ich mich verhalten hatte, musste ich das Gesicht im Kissen vergraben, um nicht loszuschreien. Ich bin nur froh, dass Zohra es hinterher nicht mit einer Bemerkung noch schlimmer gemacht hat. Als Samiullah uns endlich nicht mehr hören konnte, waren wir schon in Sichtweite unserer Väter und meiner Mutter, die uns erwarteten. Ich hoffe, die Begegnung mit ihm war weniger peinlich, als ich sie in Erinnerung habe.

Ich absolviere mein morgendliches Ritual, rolle meine *toschak* zusammen und lege sie auf die anderen Matratzen, die bereits in der Ecke aufgestapelt sind. Dann falte ich meine Decke, ziehe mich an, wasche mir im Fluss das Gesicht und gehe in den Raum, in dem unser *tandour* steht, um etwas grünen Tee zu trinken und *naan* zu essen, das meine Mutter und ich gestern früh gebacken haben.

Als ich mir gerade ein Stück von dem altbackenen Brot abreißen will, kommt meine Mutter mit einem Eimer Milch herein.

»*Salam*, Madar Jan«, begrüße ich sie. »Tut mir leid, dass ich verschlafen habe. Warum hast du mich nicht geweckt?«

»*Salam*, mein Herz«, erwidert meine Mutter. Sie hat ein wenig Heu im Haar. Es sieht aus, als hätte heute Morgen ein Ringkampf zwischen Afifa, unserer Mutter und einer verängstigten Kuh stattgefunden. Ich frage mich, wie viel Milch tatsächlich im Eimer gelandet ist. »Wir dachten, wir lassen dich ein wenig Schlaf nachholen. Es war noch genug Brot von gestern übrig, deshalb musste für heute kein neues gebacken werden. Ich hoffe, du hattest gute Träume?«

»Sie waren schön, danke«, erwidere ich, ohne von meinem Tee aufzuschauen, weil ich ihr diese Begründung nicht abkaufe, aber nicht dahinterkomme, warum meine Mutter heute Morgen so nett zu mir ist. Normalerweise zerrt sie mich aus dem Bett und sorgt dafür, dass ich mich mit dem Brot abplage, ehe ich die Augen richtig aufmachen kann. Aber heute ist sie süß wie Honig.

Während ich in mein halb leeres Glas starre, sehe ich auf dem Boden ein einsames kleines Teeblatt treiben, das aus der Kanne entwischt sein muss. Das grüne Blatt sieht ebenso einsam und allein aus, wie ich mich fühle. Unwillkürlich stelle ich mir vor, wie schuldig es sich fühlen muss, seiner Blätterfamilie in der Kanne entwischt zu sein. »Darf ich heute zu Zohra gehen, Madar Jan?«, frage ich, fische blitzschnell das Blatt aus dem Glas und werfe es in die Kanne zurück, ehe meine Mutter mich dabei ertappen kann. Ich weiß nicht, wie ich ihr das erklären sollte. Sie hält mich ohnehin bereits für verrückt.

»Natürlich, mein Schatz«, erwidert meine Mutter ohne Zögern, zupft ein wenig Heu aus ihren Haaren und wirft es aus dem Fenster. »Seid ihr denn schon fertig mit dem Alphabet?«

Seit einigen Monaten gehe ich regelmäßig zu Zohra nach Hause, um lesen zu lernen. Ihre Großmutter ist eine der wenigen Personen oder gar Frauen im Dorf, die lesen und schreiben können. Ihre Mutter war in einer Zeit aufgewachsen, als der afghanische König, ein Mann namens Amanullah, Frauen fördern und das Land zu einem der besten Länder der Erde machen wollte. So beschreibt es jedenfalls Zohras Großmutter. Zohras Urgroßmutter lebte damals in der Hauptstadt Kabul und die Besitzer des Hauses, in dem ihre Eltern arbeiteten, unterrichteten sie und ihre Brüder jede Woche eine Stunde, ehe sie die Eltern überredeten, ihre Kinder eine Schule besuchen zu lassen. Später hatte Zohras Urgroßmutter ihren eigenen Töchtern Lesen und Schreiben beigebracht. Und jetzt lehrt Bibi es Zohra und hatte sich außerdem dazu bereit erklärt, es auch mir beizubringen.

Als Dank an ihre Familie gibt mein Vater Zohras Vater Karim einen größeren Anteil von dem Weizen ab, den sie zusammen anbauen. Mein *baba* war begeistert über diese

Gelegenheit, weil meine Brüder die einzige Jungenschule in unserem Dorf, die nur Paschtunen offen steht, nicht besuchen dürfen. Kaka Ismail, Samiullahs Vater, meint, *baba* solle sie trotzdem hinschicken, er werde für ihre Sicherheit sorgen. Aber mein Vater sagt, Kaka Ismail wolle nur freundlich sein, die Jungen seien zu Hause besser aufgehoben, weil sie dort lernen, für die Familie zu sorgen. Alles, was ich von Zohras *bibi* lerne, soll ich später, wenn sie älter sind, meinen kleinen Brüdern beibringen. Ich halte das für ein ziemlich gutes Geschäft, vor allem weil es bedeutet, dass ich mehr Zeit mit Zohra verbringen darf.

Außerdem macht mir der Unterricht großen Spaß.

»Wir sind fertig mit dem Alphabet«, erzähle ich meiner Mutter, »aber Bibi lässt es uns jeden Tag wiederholen und nimmt dann etwas Neues hinzu.« Ich habe ihnen verschwiegen, dass ich eigentlich schon mehr gelernt habe, weil ich sie damit überraschen will, sobald ich es richtig gut beherrsche.

»Also gut, aber vergiss nicht, ihnen Grüße von mir auszurichten, und nimm ein paar von den Plätzchen mit, die ich neulich gebacken habe«, sagt meine Mutter, während sie in unseren Schlafraum hinübergeht, um Wäsche zu holen, die sie im nahe gelegenen Fluss waschen will. Hoffentlich wäscht sie sich auch die Haare. An ihrem Hinterkopf scheint noch mehr Heu zu kleben, aber mir ist nicht danach, sie darauf aufmerksam zu machen. Also lasse ich es.

Ehe ich loslaufe, schnappe ich mir den Plastikbeutel mit den Plätzchen von letzter Woche, von denen ich weiß, dass meine Mutter sie einfach nur loswerden will. Ich nehme eins aus der blauen Tüte, um mir den Marsch zu Zohras Haus zu versüßen. Zum Glück schmecken sie noch. Es wäre mir schrecklich peinlich, Zohras Familie – wieder einmal – fade Plätzchen zu schenken!

Die Krümel landen auf meinem Kleid, doch ich beschließe, sie erst fortzuwischen, wenn ich das Plätzchen ganz aufgegessen habe. Kaum habe ich es mir ganz in den Mund gestopft, höre ich ein Geräusch.

»Psssst!«

Ich drehe mich um, sehe aber nichts. Ich halte es schon für ein Tier im Wald, als ich es wieder höre: *»Pssssst!«* Ich höre auf zu kauen und konzentriere mich ganz auf das Geräusch.

»Wer ist da?«, will ich sagen, doch die Worte schaffen es nicht aus meinem vollen Mund.

»Hier drüben, Fatima!«, ruft eine männliche Stimme aus dem Wald. Langsam gehe ich auf die Büsche zu. Als ich näher komme, taucht aus dem Schatten der Bäume seine hohe Gestalt auf.

Das Plätzchen fällt mir aus dem Mund und ich schäme mich fast zu Tode. Hastig wische ich mir über Mund und Kinn und fege die Krümel von meiner Brust. Als wäre meine gestrige Verlegenheit nicht schlimm genug gewesen, folgt hier der nächste Albtraum.

Samiullah lacht. Diese tiefen Laute habe ich noch nie von ihm gehört.

»Was ist denn so lustig?«, fauche ich, in die Defensive gedrängt. Für wen hält er sich eigentlich?

»Du hattest gerade Angst, nicht?« Er schaut mich mit seinen durchdringenden Smaragdaugen an.

»Ich hatte keine Angst! Ich habe mich nur gefragt, welches Tier sich anhört wie ein wild gewordener Generator: *tak, tak, tak*!« Ich bin hochzufrieden mit meiner Erwiderung, verkneife mir aber das Lächeln, so gut es geht.

Wieder bricht Samiullah in Lachen aus. Seine Zähne sind so gerade und weiß und anscheinend immer noch echt, was in unserem Dorf eine Seltenheit ist. Die meisten Leute verlieren ihre Zähne, kaum dass sie erwachsen sind. Deshalb duldet mein *baba* es nicht, dass wir, außer an Feiertagen, Süßigkeiten zum Tee essen. Er sagt, Süßigkeiten brennen sich in die Zähne, bis sie aussehen wie verbrannter Zucker in einer Pfanne. Allerdings hat Samiullah mir früher jede Woche heimlich Süßes von zu Hause zugesteckt – und selbst eine Menge gegessen. Seinen Zähnen nach zu urteilen, irrt sich mein *baba*, was Süßigkeiten angeht. Samiullahs Lächeln ist perfekt.

»Warum versteckst du dich zwischen den Bäumen wie ein Verbrecher?«, frage ich. Es tut so gut, wieder mit ihm zu reden. Und ich bin überrascht, wie leicht es mir fällt, im Vergleich zu gestern Abend.

»Ich habe mich auch *gefühlt* wie ein Verbrecher, der sich im Wald versteckt, um auf dich zu warten«, erwidert er. Ich spüre ein Kribbeln im Gesicht. Er hat auf mich gewartet? »Als ich dich gestern mit Zohra gesehen habe, dachte ich mir, dass ihr euch wahrscheinlich immer noch besucht und eine von euch früher oder später hier vorbeikommen würde.« Plötzlich wird mir flau im Magen – er hat gar nicht auf mich gewartet. »Ich hatte gehofft, dass *du* vorbeikommst«, fügt er hinzu.

Ich kann seinem Blick nicht begegnen. Meine Augen wandern bis zu seiner Brust, wo sich unter dem dünnen weißen *payron* nichts als harte Muskeln abzeichnen. Mein Magen beginnt zu rotieren.

»Ich kam mir einfach so … seltsam vor nach gestern. Wir haben kein einziges Wort gewechselt.«

»Ich weiß« ist alles, was ich zustande bringe, während meine Augen zu seinen Lippen hinaufwandern. Sie sind tiefrot und voll. Seine Oberlippe ist perfekt geschwungen und herzförmig.

»Hör zu, ich will dich nicht aufhalten, aber ich wollte, dass du weißt wie glücklich es mich gemacht hat, dich wiederzusehen.«

Seine Worte holen mich zurück. »Und wenn du öfter hier vorbeikommst –«

»Das tue ich, fast jeden Tag!« Ich klinge viel zu begeistert.

»Tja, dann … könnten wir uns vielleicht morgen weiterunterhalten?«, schlägt er vor und beginnt zu blinzeln, eine Angewohnheit, die früher bedeutete, dass er nervös ist. Geht es Samiullah etwa wie mir? Kaum zu glauben, wie sehr mich dieser Gedanke beruhigt. Dennoch ist mir klar, dass ich nicht allein hier draußen mit ihm zusammen sein sollte. Ich sollte auch nicht zustimmen, ihn morgen zu treffen. Doch mein Mund verrät mich.

»Einverstanden«, sage ich, während ich mich abwende.

»Bevor du gehst –« Als ich mich wieder umdrehe, greift er in seine Tasche und holt ein zusammengefaltetes Blatt Papier heraus. Er faltet es auf und ich sehe die Süßigkeiten, die ich in seiner Abwesenheit so vermisst habe. »Ich dachte, du hättest vielleicht gern welche.«

»Danke«, sage ich und nehme die Süßigkeiten. Als meine Finger seine Handfläche streifen, durchzuckt es mich wie ein Blitz. Mein Herz pocht vor Aufregung. Und mir wird klar, dass ich die Süßigkeiten wirklich vermisst habe … aber ihn noch viel mehr.

Als ich bei Zohras Elternhaus ankomme, habe ich keine Ahnung, wie ich dorthin gelangt bin. Das Einzige, was ich immer wieder vor mir sehe, sind Samiullahs grüne Augen, sein fester Brustkorb und die tiefroten Lippen. Meine Finger prickeln immer noch, dort, wo sie seine Hand berührt haben.

»Fatima!« Zohra rennt auf mich zu und zieht mich beiseite. »Meine Großmutter fühlt sich nicht gut!«, erklärt sie fröhlich und mit einem Lächeln, das mich etwas verblüfft.

»Was? Das tut mir leid … was fehlt ihr denn?«

»Oh, sie hat nichts. Bloß Alte-Leute-Beschwerden. Aber das sind gute Neuigkeiten. Jetzt müssen wir nichts lernen und können uns stattdessen unterhalten!« Zohra nimmt meine Hand und zieht mich in das Zimmer mit dem *Tandour*, wo eine Kanne Tee auf uns wartet. Ohne auf die Blätter zu achten, die in die Gläser rutschen, schenkt Zohra jeder von uns einen *chai sabz* ein.

Ich hole die Süßigkeiten heraus, um sie mit Zohra zu teilen, während wir Tee trinken, und stelle ihr schnell eine Frage, damit sie nicht nachhaken kann, woher ich sie habe.

»Also sollen wir ohne deine *bibi* zusammen lernen?«

Sie antwortet mit einem Lachen.

»Warum denn das? Keine *bibi*, keine Arbeit!« Zohra schiebt sich ein kleines oranges Bonbon in den Mund. »Meine Mutter meint, dass sie vielleicht ein paar Tage das Bett hüten muss! Und das bedeutet ein paar Tage Freiheit!« Wenn ich nicht genau wüsste, wie sehr sie ihre *bibi* liebt, hätte mich ihre Begeisterung über die Erkrankung ihrer Großmutter fast etwas verstört.

»Bist du sicher, dass mit ihr alles in Ordnung ist?« Ich nehme ein rotes Bonbon in der Form einer kleinen Mandarinenscheibe und genieße die Süße, während es mir auf der Zunge zergeht. Dann trinke ich einen Schluck Tee. Die Mischung aus süß und bitter lässt meine Geschmacksknospen fast explodieren. Kaum zu glauben, dass ich das so lange entbehrt habe. Es ist wie ein Feuerwerk im Mund!

»Aber sicher. Sie hat bloß eine kleine Erkältung. Meine Eltern haben gesagt, alte Leute erholen sich langsamer, deshalb müssen sie länger im Bett bleiben.« Zohra schaut mich an und verdreht die Augen. »Sie wird schon wieder. Hör auf, dir Sorgen zu machen … Außerdem brauchen wir eine Pause von der ganzen Arbeit. Es ist ja nicht so, als wäre sie wirklich notwendig.«

»Warum sagst du das ständig? Ich glaube, dir ist gar nicht klar, welch ein Glück wir haben. Sie bringt uns Dinge bei, die andere Mädchen niemals lernen werden.«

Wieder verdreht Zohra die Augen, diesmal in die andere Richtung, damit ich es auch ja mitbekomme. Als ob es mir entgehen würde. »Es gibt einen guten Grund, warum man es ihnen nicht beibringt – weil sie es nie nutzen werden!«, sagt sie, während sie ihr Glas umfasst und einen Schluck Tee trinkt. »Glaubst du vielleicht, wenn wir verheiratet sind, werden unsere Männer erlauben, dass wir herumsitzen und

Bücher lesen, statt zu putzen, zu kochen und uns um ihre Familie zu kümmern?« Ich weiß, dass sie recht hat, aber es macht mich so wütend. »Wahrscheinlich werden sie neidisch sein, weil wir lesen können. Also, was soll die ganze Mühe?«

»Dann sind sie *khars*!«, sage ich, wütend auf die Männer, die wir noch gar nicht kennen.

»Esel oder nicht, sie werden über uns bestimmen«, sagt Zohra so leichthin, dass es mich noch mehr in Rage bringt.

»Hast du denn keine anderen Träume? Wünscht du dir nicht mehr, als einfach mit jemandem verheiratet zu werden, den du gar nicht kennst?«, frage ich sie. Es verwirrt mich, mit welcher Leichtigkeit sie davon spricht, sich einem Wildfremden auszuliefern.

»Was hat es für einen Zweck, von etwas zu träumen, das wir nicht haben können? Das würde uns doch nur enttäuschen. Wir können ebenso gut von dem träumen, was auf uns zukommt, von Dingen, die uns bestimmt sind. Dass der Mann, den wir heiraten, nicht alt ist zum Beispiel ... dass er freundlich ist ... oder dass uns das Schicksal eine Schwiegermutter beschert, die uns nicht schikaniert –«

»Aber was ist mit Liebe? Mit dem Herzen?« Ich weiß, dass meine Frage albern klingt, aber ich finde Zohras Resignation unerträglich. In den Gedichten, die ihre *bibi* uns vorliest, geht es immer um Liebe, und es klingt wunderbar.

»Das Herz spielt keine Rolle. Nicht für uns. Vergiss es. Es ist genauso nutzlos wie die Steine, die im ganzen Land verstreut liegen.« Ihre Worte klingen ebenso tragisch wie wahr, trotzdem hoffe ich immer noch, in einem Haufen Steine den einen seltenen Edelstein zu finden. »Es ist unser Schicksal.«

»Vielleicht können wir es ändern«, murmele ich leise, weil ich weiß, wie absurd sich das anhört. Ich kenne das Schicksal der Frauen in diesem Land. Aber ich will trotzdem davon träumen, es zu ändern.

»Also schön. Spinnen wir den Faden weiter. Wenn du die Macht hättest, irgendetwas auf der Welt zu verändern, was würdest du tun? Wie würdest du dein Schicksal verändern wollen?«, will Zohra von mir wissen. Die sandbraunen Augen auf mich gerichtet, wartet sie gespannt auf die Antwort.

»Ich … ich … äh … keine Ahnung. Es ging mir einfach ums Prinzip.« Es fällt mir schwer, Zohra meine wahren Gefühle zu offenbaren, zumindest wenn es um Herzensangelegenheiten geht. Obwohl sie meine beste Freundin ist, habe ich Angst, sie ihr – oder sonst jemandem – anzuvertrauen. Ich habe Angst, von allen für verrückt gehalten zu werden. Meine Mutter tut es bereits, dabei erzähle ich ihr überhaupt nichts.

»Das kannst du nicht machen. Nicht, nachdem du mir ins Gesicht geschrien hast, dass du keinen Esel heiraten willst. Sag's mir. Ich will wissen, was es, deiner Meinung nach, da draußen noch für uns gibt«, lässt Zohra nicht locker. Mir ist klar, dass ich irgendetwas sagen muss, sonst lässt sie mich nicht in Ruhe, und ich bin nicht in der Stimmung für ein solches Hickhack.

»Ich habe gehört, dass es in Kabul Universitäten gibt – Universitäten, die Mädchen besuchen dürfen. Sie können Ärztinnen, Rechtsanwältinnen, Hebammen und sogar Künstlerinnen werden! Sie dürfen so viele Bücher lesen, wie sie wollen, und niemand ist neidisch auf sie. Mein Vater hat mir erzählt, dass sich die Hauptstadt verändert hat, seit der Bürgerkrieg zu Ende ist und die Talibanregierung vertrieben wurde. Sogar im Radio und im Fernsehen gibt es Frauen –«

»Frauen im Radio und im Fernsehen?«, unterbricht mich Zohra. »Das müssen Waisen sein! Ihre Eltern würden nie zulassen, dass sie sich so zur Schau stellen!«

»Nur weil eine Frau in der Öffentlichkeit auftritt, ist sie doch keine Hure!«, höre ich mich Zohra anschreien.

»Ich behaupte ja gar nicht, dass sie eine *ist*, aber man wird sie so behandeln«, erwidert Zohra ungerührt.

»Deshalb ist es noch lange nicht richtig! Sieh dir nur unsere Freundinnen an. Sie dürfen nicht mal mehr aus dem Haus gehen, weil ihre Familien Angst haben vor dem, was die anderen sagen. Wahrscheinlich zerreißen sie sich die Mäuler über uns, nur weil wir uns gegenseitig besuchen.«

»So ist es.« Zohra schaut mich mitfühlend an. »Und genau das meine ich. Wir können es nicht ändern. Schon gar nicht in unserem kleinen Dorf. Diese Frauen genießen den Schutz der Hauptstadt; wir sind auf den Schutz unserer Familien angewiesen.«

Wir sitzen schweigend da und trinken unseren Tee, bis Zohra sich räuspert. »Würdest du mich verachten, wenn ich heirate?«

»Was? Natürlich nicht. Jeder sollte irgendwann heiraten.« Ich schaue zu Zohra hinüber, die in ihr Glas starrt und mit dem Finger ein im Tee treibendes Blatt nach unten drückt. »Zohra?«

»Meine Eltern haben gestern Abend mit mir geredet«, beginnt sie zögerlich. »Sie … sie … sie wollen, dass ich mich mit einem Jungen verlobe, der ein paar Dörfer weiter lebt …«

Ich bin sprachlos. Zohra ist genauso alt wie ich. Sie ist zu jung.

»Er ist ein entfernter Verwandter meines Vaters. Er sei auf der Suche nach einer Frau, haben sie gesagt, und er würde gut für mich sorgen. Außerdem sind sie wohlhabend – sie haben ein Motorrad.« Letzteres fügt Zohra hinzu, als wolle sie den Wunsch ihrer Eltern rechtfertigen. Ich kann nicht glauben, dass sich der Wert meiner besten Freundin danach bemessen soll, ob jemand ein Motorrad besitzt oder nicht.

»Wann?«, hauche ich erstickt.

»Ich weiß es nicht. Meine Großmutter ist nicht begeistert darüber. Sie hat meinem Vater gesagt, dass sie warten sollen, bis ich älter bin, aber sie haben Angst, die Gelegenheit könnte verstreichen, wenn sie darum bitten, noch ein paar Jahre zu warten. Seine Eltern wollen, dass er bald heiratet.«

»Wie denkst du darüber?«, frage ich, weil ich nicht weiß, was ich sonst sagen soll.

Zohra zuckt mit den Schultern. »Es ist mein Schicksal.«

Ich frage mich, ob es auch meines sein wird.

Drei

FATIMA

Am nächsten Morgen tue ich etwas, obwohl ich weiß, dass es falsch ist. Ich tue es, ohne auf die Konsequenzen zu achten, weil ich es tun will und weil ich vielleicht bald nicht mehr dazu in der Lage sein werde.

Und eben aus diesem Grund renne ich jetzt.

Ich spüre den Kies unter meinen schwieligen Füßen, aber ich bleibe nicht stehen. Die Sonne brennt mir auf den Kopf und der Schweiß rinnt in Strömen über meinen Rücken. Ich keuche. Aber ich gebe nicht auf und laufe schneller.

Schließlich erreiche ich den Fluss – wenn man ihn so nennen kann. Die Hitze ist im Moment so groß, dass er nur noch ein kleines Rinnsal ist. Doch selbst in den sengenden Spätsommermonaten ist das Wasser eiskalt. Ich stelle mir vor, wie der Schnee hinter mir die Berge hinabrutscht, immer mehr Fahrt aufnimmt, während er dahinschmilzt und sich in unseren Fluss verwandelt. Ich bin wie der Schnee, als ich, mein Kleid und die Hose darunter in die Höhe gerafft, durch das flache Wasser renne. Das Wasser reicht mir kaum bis an die Waden, trotzdem sind meine Füße taub, als ich den Kiesstreifen am anderen Ufer erreiche.

Mit ausgetrocknetem Mund ringe ich nach Atem. Ich spüre das Trommeln in meiner Brust und das Pulsieren in meinen Ohren.

Dann sehe ich den Felsen – *meinen* alten Felsen. Ich laufe hinüber und verstecke mich dahinter. Rolle mich hinter ihm zusammen. Der Felsen wird mich verbergen, nicht nur vor ihm, sondern auch vor der glühenden Sonne. Er ist eine Höhle ohne Decke, gleich neben dem Berg, es gibt nur einen Weg hinein und hinaus.

Jetzt wird er mich mit Sicherheit nicht mehr finden.

Minuten vergehen, doch sie fühlen sich an wie Stunden. Während ich nach seinen Schritten lausche, starre ich auf meine mit Henna gefärbten Zehennägel. Sie sehen sehr hübsch aus, obwohl die Farbe verblasst wie das Orangensorbet, das sie in der Stadt verkaufen. Meine Mutter hat mir letzte Woche aufgetragen, sie zu färben. »Jede Frau muss so gut aussehen, wie sie kann, und sei es nur für ihre Familie, Fatima«, hatte sie mir zum wahrscheinlich Millionsten Mal erklärt. Sie war schon immer der Meinung, ich solle mich mehr wie ein Mädchen verhalten und nicht wie ein weiterer Sohn. Ich frage mich, ob Samiullah bei unseren Treffen meine Nägel bemerkt hat. Aber warum interessiert mich das überhaupt? Was ist los mit mir?

Platsch … platsch … platsch!

Oh, Khudaya, findet er mich etwa doch? Ich mache mich noch kleiner und flehe Gott an, mir zu helfen. Ich bin fast so rund wie der Felsen, der mich schützt, kneife die Augen ebenso fest zu, wie ich meinen Körper zusammenrolle.

»*Salam*, Fatima.« Ich öffne die Augen und da ist er, in

Dunkel gehüllt, mit der grellen Sonne im Rücken, die mir die Sicht nimmt. Samiullah.

Wie hat er mich gefunden? Es ist das dritte Mal, dass ich mich heute Morgen vor ihm verstecke, und zum dritten Mal hat er gewusst, wo er mich suchen muss. Aber vielleicht habe ich mich auch an Orten versteckt, von denen ich wusste, dass er mich finden würde …

Ich bin froh über meinen Entschluss, den Tag mit ihm zu verbringen, statt zu Zohra zu gehen. Mir war klar, dass ich es nicht tun sollte, aber Samiullah beruhigte mich, sobald wir im Wald zusammentrafen. Er versprach, mich zu beschützen und dafür zu sorgen, dass mir nichts zustößt, wenn wir zusammen sind. Und ich glaubte ihm. Oder redete mir zumindest ein, dass ich es täte. Außerdem wollte ich nicht zurückgehen und noch mehr von Zohras Hochzeit hören.

»Hast du wirklich gedacht, du könntest dich vor mir verstecken, indem du die Augen zumachst?«, fragt Samiullah lachend und ahmt meinen Gesichtsausdruck nach. Von da, wo ich mich zusammenkauere, wirkt er riesengroß. Obwohl er die Augen zusammenkneift, kann ich sehen, wie sie funkeln. Es lässt ihn weniger streng erscheinen, mehr wie den sanften Samiullah, den ich kenne, seit wir Babys waren.

»Nein, ich habe bloß … bloß …«

»Gebetet? Das kann ich dir nicht verübeln. An deiner Stelle würde ich auch darum beten, irgendwann zu gewinnen«, sagt er mit einem Grinsen. Zuerst will ich ihn für diese Bemerkung am liebsten schlagen, doch dann wird mir klar, dass dieses Lächeln mir die Niederlage sehr angenehm macht.

Ich blinzle, um sein Gesicht auszublenden. Warum denke ich so etwas?

Samiullah räuspert sich. »Also, was willst du als Nächstes tun, jetzt, wo ich dich gefunden habe? Mir ist langweilig.«

»Dir ist immer langweilig«, sage ich, als ich aufstehe und mir den Staub von meinem leuchtend roten Kleid und den grünen Hosen klopfe. »Also … ich meine … dir ist auch früher ständig langweilig gewesen. Manche Dinge ändern sich wahrscheinlich nie«, füge ich in, wie ich hoffe, neckendem Ton hinzu.

»Dann hör auf, so langweilig zu sein«, erwidert Samiullah wie aus der Pistole geschossen und zieht mein Kopftuch zurecht. Ich schlage seine Hand fort und marschiere zum Fluss hinunter. Wofür hält er sich, dass er mich erst überredet, den Tag mit ihm zu verbringen, um mich dann als langweilig zu bezeichnen?

Wieder lacht Samiullah. »Ach, komm! Du weißt doch, dass ich nur Spaß mache!« Er rennt mir nach. »Du bist nicht langweilig. Das schwöre ich!«

Ich muss lächeln. Ich kann ihm einfach nicht lange böse sein; das konnte ich noch nie. Trotzdem sollte ich heute nicht hier sein. Es könnte uns in große Schwierigkeiten bringen. Wenn unsere Familien davon erfahren … Wenn uns die Leute aus dem Dorf sehen … Wir sind nicht mehr in dem Alter, in dem sie das in Ordnung fänden. Ich sollte nicht einmal mit ihm reden. Mein Lächeln schwindet. Das alles führt mir vor Augen, wie freudlos mein Leben in Wirklichkeit ist.

Der Gedanke, dass man Zohra verheiraten wird, war beängstigend genug. Doch dann bescherte mir gestern Nacht auch noch das Gespräch meiner Eltern schlechte Träume. Ich hätte nie gedacht, dass meine Frage nach Samiullahs Rückkehr meine Mutter dazu bewegen würde, mich ebenfalls verheiraten zu wollen. Vielleicht hätte ich besser den Mund halten sollen.

Aber das hatte ich nicht. Und als ich auf meiner Matratze lag und tat, als würde ich schlafen, konnte ich hören, wie sich meine Eltern unterhielten. Trotz der dicken Wolldecke, die ich mir über den Kopf gezogen hatte, spürte ich die Augen meiner *madar* auf mir. Ich konnte ihren Schatten sehen, als sie sich vor die Öllampe beugte und flüsterte: »Mohammad, sie ist zu alt, um wieder mit *diesem* Jungen gesehen zu werden! Ich kenne deine Tochter. Sie wird wieder mit ihm spielen wollen, als wären sie fünf Jahre alt! Es hat mir damals schon nicht gefallen und jetzt kann ich es nicht mehr dulden! Es wird schwer werden, einen passenden Ehemann für sie zu finden. Man wird sie für befleckt halten – und das ausgerechnet von einem paschtunischen Jungen! Es wird Zeit, an ihre Heirat zu denken. Du hast selbst gesagt, Karim hätte einen Freier für Zohra gefunden. Es ist Zeit, dass wir auch für Fatima einen suchen.«

Sie reden immer über Dinge, die ich nicht hören soll, wenn sie glauben, ich würde schlafen. Dabei wissen sie nicht, dass ich meistens nur so tue, als ob. Ich habe sie auch damals gehört, als meine *madar* meinem *baba* einredete, es sei am besten, meinen Bruder Ali in den Iran zu schicken, damit er für die Familie Geld verdient. Sie hat sich damals ebenso geirrt wie jetzt.

Den ganzen Tag über habe ich versucht, ihre Worte zu

ignorieren, doch es gelingt mir nicht. Jedes Mal, wenn ich an sie denke, dreht es mir fast den Magen um und mir wird übel. Gott, wie ich Ali vermisse. Er hätte meiner Mutter klargemacht, dass ich zu jung bin, um zu heiraten. Ihretwegen habe ich nicht einmal mehr ihn.

Dennoch spielen die Worte meiner Mutter keine Rolle. Mein *baba* liebt mich viel zu sehr, um mich zu einer Familie zu schicken, die ich gar nicht kenne, wie Karim es mit Zohra tut. Allerdings mag ich mir nicht einmal bei ihm vorstellen, wie er reagieren würde, wenn er wüsste, dass ich gerade mit Samiullah unterwegs bin. Allein. Der Gedanke jagt mir einen Schauer über den Rücken. Als meine *madar* gestern Nacht sagte, sie wolle mir verbieten, Samiullah zu treffen, antwortete mein *baba*, ich wäre nicht so dumm, so etwas zu tun. Wie es aussieht, bin ich es doch.

Jetzt hat Samiullah mich eingeholt und steht neben mir, das Gesicht der Sonne zugeneigt. Die Strahlen lassen seine Nase und die Wangenknochen aufleuchten und hüllen das restliche Gesicht in Schatten. Es lässt ihn älter aussehen. Selbst die winzigen Stoppeln seiner Gesichtsbehaarung sind zu erkennen. Im Moment sieht er seinem Vater und sogar seinem Vetter Rashid ähnlicher als dem Samiullah, den ich kenne.

»Wollen wir sehen, wer am längsten die Hände ins Wasser halten kann, ohne sich die Finger abzufrieren?«, fordere ich ihn heraus – wohl wissend, dass ich ihn zumindest darin schlagen kann. Er wendet sich von der Sonne ab und ist wieder mein Samiullah.

»Gut. Aber ich will nicht, dass du dir im Eiswasser deine

zarten Hände ruinierst«, sagt er halb scherzend, als er sich am Ufer auf die Knie niederlässt und die Hände in das seichte Wasser taucht. Ich hebe Kleid und Hose ein wenig an, damit sie nicht nass werden, knie mich ans Wasser und tue es ihm nach.

Es ist schwer zu glauben, dass dieses Rinnsal die Lebensader unseres Dorfes ist. Weiter flussabwärts transportieren Kanäle das Wasser bis in einige unserer Höfe, damit alle es zum Kochen und Waschen nutzen können. Samiullah hat mir einmal erzählt, kein anderer Ort, den er mit seinem Vater besucht hat, um ihre Erzeugnisse auszuliefern, habe so gutes Wasser wie wir. Es hat einen eisig süßen Geschmack, der in der Mundhöhle prickelt.

Meine Fingerspitzen werden taub und der Rest meiner Hände kribbelt vor Kälte, doch ich zwinge mich, nur auf die Steine zu achten, die sich mir in die Knie pressen, und auf den Schweiß unter meinem Kopftuch – auf alles, was mich von den Schmerzen in den Händen ablenkt. Ich schaue zu Samiullah hinüber, der vor Konzentration die Augen zusammenkneift. Aber er kann mich nicht besiegen. Er hat es damals nicht geschafft und wird es auch heute nicht.

»Hörst du das?« Samiullahs öffnet die Lider und starrt mich an, seine grünen Augen sind groß und voller Angst.

»Was soll ich hören?«, will ich gerade sagen, als Samiullah mich mit seiner kalten, nassen Hand am Arm packt und Richtung Felsen zerrt. Er umklammert mich so fest, dass ich sicher bin, blaue Flecken davonzutragen. Ich kann kaum Schritt halten.

»Was ist los? Warum rennen wi-« Dann höre ich es auch.

Das ferne Brummen. Mein Herz beginnt wie wild zu pochen. Dieses Geräusch kann nur eines bedeuten: Gefahr.

Als wir endlich beim Felsen sind und uns unsanft dahinterwerfen, versagen mir die Füße fast den Dienst. Ich kann den aufgewirbelten Staub schmecken, der mir in den Mund dringt. Doch der Felsbrocken schirmt uns von dem immer näher kommenden Dröhnen ab.

»Sei ganz still, bis sie vorüber sind«, flüstert Samiullah mir atemlos zu. »Es klingt, als wäre es nur ein Motorrad, aber es muss einer von Latifs Männern sein.«

Das steigert meine Angst noch. Niemand in unserem Dorf fährt ein Motorrad – Samiullah hat recht, es muss einer von Latifs Ganoven sein. Sie nennen sich Soldaten Gottes. Und diese Bezeichnung ist wie ein Freibrief für ihre Niedertracht. Eigentlich müssten sie Marionetten des Teufels heißen. Die Gehilfen des Satans. Manche meinen, sie seien Taliban, aber wir wissen nicht, ob sie etwas mit den echten Taliban zu tun haben. Wir wissen nur, dass sie gefährlich sind.

Wie man sie auch nennt, es sind Gangster, die Leben, Geld und Zuversicht rauben. Ich schließe die Augen und fange an zu beten. Ich habe entsetzliche Angst. Das hätte nicht passieren dürfen. Wir wollten einfach nur den Tag genießen, wie wir es als Kinder getan haben. Niemand sollte uns sehen, niemand. Diese Gangster schon gar nicht. Mein Atem geht schneller. Wenn sie uns erwischen, werden sie Gott und Religion als Vorwand nehmen, um zu tun, wonach ihnen der Sinn steht, ohne jede Kontrolle; wir verstoßen nicht nur gegen die Regeln unserer Eltern, sondern auch gegen die Moralvorstellungen der Taliban. Dass wir jung sind, spielt dabei keine Rolle. Ich wickle mir das Kopftuch um Mund und Nase, um meinen Atem zu dämpfen. Sie dürfen uns hier nicht finden. Nicht so. Zusammen. *Bitte, Gott,* flehe ich im Geiste. *Bitte, halte sie fern. Khuda Jan, bitte, halte uns versteckt.*

Ich frage mich, ob das hier Gottes Strafe ist, weil ich mich heute mit Samiullah getroffen und meine Eltern belogen habe.

Wenige Meter flussaufwärts hält das Motorrad an. Ich höre zwei Paar Stiefel auf dem Kies knirschen. Einzelne Schritte nähern sich unserem Versteck und bleiben dann stehen. Mein Herz schlägt so schnell, dass mir schwindlig wird.

»*Dilta rasa!*«, raunzt eine Stimme auf Paschtu, die jemanden zu sich ruft.

»Was denn? Ich muss pinkeln!«, ruft eine andere Stimme zurück.

»Ist mir egal, was *du* musst, komm sofort her!«, befiehlt der erste Mann. »Sieh dir das an.«

Oh Gott. Er muss unsere Fußspuren entdeckt haben. Werden sie ihn zu unserem Felsen führen? Wenn uns die Männer finden, werden sie uns der Unzucht beschuldigen. Sie könnten uns ins Gefängnis werfen. Uns umbringen. Ich habe gehört, dass man oben im Norden, in der Provinz Kunduz, noch vor einem Jahr ein junges Liebespaar gesteinigt hat. Nicht, dass Samiullah und ich verliebt wären, aber sie lügen über alles. Was sollte sie davon abhalten, auch hierüber zu lügen?

»Das ist Eselsmist«, höre ich die zweite Stimme sagen.

»Ja, du Genie. Aber wenn das Wasser für Esel gut genug ist, ist es auch gut genug für dich.« Ich höre jemanden schlürfen. »Oh, das Zeug schmeckt gut! Hol den Kanister vom Motorrad. Das reicht uns bis nach Hause.«

Ich fühle mich unwillkürlich ein wenig erleichtert. Diesmal sind sie auf Wasser aus, nicht auf Blut. Ich atme langsam aus und ziehe den Schal vom Mund. Jetzt, wo meine anfängliche Angst verschwunden ist, ärgert es mich, dass er sich unser Wasser schmecken lässt und in den Genuss seiner Süße kommt. Samiullah, der meinen Verdruss spürt, zieht mich beruhigend an sich.

»Sieh mal! *Maian wogora!* Schnell, gib mir dein Gewehr. Es ist Zeit, angeln zu gehen!«, ruft die erste Stimme aufgeregt.

»Wirklich? Mit einer Kugel?«, fragt die zweite Stimme skeptisch. Sie kommt mir ein wenig vertraut vor, aber ich kann sie nicht eindeutig zuordnen.

»Na, wie sollen wir den Fisch denn sonst kriegen?«

»Ich … äh … denke jedenfalls, nicht mit einer Kugel. Vielleicht sollten wir unsere Munition lieber nicht an Fische verschwenden. Das könnte *Mullah* Latif ärgern.« Die zweite Stimme klingt vorsichtig.

»Was weißt du schon von Mullah Latif, Bürschchen? Du bist ihm doch noch nie begegnet. Gib mir das Gewehr.« Ich höre ein Schnauben, dann werden Patronen eingelegt. »Gott, sind die kleinen Teufel schnell.«

Peng! Peng! Peng!

Noch nie habe ich Schüsse aus solcher Nähe gehört. Ich erstarre. Als Samiullah mich fester um die Taille packt, klammere ich mich an seinen Arm. Was ist, wenn sie uns hier finden? Werden sie uns erschießen, so wie sie es jetzt mit den Fischen versuchen?

»Hab ich einen erwischt? Wo sind sie hin?« Die erste Stimme klingt verwirrt.

»Ich glaube, du hast sie vertrieben«, erwidert die leicht vertraut klingende Stimme ein wenig verdrossen. Warum kommt mir der Mann nur so bekannt vor?

»Gut. Die Fische sind wie diese Dörfler. Wir müssen ihnen zeigen, wer hier das Sagen hat! Vielleicht jagen wir mit meinem Gewehr das nächste Mal ein paar menschliche Fische!« Ich höre leises Lachen. »Nimm das Wasser und lass uns fahren, damit wir zurück sind, bevor es dunkel wird.«

Als ich höre, wie die Männer den Kanister am Motorrad befestigen und sich zur Abfahrt bereit machen, wird mir Samiullahs Gegenwart und die Nähe seines Körpers plötzlich überdeutlich bewusst. Ich bin ihm noch nie so nah gewesen – keinem Jungen –, in meinem ganzen Leben nicht. Sein Herz scheint ebenso schnell zu schlagen wie meins. Er hält mich immer noch an sich gepresst und ich erwidere den Druck, spüre die Muskeln und Venen in seinen Armen. Wir hören zu, wie das Röhren des Motorrads in ein fernes Brummen übergeht, rühren uns aber nicht vom Fleck. Ich fühle mich so geborgen, sicherer als jemals zuvor.

Als das Motorengeräusch ganz verebbt ist, drehe ich mich um und stelle fest, dass Samiullah mich anstarrt. Seine grünen Augen blicken mich so aufgewühlt an, wie ich mich fühle. Ich kann nicht mehr tun, als seinen Blick zu erwidern.

»Das war knapp«, sagt er sanft, ohne mich loszulassen.

»Geht es dir gut? Tut mir leid, dass ich dich so weggezerrt habe und –«

»Du musst dich nicht entschuldigen. Du hast uns gerettet«, erkläre ich ihm und wende nervös die Augen ab. Ich weiß, dass ich auf Abstand gehen und wir unsere verschlungenen Körper voneinander lösen sollten, doch ich kann mich nicht dazu überwinden. Stumm verharren wir so, wie wir sind, hören uns minutenlang beim Atmen zu, auch wenn es wahrscheinlich nur Sekunden sind.

»Dein Gesicht ist schmutzig«, sagt Samiullah, der das Schweigen bricht und mir sanft mit dem Daumen über die rechte Wange streicht. »Gilt das heutzutage als Make-up?«

Ich kann ihn nur anstarren. Der Fleck auf meiner Wange kribbelt unter seinem Finger. Ich weiß, dass es falsch ist, mit ihm hier zu liegen, und mag mich dennoch nicht bewegen.

»Komm«, sagt er, als er schließlich von mir abrückt. »Ich sollte dich besser nach Hause bringen, bevor uns noch jemand sieht.«

Ich nicke und wir stehen auf. Ich kann das Zittern, das mich überkommt, nicht stoppen. Ohne Samiullahs Körper neben mir friere ich selbst in der heißen Sonne.

Vier

FATIMA

Auf den Weizenfeldern zwischen unseren Elternhäusern, wo wir weder von seinem noch von meinem Lehmhaus aus zu sehen sind, verabschiedet sich Samiullah von mir. Das Land gehört zwar seiner Familie, aber wir sind vor aufdringlichen Blicken sicher, weil mein Vater und Karim jetzt auf einem anderen Feld am anderen Ende der Ländereien arbeiten, wo sie die letzten Weizenhalme mähen. Die Ernte ist fast vorüber, deshalb stellen sie sicher, dass sie auch wirklich alles eingebracht haben.

Während ich den restlichen Weg allein nach Hause gehe, versuche ich, mir in Gedanken darüber klar zu werden, was gerade geschehen ist. Doch ich bin immer noch durcheinander.

Sollte ich nicht zu Tode verängstigt sein darüber, dass wir fast von Latifs Männern entdeckt worden wären? Sie hätten uns umbringen können – und es damit gerechtfertigt, dass wir unverheiratet zusammen waren. Warum also wühlt mich das, was gerade zwischen mir und Samiullah geschehen ist, mehr auf? Die Art, wie er mein Gesicht berührt und mich an sich gezogen hat?

Kurz darauf bin ich am Ziel und stehe vor unserem Haus. Es besteht aus mehreren kleinen, aneinandergereihten Räumen aus Lehmziegeln, die auf einem kleinen Flecken Land stehen und kein in sich geschlossenes Gebäude ergeben, wie das Haus von Kaka Ismail. Samiullahs Haus.

Ich gehe am Koch- und am Schlafraum vorbei und setze mich neben dem Hühnergehege auf die Erde. Ich lege den Kopf in den Nacken, schließe die Augen und lasse mir von der Sonne das Gesicht wärmen, ehe sie hinter den Bergen versinkt und die kühle Nachtluft heranbringt. Ich kann den Haufen aus getrockneten Dungfladen riechen, der auf der anderen Seite des Hühnerstalls aufgeschichtet ist. In unserem Dorf gibt es nicht genug Bäume, die als Brennmaterial dienen könnten, deshalb sind wir zum Kochen und Heizen vor allem auf Kuhdung angewiesen. Der Geruch ist so beißend, dass man ihn mitunter sogar schmecken kann. Aber in diesem Augenblick kümmert mich das nicht. Ich bin viel zu sehr von den Gedanken an Samiullah in Anspruch genommen, seinen Augen, seiner Berührung und seiner Kraft.

»Fato!« Afifa, die auf mich zugerannt kommt, holt mich jäh in die Gegenwart zurück. Ihre feuerroten Haare schießen auf mich zu wie eine Katze auf ihre Beute, während ihr kleiner Körper hin und her wackelt wie die Hühner im Stall.

Afifas Ankunft erschreckt die dummen Vögel, die jetzt panisch gackernd durchs Gehege laufen, dass der Dreck nur so aufstiebt und ich den Staub einatme. Afifa springt auf meinen Schoß und drückt mir einen kleinen, feuchten Kuss auf die Lippen.

»*Salam*, Afo Jan!«, begrüße ich sie zärtlich.

Während ich ihre runden Wangen küsse, muss ich an meine eigene Unschuld denken, die förmlich dahinzuschwinden scheint, seit ich die Unterhaltung meiner Eltern mit angehört und den Tag mit Samiullah verbracht habe. Ich kann nicht widerstehen, an Afifas kleinen Pausbäckchen zu saugen, nachdem ich sie geküsst habe. Sie kichert sofort los. Ich beende die Liebkosungen mit einem Kuss auf ihre Stirn.

»Wie war dein Tag, mein *shadi gak*?«, frage ich sie und ziehe sie an mich.

Mit einem Mal wird mir leichter ums Herz.

»Ich bin kein kleines Äffchen!«, kichert Afifa.

»Du bist *mein* kleines Äffchen«, sage ich und kitzle sie.

»Na gut, dann bin ich eben ein Affe!« Sie wehrt sich gegen mein Kitzeln. »Ich bin ein *shadi*! Und wo warst du? Warum hast du heute nicht mit mir gespielt? Ich habe dich vermisst!«

Ich liebe die Art, wie sie die Worte ausspricht. Ich liebe alles an ihr.

»Ich war spazieren, mein *shadi gak*.«

»Wo denn?«, fragt sie. *Allah tobah* – Gott möge ihre Neugierde verzeihen. Das muss sie von unserer Mutter haben.

»Was interessiert dich das?«, erwidere ich und kitzle sie erneut, um sie auf andere Gedanken zu bringen, doch diesmal höre ich nicht damit auf. In ihrem Lachen schwingt Weinen mit, als sie mich anfleht aufzuhören.

»Fatima, bist du das?«, höre ich meine Mutter rufen. »Komm her, kleine Frau. Wo hast du gesteckt? Du bist spät dran. Du musst mir mit dem Abendessen helfen.«

»Ich war bei Zohra«, schwindle ich, als meine Mutter mit

einem Topf gewaschener Kartoffeln herankommt. Dort hätte ich jedenfalls sein sollen.

»Ach, wirklich, bei Zohra? Wie geht es ihr? Und wie geht es ihrer Großmutter?«, erkundigt sich meine Mutter mit erhobener Augenbraue. »Warum haben sie dich erst so spät nach Hause geschickt?«

»Es geht ihnen wunderbar! Beide, Khala Jan und Zorah lassen dich grüßen!« Ich hebe Afifa auf und ignoriere die letzte Frage meiner Mutter. »Ich gehe Afo waschen und helfe dir dann beim Kartoffelschälen.«

Während ich mit meiner kleinen Schwester zum Fluss laufe, spüre ich die Blicke meiner Mutter im Rücken.

Nachdem ich Afifa im kalten Flusswasser Gesicht und Hände gesäubert habe, läuft sie davon, um unseren Vater zu suchen, der bald von den Feldern nach Hause kommen müsste.

Anschließend wasche ich mir selbst das Gesicht. Es ist so erfrischend, mir mit dem kalten Wasser den Schmutz des Tages von der Haut zu spülen. Doch schon jagen mir die Gedanken an Samiullah wieder durch den Kopf. Sie versetzen mich zurück zu jenem Moment, als er mich in den Armen hielt – so fest, dass ich seinen kräftigen Brustkorb im Rücken spüren konnte.

Ich schiebe die Ärmel über die Ellbogen hoch und beginne, mir die Arme zu waschen. Aber selbst mit dem kalten Wasser auf der Haut kann ich die Wärme seines Körpers noch spüren. Das Klopfen seines Herzens. Seinen Atem in meinem Nacken. Die Berührung seiner Hand in meinem Gesicht –

»Fatima!« Der schrille Ruf meiner Mutter schreckt mich auf.

»Ich komme!«, rufe ich, während ich aufspringe.

Eilig kehre ich zu meiner Mutter zurück, die schon ohne mich mit dem Kartoffelschälen begonnen hat. Die Schüssel ist bereits halb voll.

Vermutlich habe ich länger gebraucht als gedacht.

»Wo warst du heute?«, fragt meine Mutter in leicht gereiztem Ton.

»Ich habe dir doch gesagt, dass ich bei Zohra war, Madar Jan,«, erkläre ich und nehme ein Messer und eine Kartoffel in die Hand. Ich weiß, dass sie unmöglich etwas anderes beweisen kann, weil sie das Haus nicht verlassen hat. Und wenn es sein muss, würde Zohra für mich lügen, selbst wenn sie nicht wüsste, warum.

»Dann hast du dich also nicht mit diesem Jungen getroffen?«, fragt meine Mutter weiter. Ich spüre, dass sie mich ansieht, schaue aber nicht auf, um ihrem forschenden Blick nicht zu begegnen. »Du hast gestern Abend so viele Fragen über seine Rückkehr gestellt.«

»Wen? Samiullah? Nein. Ich habe ihn nicht mehr gesehen, seit er vor drei Jahren fortgegangen ist. Zohra hat mir erst vorgestern von seiner Rückkehr erzählt«, erkläre ich ihr und konzentriere mich auf das Kartoffelschälen, auch wenn ich spüre, wie sich mein Magen zusammenzieht. »Ich nehme an, er arbeitet wieder mit seinem Vater zusammen und ist unterwegs, um Lieferungen auszufahren?«

»Nein, er ist nirgendwo hingefahren.« Ich spüre, wie mir das Herz in die Hose rutscht. Was weiß sie? »Sein Vater ist vorbeigekommen, um nach dem Getreide zu sehen. Er will am Samstag ein paar Sachen abholen, hat Ismail Khan gesagt«, berichtet meine Mutter.

»Oh …« ist alles, was ich erwidern kann, die Augen starr auf eine Kartoffel gerichtet.

»Oh? *Tobah. Tobah.*« Frustriert schüttelt meine Mutter den Kopf und bittet Gott um Vergebung, wie es ihre Art ist. Natürlich tut sie es nicht für sich selbst, sondern für ihre böse Tochter. »Ich verbiete dir, ihn zu sehen. Du bist kein Kind mehr, und ich dulde nicht, dass du unseren Namen ruinierst, indem du mit ihm oder einem anderen Jungen gesehen wirst. Vergiss das nicht.« Sie bringt die Kartoffeln zum *Tandour*, wo ein Topf mit einem halben Liter Öl wartet. Unter dem Topf lodert ein gleichmäßiges Feuer, das von zwei Dungfladen in Gang gehalten wird. Sie zerschneidet die Kartoffeln und eine kleine Tomate, wirft alles in den Topf und lässt es köcheln.

Beim Abendessen wechseln wir kaum ein Wort miteinander, abgesehen von normalen Bitten wie, das Brot herüberzureichen, ein wenig Salz zu verteilen oder ein Glas Wasser einzuschenken. Wie üblich füllt mein Vater das Schweigen, indem er von seinem Tag mit Karim erzählt, während meine acht und sechs Jahre alten Brüder an seinen Lippen hängen.

»Als er den Sack mit Weizen aufheben will, springt hinter dem Stapel eine Katze heraus! Karim schreit auf wie ein kleines Mädchen, lässt den Sack los und fällt rückwärts auf seinen *kunak*.« Mein Vater und die Jungen lachen. Ich schaue nach links und sehe meine Mutter leise vor sich hin kichern. Meine kleine Schwester ist viel zu sehr mit dem Essen beschäftigt. Sie streckt ihre kleine, mit Armreifen geschmückte

Hand in den Topf mit Kartoffeln, um ihr Brot einzutunken. Als sie sie wieder herauszieht, hält sie nichts als öltriefendes *naan* in der Hand. Doch beim Anblick ihrer leuchtenden Augen könnte man meinen, sie hätte ihr Brot in Gold getaucht.

»Fato!«, sagt mein Vater da zu mir.

»Ja, Baba Jan?«, erwidere ich schnell.

»Ich habe heute früh Samiullah gesehen. Er ist vorbeigekommen, um Hallo zu sagen. Ein guter Junge.« Schlürfend befördert er einige Kartoffeln in den Mund. »Er schickt euch allen seine Grüße.« Er leckt sich die Finger. »Hast du heute deiner Madar Jan geholfen?«

»Nein, Baba. Ich war bei Zorah und ihrer Großmutter«, schwindle ich. Ihn zu belügen, hasse ich am meisten.

»Seltsam. Karim hat gesagt, Zohra würde heute auf ihre Geschwister aufpassen, weil seine Frau mit seiner *bibi* in die Klinik in der Stadt musste«, sagt mein Vater verwundert.

»Ja, das stimmt. Sie sind früh zurückgekommen. Wahrscheinlich gab es heute keine Warteschlange«, schwindle ich weiter und spüre, wie mich abermals ein ungutes Gefühl beschleicht.

»Na, das ist gut«, erwidert mein Vater, der sich wieder meinen Brüdern zuwendet und eine neue Geschichte beginnt.

Zurück bleibt nur der durchdringende Blick meiner Mutter. Oh, Gott, weiß sie Bescheid? Zum Glück ist es dunkel, und wir haben nur eine einzige Öllampe, die unseren Essplatz mit mattem Schein erleuchtet, daher kann ich ihrem Blick leicht ausweichen und mich auf meine Mahlzeit konzentrieren.

Nach dem Essen breiten wir unsere Matratzen aus. Ich decke Afifa zu, die aussieht wie das kleine Baby, das sie noch vor Kurzem war.

»Fato, *dostit darom*«, sagt sie und streicht mir mit ihrer kleinen Hand über die Wange.

»Ich liebe dich auch, mein *shadi gak*«, erwidere ich.

»Ich. Bin. Kein. *Affe*«, protestiert sie schleppend, während sie verzweifelt versucht, die Lider offen zu halten.

»Gut, dann bist du kein Affe. Du bist meine kleine Afo. Und ich würde alles für dich tun.« Ich streiche ihr über die Wange, während ich zusehe, wie sie aufgibt und in tiefen Schlaf gleitet. Auch ich bin erschöpft von den Ereignissen des Tages und gähne laut.

Ich stehe auf, gebe meinen Eltern einen Gutenachtkuss und schlüpfe auf meiner Matratze unter die Decke. Ich spreche das Gebet, das meine Mutter mir beigebracht hat, als ich jünger war als Afo jetzt, und döse ein – heute Abend bin ich zu müde, um wach zu bleiben und die Gespräche meiner Eltern zu belauschen.

Kurz nachdem ich mich ins Kissen gekuschelt habe, sinke ich in einen Traum. Samiullah und ich rennen über die Felder, wie wir es als kleine Kinder getan haben. Ein Gefühl der Freude und des Glücks überkommt mich; vermutlich ist es die kindliche Unschuld. Im Traum bete ich, dass sie für immer anhält –

»Baas!« Die aufgebrachte Stimme meines Vaters weckt mich auf.

»Aber Mohammad, sie ist in dem Alter«, fleht meine Mutter.

»Genug, habe ich gesagt! Kein Wort mehr! Ich verheirate meine Tochter nicht mit irgendeinem Fremden. Woher sollen wir wissen, wie diese Leute sie behandeln oder ob wir sie jemals wiedersehen werden? Ich kann sie doch nicht für eine Handvoll Münzen in ein anderes Dorf verkaufen. Nur weil es zu unserer Kultur gehört, ist es noch lange nicht richtig.« Die Stimme meines Vaters beginnt zu zittern. »Sie ist doch kein Sack Weizen. Ich kann sie nicht einfach für ein paar Afghanis verscherbeln und den Rest meines Lebens ruhig schlafen. Außerdem ist sie zu jung. Ende der Unterhaltung.«

Ich halte die Augen geschlossen und stelle mich schlafend. Doch tief in mir beginnt es zu rumoren und mir wird übel.

»Was ist mit mir, Mohammad? Haben wir nicht auch geheiratet, als ich in Fatimas Alter war? Für mich ist alles gut gegangen. Gott ist großzügig. Wir müssen ihm vertrauen.« Ihr Flehen reißt nicht ab. »Der Junge stammt aus einer reichen hazarischen Familie im Nachbarort. Wir können sie besuchen, wenn wir wollen. Und wir hätten zumindest die Gewissheit, dass sie bei unseren eigenen Leuten lebt. Sie sind nicht so barbarisch wie die anderen!«

Wie kann meine Mutter nur so etwas sagen? Warum will sie, dass ich mein Zuhause zurücklasse, meine Familie, mein Leben?

»Sie sind nicht barbarisch. Was redest du da, Frau?«, erwidert mein Vater barsch. »In diesem Land gibt es keine unschuldigen Parteien! Glaubst du, nur weil er zum gleichen Volksstamm gehört, wird er unsere Tochter auf Händen tragen? Haben die Hazaras in den Kriegen etwa niemanden gefoltert? Habe *ich* nicht auch aus ethnischem Stolz Menschen umgebracht?«

Ein gewaltiger Schrecken durchfährt mich und ich beginne zu zittern. Mein Gesicht kribbelt, so heftig ist mir das Blut eingeschossen. Ich klappere mit den Zähnen, kann es aber nicht abstellen. Und mir ist plötzlich kalt. Ich kann nicht mehr klar denken, das Zähneklappern dröhnt in meinem Kopf. Ich kann nicht glauben, was ich gerade gehört habe. Mein sanfter *baba* hat Blut an den Händen? Das Rumoren in meinem Innern wird schlimmer. Ich glaube, ich muss mich übergeben. Trotzdem versuche ich mit aller Kraft, still liegen zu bleiben. Sie sollen nicht wissen, dass ich wach bin. Oder dass meine Welt gerade auf den Kopf gestellt wurde. Es kann nicht wahr sein. Die Worte mögen aus seinem Mund gekommen sein, aber er hat sicher etwas anderes gemeint.

»Mossuma, ich habe Dinge getan, Dinge, die ich nicht vergessen kann«, seufzt er. »Ich kann nicht so tun, als wäre ich unschuldig. Tagtäglich verfolgt mich die Angst, dass meine Lieben für meine Sünden werden bezahlen müssen. Ali hat es bereits getan. Und ich fürchte, meine größte Strafe wird darin bestehen, mit anzusehen, wie meine Familie wegen meiner Vergangenheit leiden muss.«

»Aber Mohammad, das war an einem anderen Ort und in einer anderen Zeit. Außerdem hast du nur Befehle ausgeführt.« Die Stimme meiner Mutter wird weicher, sie ignoriert die Erwähnung meines älteren Bruders, der vor Jahren auf dem Weg in den Iran von irgendwelchen Ganoven umgebracht wurde. Eine Reise, die er nur wegen ihrer törichten Aufforderung unternommen hatte, als Arbeiter Geld für die Familie zu verdienen. »Gott wird dir vergeben; du warst ein junger Bursche –«

»Das, was ich getan habe, was so viele in diesem Land *einander* angetan haben, kann Gott nicht vergeben! Wie sollte er solche Gräuel vergeben?« Die Stimme meines Vaters schwankt. »Gott hat dieses Land und seine Menschen verflucht. Ich fürchte, er wird meine Kinder auch weiterhin für das bestrafen, was ich getan und zugelassen habe. Ich habe schon ein Kind verloren, ich will nicht noch ein weiteres verlieren.«

»Mohammad«, versucht meine Mutter vergeblich, ihn zu unterbrechen. Ich kann sie schniefen hören. Sie sprechen sonst nie von Ali. Es war von Anfang an leichter so. Trotzdem denke ich immer noch ständig an ihn.

»Ich habe gesehen, wie einer *unserer* Kämpfer einem Baby eine Gewehrmündung in den Mund geschoben hat. Ich sehe immer noch vor mir, wie es daran saugte, als wäre es die Brustwarze seiner Mutter. Der Kämpfer konnte gar nicht aufhören zu lachen und hat mit dem Finger darauf gedeutet, damit wir alle hinsahen. Das Baby dachte, wir würden mit ihm spielen. Und in dem Moment, als es wieder im Lauf nach Milch suchte und den Mund bewegte … ging der Schuss los.« Die Stimme meines Vaters bricht. Ich höre, wie er sich räuspert.

Hatte er wirklich zugelassen, dass dieses Baby starb?

»Das war im Bürgerkrieg, Mohammad, du warst in Kabul. Du hattest keine andere Wahl. Der Vater dieses Kindes hätte dich sicher auch umgebracht.« Auch die Stimme meiner Mutter schwankt. Ich merke, dass sie ihn beruhigen will, aber auch Angst hat.

Spricht mein Vater deshalb niemals über seine Zeit in Kabul? Meine Brüder und ich haben ihn oft nach seinem Leben in der Hauptstadt gefragt. Doch er will uns nie davon erzählen.

»Das wissen wir nicht, Liebes.« Die Stimme meines Vaters ist immer noch sanft und leise. »Sie haben einfach nur in der falschen Gegend gelebt. Und wir hatten vom Kommandanten den Befehl, ein Zeichen zu setzen. Ehrlich gesagt, verstehe ich heute noch nicht, warum, und das werde ich hoffentlich auch nie. Ich weiß nur, dass ich an dieser Sünde beteiligt war. Ich habe Männer, Frauen und Kinder umgebracht. Ich habe es zugelassen.«

Der Gedanke, dass mein Vater an Gräueltaten beteiligt war, macht meine Übelkeit immer schlimmer. Ich habe das Gefühl, mich gleich übergeben zu müssen, doch ich atme tief durch und versuche, die Übelkeit mit Willenskraft zu überwinden. »Aber wenn du es nicht getan hättest, hätten sie *dich* umgebracht! Es ging ums Überleben. Du hast einfach nur überlebt.«

»Manchmal wünschte ich, ich hätte nicht überlebt. Jetzt bin ich gezwungen, mit diesen Erinnerungen zu leben.«

»Mohammad …« Die Zärtlichkeit, mit der meine Mutter seinen Namen ausspricht, macht mir zum ersten Mal klar, dass sie ihn wirklich liebt. Genau wie in den Geschichten von Zohras *bibi*. Sie liebt ihn sehr.

»Deshalb will ich, dass meine Tochter ein glückliches

Leben führt«, sagt mein Vater mit Tränen in der Stimme. »Ich habe gesehen, wie Männer Frauen gestohlen, sie eingeschlossen und als Sklavinnen gehalten haben. Ich habe gesehen, wie sie verkauft, vergewaltigt und getötet wurden. Ich habe Väter auf den Straßen weinen sehen, die Bilder ihrer Töchter in der Hand hielten und fragten, ob irgendjemand sie gesehen hat.«

Ich hatte diese Geschichten schon früher gehört, aber nie geglaubt, dass sie wahr sein könnten. Selbst jetzt fällt es mir noch schwer, obwohl mein eigener Vater diese Dinge mit angesehen hat. Mit angesehen und nichts getan hat, um zu helfen.

»Ich habe gesehen, wie ein Mann eine Frau heiratete, nur um sie dann zu quälen und ihre Familie für ein Unrecht büßen zu lassen, dass diese an seiner eigenen begangen hatte. Dieses Risiko will ich bei meiner Tochter nicht eingehen.«

»Aber einige unserer Frauen sind glücklich. Sieh nur mich an«, wendet meine Mutter fast flehend ein. »Der Tag, an dem du in dieses Dorf kamst, war ein Segen für mich. Genau wie der Moment, als deine Familie zum *khastegari* zu uns kam und um meine Hand anhielt. Ich danke Gott jeden Tag für dich und die Kinder. Ich will, dass Fatima einen Versorger bekommt, wie du einer bist. Und ich glaube, dass sie mit einem unseresgleichen die besseren Chancen hat.«

»Auf die Erziehung kommt es an. Auf die Eltern.« Wieder hebt mein Vater die Stimme.

»Natürlich ist die Ethnie nicht *alles*, was zählt. Aber dieser Junge hat eine gute Erziehung. Gute Eltern. Er ist in Kabul sogar auf die Universität gegangen.« Meine Mutter klingt verzweifelt. »Seinetwegen hat der größte Teil seines Dorfes Strom. Und wir wissen beide, dass keine andere Volksgruppe sie jemals wirklich akzeptieren würde.«

»Ich bin völlig erledigt, Mossuma Jan. Wollen wir später darüber reden? Mein Kopf und mein Herz können heute Nacht nicht mehr verkraften.«

»Ja, *azizam*. Aber viel länger können wir es nicht aufschieben.« Die Worte meiner Mutter legen sich mir wie ein Strick um den Hals. »Wir wussten vom Tag ihrer Geburt, dass unsere Töchter nicht für immer bei uns bleiben, dass sie eines Tages einer anderen Familie gehören würden.«

Unwillkürlich stelle ich mir vor, wie es wäre, ein Mitglied von Samiullahs Familie zu sein, doch das macht alles noch viel schlimmer. Auch wenn sie jetzt freundlich zu mir sind, weiß ich doch, dass sie mich nie als Frau ihres Sohnes würden haben wollen. Meine Mutter hat recht. Ein hazarisches Mädchen kann keinen pastunischen Jungen heiraten.

Fünf

FATIMA

Es ist noch frostig, als ich im Morgengrauen erwache und hinausgehe, aber ich spüre bereits die Strahlen der Sonne, die langsam hervorkommt und die eisige Luft aufzehrt. Aus einem der Kanister spritze ich mir kaltes Wasser ins Gesicht, damit es mir beim Aufwachen hilft. Dann spüle ich mir mit einem Schluck Wasser den Mund aus und spucke es auf den Boden. Schon beim Ausspucken ist mir klar, dass ich heute wieder zum Brunnen geschickt werde, um die Kanister aufzufüllen, doch ausnahmsweise freue ich mich darüber, denn es bedeutet, dass ich von zu Hause fortkomme. Ich empfinde nichts als Grauen, als ich den Raum mit dem *tandour* betrete, in dem ich die nächsten beiden Stunden mit meiner Mutter Brot backen werde.

Sie hat bereits die *distarkhans* hervorgeholt, die wir beim Kochen verwenden, und verteilt die Plastikmatten rund um den Backofen. »*Salam*, Madar Jan«, sage ich beim Hereinkommen.

»*Salam janem«*, erwidert sie. »Kannst du mit dem Teig anfangen?«

»Ja«, antworte ich, nehme eine kleine Plastikschüssel und

spüle sie mit dem restlichen Wasser aus, das von gestern Abend noch im Kessel ist. Ich stelle sie auf eine Matte und gebe Mehl, Wasser und ein paar Eier hinein. Dann mische ich die Zutaten, bis sie eine zähe, feste Masse ergeben, und fange an, den Teig zu kneten und zu schlagen. Das Einzige, was mir Kraft gibt, ist das Wissen, dass ich in wenigen Stunden Samiullah sehen werde, so wie wir es abgesprochen haben, als wir uns im Weizenfeld verabschiedeten. Diesmal werden wir den Wald nicht verlassen, das ist sicherer. Die Gedanken daran lenken mich von meiner Mutter und ihren Plänen ab, mein Leben zu ruinieren, und von meinem Vater, dem Heuchler.

Ich sehe, wie sie einige Dungfladen auf den Boden des *tandour* wirft und sie mit Streichhölzern und alten Zeitungen in Brand setzt. Mit einem langen, schmalen Metallstab sorgt sie dafür, dass sich das Feuer ausbreitet und richtig in Gang kommt. Wir arbeiten schweigend, wie immer. Hin und wieder spüre ich den Blick meiner Mutter auf mir; ich wage es nicht, ihm zu begegnen. Ich habe Angst, dass daraus ein Gespräch entsteht, und im Moment will ich nichts von dem hören, was sie zu sagen hat, will nicht einmal ihre Stimme hören.

Als ich anfange, runde Teigballen zu formen und diese auf eine *distarkhan* lege, stellt sie den Kessel auf ein Metallgestell über dem *tandour*.

Dann bricht meine Mutter das Schweigen. »Vielleicht sollten wir heute ein paar Kuminsamen auf das Brot streuen, damit es ein bisschen schöner aussieht. Das habe ich gemacht, als ich frisch verheiratet war und deinen Vater beeindrucken wollte.« Ich nicke und fahre fort, die Teigkugeln zurechtzuklopfen. »Irgendwann wirst du das für deinen eigenen Ehemann machen. Damit zeigst du ihm, dass du eine gute Ehefrau bist und dir an ihm liegt.«

Ich frage mich, ob Samiullah Brot mit Kreuzkümmel mag. Er hat es mir nie erzählt. Aber ich habe ihn auch nie gefragt.

»Wollen wir auch ein wenig Salzgebäck backen? Ein paar Tassen Mehl können wir wohl entbehren, denke ich«, meint meine Mutter mit einem Lächeln. »Wenn du irgendwann heiratest, musst du wissen, wie man alle diese Sachen zubereitet, weil ich nicht da sein werde, um es dir zu zeigen. Dann bist du die Frau des Hauses und kochst für deinen Ehemann, seine Familie und, *inschallah*, deine eigenen Kinder.«

»Ich muss heute zu Zohra«, sage ich und schlage mit der Faust in den Teig, ehe ich einen weiteren Batzen abreiße.

»Den Unterricht kannst du heute ausfallen lassen. Das Backen ist wichtiger für deine Zukunft als das Lesen.«

»Sie warten auf mich. Es wäre unhöflich, nicht hinzugehen.« Ich belüge meine Mutter, ohne mich das kleinste bisschen schuldig zu fühlen. Sie hintergeht mich, indem sie mich verheiraten will, also warum sollte ich nicht das Gleiche tun?

»Rafedara bitai«, sagt meine Mutter in gereiztem Ton.

Ich gebe ihr das kleine Kissen, mit dem das Brot in den *tandour* gelegt wird. Sie formt aus einer meiner Teigkugeln eine flache Scheibe. Dann bohrt sie mit dem Fingernagel Löcher in den Teig, damit das Brot atmen kann, während es an den Rändern des *tandour* bäckt. »So musst du die Samen aufstreuen«, sagt sie und drückt einige schwarze Kuminsamen in den Teig. Als sie fertig ist, hebt sie den kochenden Kessel an, um die Öffnung des *tandour* freizulegen, und klatscht den Teigfladen innen an die Wand. Dann wirft sie mir das kleine Kissen zu. Jetzt bin ich an der Reihe. »Eines Tages wirst du selbst heiraten wollen und es wird dir gefallen. Es macht dich zur Frau. Ich hatte solches Glück, dass dein Vater mich genommen hat. Er hat mich jeden einzelnen Tag glücklich gemacht, mich wie eine Freundin behandelt und nicht wie eine Dienerin.«

Mit seiner Freundlichkeit und Sanftheit hat mich Samiullah schon immer an meinen Vater erinnert. Doch die Enthüllungen von gestern Nacht haben mir klargemacht, dass mein Vater nicht der Mann ist, für den ich ihn gehalten habe. Samiullah könnte niemals so sein. Samiullah würde ein Mann sein, der alle gut behandelt, nicht nur seine Frau.

Meine Mutter redet immer weiter, doch ich höre sie nicht mehr. Ich blende sie aus, indem ich mir eine Zukunft mit Samiullah ausmale. Vielleicht in einem Haus, das er und seine Vettern selbst gebaut hätten. Es würde einen großen Raum für den *tandour* haben. Wir könnten im Wohnbereich Tee trinken und hätten einen Hof für das Vieh. Wir würden Süßigkeiten essen, lachen und uns Geschichten erzählen …

Dann kehre ich jäh in die Gegenwart zurück und begreife, wie verrückt es ist, solche Gedanken zu hegen. Zohra hatte recht: Ich träume ständig von Dingen, die unmöglich sind. Und eine Zukunft mit Samiullah ist unmöglich.

Sechs

FATIMA

Als wir mit dem Brot fertig sind, verlasse ich das Haus und schlage den Weg zu Zohra ein. Ich habe ein schlechtes Gewissen, bei Zohras *bibi* zu schwänzen, nehme mir aber fest vor, die Arbeit am Abend, vor dem Einschlafen, im Kopf durchzugehen. Außerdem ist sie womöglich immer noch nicht gesund genug, um uns heute zu unterrichten. Ich laufe durch unsere flachen Felder bis dorthin, wo die Bäume beginnen. Es gibt nicht viel Grün in und um das Dorf, aber hier und da sind ein paar Stellen, an denen Pinien wachsen. Im Herbst ziehen die Kinder dorthin, um Pinienkerne zu sammeln, aber im Frühjahr und im Sommer ist die Gegend verwaist.

Ich laufe einige Meter hinein, die kleinen Zweige knacken und brechen unter meinen Füßen. Wenn ich zu Zohra wollte, müsste ich weiter geradeaus laufen und dem Pfad folgen, den Karim auf seinem täglichen Weg zu den Feldern und wieder zurück geschaffen hat. Für einen kurzen Moment wird mir bewusst, dass ich dem Pfad tatsächlich folgen und Zohra besuchen könnte. Dass ich mit ihr und ihrer Großmutter lesen und mir das gefährliche Vorhaben ersparen könnte, das Samiullah und ich ausgeheckt haben. Geradeaus zu gehen wäre die klügere Entscheidung.

Ich tue es nicht, sondern wende mich nach rechts, wo das Gezweig nicht allzu dicht ist. Im Schutz der Bäume beuge ich mich vor und wische die Äste und Blätter beiseite. Mein Herzschlag beschleunigt sich und mein Atem geht schwerer, während ich auf Samiullah warte.

Ich habe meine Eltern kaum jemals belogen. Ich hatte nie Grund dazu. Doch das hier scheint es mir wert zu sein. Obwohl es mir Angst macht, kann ich nicht damit aufhören.

Ich weiß, dass Samiullah und ich gewaltige Schwierigkeiten bekommen können, wenn wir erwischt werden, besonders wenn es zu einem Zusammentreffen mit Latif und seinen Männern käme. Doch was mir noch größere Sorgen bereitet, ist die Tatsache, dass es den Namen und die Ehre meiner Familie ruinieren könnte, wenn ihre Älteste unbeaufsichtigt durch die Gegend läuft. Und nicht nur unbeaufsichtigt – sondern allein mit einem Jungen. Je länger ich darüber nachdenke, desto unwohler fühle ich mich. Ich spüre, wie mir das Blut ins Gesicht steigt. Ich kann das nicht tun. Es ist viel zu riskant. Doch in dem Moment, als ich umkehren und zu Zohra gehen will, höre ich ihn.

»Fatima?«, fragt Samiullah mit seiner tiefen, beruhigenden Stimme. »Ist alles in Ordnung?« Mit einem Mal ist meine ganze Besorgnis verschwunden und ich bin umhüllt von Ruhe und Wärme.

»Ja, alles in Ordnung«, antworte ich ihm.

»Sicher? Du bist ganz blass.« Seine Augen sind voller Besorgnis.

»Ja, ganz sicher.« Ich lächle ihn an und kicke einen Stein davon, um Samiullah nicht anschauen zu müssen.

»Na schön! Also, was willst du heute unternehmen? Wahrscheinlich sollte ich mit dir ein bisschen Lesen üben, für den Fall, dass deine Eltern dich bald auf die Probe stellen wollen«, sagt er mit einem Lächeln und zieht Block und Stift aus der Tasche seines *payron*. Ich habe den Eindruck, dass es ihm noch mehr Sorgen bereitet als mir, erwischt zu werden. Wir wissen beide, dass seine Strafe weniger drastisch ausfallen würde als meine, trotzdem wirkt er wachsamer und bereit, beim kleinsten Anzeichen von Gefahr die Flucht zu ergreifen.

»Ich kann jetzt schon gut lesen, Sami«, erkläre ich ihm. »Wenn meine Eltern mich auf die Probe stellen würden, wäre das kein Problem.«

Er hebt eine Augenbraue, als wäre er beeindruckt. Dann lacht er und fragt: »Gut, und was willst du dann tun?«, dabei steckt er sich den Stift hinter das Ohr und schiebt ihn behutsam durch sein dicht gewelltes Haar. Am liebsten würde ich ihm ins Haar fassen, nur um zu sehen, wie es sich anfühlt, wende aber stattdessen die Augen ab und setze mich weiter hinten auf einen großen Felsbrocken.

»Wie wäre es, wenn wir *tut* sammeln?«, schlage ich vor.

»Das hört sich wunderbar an!« Er wirkt ehrlich begeistert. »Die Maulbeeren aus unserem Dorf haben mir sehr gefehlt. Die frischen, süßen. Als ich weg war, habe ich getrocknete *tut* gegessen, aber frische habe ich nie gefunden.«

»Prima!« Ich freue mich, dass mein Vorschlag so gut angenommen wurde. Wir gehen tiefer in den Wald und halten nach den Maulbeerbäumen Ausschau, die hier draußen wachsen.

»Ich glaube, ich habe einen gefunden«, ruft Samiullah. Ich laufe zu ihm und sehe einen ausladenden Baum mit langen Ästen und wunderschönen roten und violetten Früchten. Ich pflücke eine Beere und stecke sie in den Mund. Der saure Saft perlt auf meiner Zunge. Kaum zu glauben, dass es die gleiche Art Beeren ist, die wir im Winter gedörrt zum Tee essen; frisch schmecken sie ganz anders. »Himmlisch, was?«

Ich nicke und schmause weiter. Sami tut es mir nach. Ich entdecke einen Ast, der dick genug ist, um hinaufzuklettern, strecke die Arme aus und spüre die raue, kratzige Borke unter meinen Handflächen. Ich will mich hochziehen, doch ich bin nicht stark genug. Da tritt Sami neben mich und beugt sich vor. »Hier, steig auf meinen Rücken«, sagt er.

»Nein, dann wirst du schmutzig«, sage ich mit einem Blick auf seinen weißen *payron*.

»Ich kann meine Kleider waschen lassen.« Mit geschürzten Lippen lächelt er mich an, ehe er den Blick wieder senkt. Ich katapultiere mich hinauf und schaffe es, auf einen noch dickeren Ast zu klettern. Sami folgt mir und setzt sich neben mich. Dann zieht er einen langen Ast heran und pflückt ein paar Beeren ab, die er mir gibt, ehe er für sich selbst ebenfalls welche pflückt. Schweigend sitzen wir im kühlen Schatten des Waldes und essen unsere Maulbeeren.

Immer wieder kreisen meine Gedanken um das Gespräch meiner Eltern in der vergangenen Nacht. Ich will nicht mit einem Fremden aus einem anderen Dorf verheiratet werden. Dann könnte ich Samiullah nicht mehr treffen.

»Woran denkst du?«, fragt Sami und unterbricht das Chaos in meinem Kopf.

»Nichts«, lüge ich.

»Das glaube ich nicht«, sagt er und ich muss lächeln. Er hat die Stille zwischen uns schon immer besser deuten können als alle anderen. »Aber ich sehe schon, was das hier wird – wir spielen das Ratespiel! Das gefällt mir.«

Ich komme aus dem Grinsen gar nicht mehr heraus und mache mit. Ich presse die Lippen zusammen, um ihm zu zeigen, dass ich keinen Ton mehr sagen werde.

»Mal sehen. Was könnte es sein?« Er schnippt mit den Fingern. »Du hast beschlossen, im Dorf einen Demonstrationszug für Frauenrechte zu veranstalten?« Ich schnaube und stelle mir vor, wie meine Mutter und die anderen Frauen herummarschieren. Als unser Fernseher noch funktionierte, bevor die Batterie den Geist aufgab, hatte ich Frauen in der Hauptstadt gesehen, die das taten.

»Also gut, was kann es dann sein? Ach ja, du hast beschlossen, in die afghanische Armee einzutreten. Nicht weil du für dein Land kämpfen willst, sondern um so weit wie möglich von deiner Mutter wegzukommen?« Das wäre ein Gedanke. Den sollte ich mir merken. Trotzdem presse ich die Lippen noch fester zusammen und schüttle den Kopf.

»Nein, nein.« Sami wirft mir einen langen Blick zu. »Könnte es sein, dass du einen alten Mann mit weißem Bart heiraten wirst und ich ohne meine liebste Freundin in diesem Dorf zurückbleibe?« Zufrieden spricht Sami etwas aus, das er offensichtlich für lächerlich hält, mich aber mitten ins Herz trifft. Ob alt oder nicht, meine Mutter will mich tatsächlich mit jemandem verkuppeln. Sie fleht meinen Vater an, mich fortzugeben.

Als ich zu ihm aufschaue, steigen mir Tränen in die Augen und ich kann nichts mehr sehen. Ich spüre, wie sie mir über das Gesicht laufen und bekomme plötzlich keine Luft mehr. Ich springe vom Ast. Er soll mich nicht anschauen, wenn ich so lächerlich aussehe. Ich lande unsanft auf einem Fuß und sinke zu Boden. Der Schmerz in meinem Fuß ist nichts im Vergleich zu dem, was ich sonst noch empfinde. Ich höre, wie Sami mir folgt.

»Es tut mir leid. Was habe ich nur gesagt? Bist du in Ordnung?« Mit halb ausgestreckten Armen kniet er sich vor mich, als wolle er mich umarmen, wage es aber nicht. Ich habe keine Angst. Nicht mehr. Ich lege die Arme um seinen Hals und vergrabe das Gesicht an seiner Schulter, um die Tränen zu verstecken. Er nimmt mich fest in den Arm. »Ist schon gut«, flüstert er. »Atme tief durch.«

Eine gefühlte Ewigkeit verharren wir eng umschlungen. Schließlich komme ich wieder zu Atem und meine Tränen strömen nicht mehr wie der Winterschnee, der von den Bergen abschmilzt, sondern werden zu kleinen Regentropfen. Wir haben uns kaum voneinander gelöst, als ich mir auch schon die Wärme und Geborgenheit zurückwünsche. Ich schäme mich für mein Verhalten und schaue zu Boden. »Tut mir leid«, ist alles, was ich sagen kann.

»Was denn? Das muss dir nicht leidtun.« Sami klingt aufrichtig besorgt. »Aber du machst mir Angst. Was ist los?«

Dann erzähle ich ihm alles, angefangen mit meiner Mutter, die mich unter die Haube bringen will. Ich weiß nicht, ob ich es mir nur einbilde, aber ich habe den Eindruck, dass er bestürzt aussieht. Dann erzähle ich ihm von meinem Vater und dem, was er in Kabul getan hat. Als ich ihm von dem Baby erzähle, wirkt Sami nicht überrascht. Und auch das macht mir zu schaffen. »Warum bist du nicht empört?«, frage ich ihn.

»Dein Vater ist ein guter Mann, Fatima«, erwidert Sami, während er neue Beeren pflückt und sich neben mich auf den Felsbrocken setzt. »Er liebt dich. Er stellt sich sogar gegen deine Mutter, damit sie aufhört, dich mit irgendeinem Fremden verheiraten zu wollen. Es gibt nicht viele Väter, die ihre Töchter so lieben.«

»Aber wie kannst du ihn einen guten Mann nennen? Er hat Leute umgebracht!« Ich merke, dass ich lauter werde.

»Manche kennen nichts anderes als dieses Land und unsere Leute«, sagt Sami. »Vielleicht hat dein Vater auch nichts anderes gekannt, bevor er dazulernen musste. Ich will das, was er getan hat, nicht verteidigen; es war falsch. Was ich sagen will, ist, dass er es wahrscheinlich nicht besser gewusst hat oder gezwungen wurde, es zu tun, damit man ihn nicht selbst umbringt. Ich weiß es nicht. Aber ich weiß, dass er in diesem Land nicht der Einzige ist, der sich schuldig gemacht hat.« Samiullah streckt die Hand aus, um mir ein paar Beeren anzubieten, die ich nicht nehme.

»Was meinst du damit?«, frage ich, fast enttäuscht darüber, dass Sami solche grausamen Taten verteidigt. Wir reden davon, Menschen das Leben zu nehmen. Unschuldigen Menschen. Einem Baby! »Ist es für dich in Ordnung, einfach so Menschen umzubringen? Würdest *du* jemanden umbringen?«

»Natürlich nicht!« Jetzt ist Sami ebenfalls sauer. »Ich sage bloß, dass dein Vater das, was er getan hat, vielleicht gar nicht tun wollte, es aber tun musste. Vielleicht hat man ihn dazu gezwungen! Vielleicht hat er nicht gewusst, was er tut!«

Ich schweige überrascht. Ich schaue Sami an und versuche, seine Miene zu deuten, doch es gelingt mir nicht. Seine Stimme ist voller Zorn, sein Gesicht dagegen wirkt tieftraurig.

»Tut mir leid«, bricht er das Schweigen. Ich finde immer noch nicht die richtigen Worte, um ihm zu antworten. Ich habe das Gefühl, etwas im Stillen herausfinden zu müssen.

»Ist schon gut«, erwidere ich schließlich, obwohl ich nicht weiß, ob es wirklich so ist. Samiullah sieht aus wie ein verirrter kleiner Junge; am liebsten würde ich ihn in den Arm nehmen, so wie er es vorhin mit mir getan hat.

»Es ist nicht gut«, erwidert er. »Ich hätte dich nicht so anschreien sollen.«

»Warum hast du es dann getan?«, scheint mir im Augenblick die beste Frage zu sein.

»Ich will damit nur sagen, dass das Leben nicht immer das ist, was wir in unserem kleinen Dorf erleben«, sagt er. »Da draußen passiert vieles, was beängstigender ist als das, was wir gestern erlebt haben; beängstigender als alles, was wir erleben.«

Ich weiß, dass Sami mehr gesehen und erlebt hat als ich, dass er mehr herumgekommen ist. Schon bevor er fortging, um die *madrasa* zu besuchen, ist er mit seinem Vater von Dorf zu Dorf gefahren, um Waren auszuliefern. Aber genau wie mein Vater erzählt er nur wenig davon. Und wenn sie es tun, heißt es immer, wie wunderbar unser Dorf ist im Vergleich zum Rest des Landes. Ich fange an, die Distanz zwischen uns zu spüren.

»Da draußen gibt es Menschen, für die ein Menschenleben nicht zählt«, sagt Sami. »Sie empfinden keine Sympathie für Unschuldige. Ihnen geht es nur um Macht, Kontrolle und Geld. Was ich zu sagen versuche, ist, dass dein Vater vielleicht eine Marionette eines dieser Männer war.«

Er zerbricht einen Zweig, den er vom Boden aufgehoben hat. »Unser Dorf schützt uns vor all dem. Und dein Vater beschützt dich. Diese hässliche Welt ist für Menschen gemacht, die aus einem anderen Holz geschnitzt sind.«

Selbst wenn sie hässlich ist und schrecklich, wünschte ich, jemand würde mich die Welt mit eigenen Augen sehen lassen. Vielleicht würde ich es dann verstehen. Vielleicht könnte ich dann diese Unterhaltung führen, ohne mir dumm, klein und einfältig vorzukommen.

»Ich will aber, dass sie etwas für mich ist«, erwidere ich. »Ich will die Welt außerhalb des Dorfs sehen. Ich will einfach nur … wissen, was da sonst noch ist. Es kann nicht alles hässlich sein, wenn Mädchen anderswo zur Schule gehen und arbeiten. Ich verstehe immer noch nicht, warum du zurückgekommen bist.«

»Ich liebe dieses Dorf; ich liebe seine Menschen.« Sami klingt aufrichtig und traurig. »Es war ein solches Glück für mich, zurückzukommen. Das war mein größter Wunsch, während ich fort war. Jeden Tag habe ich Gott angefleht und beschworen.«

Ich bin mehr als verblüfft über sein Geständnis. An seinem sanften Tonfall erkenne ich, dass er die Wahrheit sagt. Aber ich verstehe es immer noch nicht. Wie konnte er die Gelegenheit vergeben, andere Dörfer zu sehen? Vielleicht sogar die Hauptstadt? Etwas zu lernen? Auch wenn es mir ein schlechtes Gewissen macht, ihn so traurig zu stimmen, muss ich ihn einfach fragen: »Hat dir deine Familie gefehlt? Hattest du Heimweh?« Ich kann ihm ansehen, dass es nicht der Grund ist, aber ich weiß nicht, was ich sonst sagen soll. Ich habe so viele Fragen über die Zeit, die er fort war, doch bisher fehlte mir der Mut, seine Antworten zu hören. Ich hatte Angst, ich würde ihn um sein anderes Leben beneiden, ein Leben, an dem ich keinen Anteil hatte und niemals haben würde.

»Ja, ich habe meine Eltern vermisst, meine Brüder und Schwestern, meine Vetter, dich – ich habe alle vermisst«, sagt er. Ich kann nicht anders, als mich darüber zu freuen, dass ich ihm gefehlt habe, denn er hatte mir auch gefehlt. Am Anfang, nachdem er fortgegangen war, lag ich nachts auf meiner *toschak* und fragte mich immer wieder, ob er wohl an mich dachte.

»Aber das war es nicht. Ich habe wirklich geglaubt, ich würde nie mehr zurückkommen. Dort zu sein, war, als wären mein Körper und meine Seele im Dunkeln gefangen. Erinnerst du dich noch an den Tag vor vielen Jahren, als dieser schreckliche Sturm über das Dorf hereingebrochen ist?« Ich weiß genau, wovon er redet. Einen solchen Tag, einen solchen Sturm habe ich nie wieder erlebt. Der Himmel wurde pechschwarz und die dicken Wolken hallten wider vom Zorn Gottes oder dem gnadenlosen Gelächter des Teufels. Aber offensichtlich meint Sami noch etwas anderes. »Erinnerst du dich noch an das beängstigende Gefühl, als der Sturm heraufzog? Es war so stickig und dunkel, und plötzlich waren die wütenden Wolken nicht mehr nur über uns, sondern bildeten eine wandernde Wand von der Erde bis in den Himmel, die wirbelnd und tosend auf uns zukam – fast so, als wäre der Teufel gekommen, um uns zu holen!«

Obwohl ich noch jung war, weiß ich alles noch ganz genau. Ich hatte meine Familie noch nie so verängstigt gesehen. Kaka Ismail sagte uns, wir sollten zu ihm und Samis Familie ins Haus kommen. Viele Leute aus dem Dorf begaben sich ebenfalls dorthin. Wir zitterten vor Angst und der Kälte des Regens. Samis Mutter tat, was sie konnte, um gastfreundlich zu sein, möglicherweise wollte sie auch einfach etwas zu tun zu haben. Niemand hatte je solche Wolken gesehen. Die Männer blieben draußen vor dem Haus im *maimon khana*, weil es ihnen nicht erlaubt ist, die Ehefrauen anderer Männer zu sehen. Ich hingegen war bei den Frauen und Mädchen drinnen in der Küche. Samiullahs Mutter kochte auf dem *tandour* pausenlos Tee, und wir tranken ihn aus Höflichkeit und knabberten Brot, während wir in der Ferne den Donner- und Blitzschlägen lauschten.

Die kleineren Jungen wurden im Haus mit den Wänden aus Lehm geduldet, aber sie spielten lieber weiter im Hof, wo sie nass wurden und zeigen konnten, wie mutig sie waren. Hin und wieder, wenn der Donner grollte, zuckten sie zusammen. Ich erinnere mich, dass ich meinen Bruder Ali beobachtete, wie er mit verängstigten kleineren Jungen scherzte. Er war der Älteste in der Gruppe, aber wahrscheinlich auch der Fröhlichste und versuchte, alle zum Lachen zu bringen.

Auch Sami sehe ich noch vor mir, der damals viel jünger war und, vom Regen durchnässt, auf dem Dach eines der Anbauten hockte, versunken in den Anblick dessen, was er gerade betrachtete. Es war unschwer zu erkennen, wie sich sein Ausdruck in blankes Entsetzen verwandelte, als er die Augen auf etwas in der Ferne richtete. Unsere Blicke begegneten sich, als er in den Hof hinabsah, um den anderen Jungen zuzurufen, sich zu uns in den kleinen Raum zu zwängen. »Geht nicht nach draußen!«, schrie er, was uns noch mehr verängstigte, dann rannte er zum Gästehaus, wo die Männer warteten. In diesem Augenblick hörten wir es. Das Grollen klang, als käme es tief aus dem Boden, ein donnerndes Tosen, das mir bis heute in den Ohren klingt. Der Wind frischte auf und überall begannen Dinge durch die Gegend zu fliegen. Wir zogen uns von der Tür zurück, als wir sahen, wie Schalen und Besen vorbeiflogen, die im Luftstrom fortgesaugt wurden. Wir klammerten uns aneinander und die kleinen Kinder begannen zu weinen. Als ich mich umsah, entdeckte ich Tränen der Angst in den Augen der Erwachsenen. Meine Mutter umklammerte meinen neugeborenen Bruder, der ahnungslos schlief, und presste auch mich an sich, im Versuch, mich festzuhalten. Von Weitem sah ich durch das kleine Fenster in den Sturm hinaus. Es war eine dunkle Wolke, die draußen vor dem Haus kreiselte und im Vorüberziehen Dinge mit sich riss. Ich glaube, sogar Kühe und Hühner gesehen zu haben, die fortgetragen wurden.

Sie nannten es einen *tufan*. Er richtete an einigen Häusern und Grundstücken Schäden an, aber ebenso erstaunlicher- wie glücklicherweise kam niemand ums Leben, was uns alle überraschte, als wir die Beschädigungen sahen, die er zurückließ. Viele Tiere wurden nach dem Sturm vermisst. Samis *bibi Jan* erklärte, wenn ein solcher Sturm zuschlage, sei ein unschuldiger Mensch ermordet worden. Mein Vater meinte, das sei ein Aberglaube unter alten Leuten. »Wenn sie recht hätte mit dem, was sie sagt, wäre der Himmel über Afghanistan nur noch schwarz.« Diese Art von *tufans* seien in Afghanistan selten, erklärte er uns. Er selbst kannte sie nur aus einem ausländischen Film, den er in Kabul gesehen hatte. Allerdings wurden sie in diesem Film »Tornados« genannt.

Ich erinnere mich noch an die Dunkelheit und die Angst, aber ich verstehe nicht, warum Sami diesen Sturm mit seiner Zeit in der Schule vergleicht, einer Zeit, in der er, wie ich angenommen hatte, neue Freunde kennenlernen und seine alten vergessen würde.

»Dieses Gefühl von drohendem Unheil«, sagt er, »hatte ich in der *madrasa* jeden Tag. Der Ort war … ein Albtraum.«

Sein Geständnis überrascht mich.

Ich strecke die Hand aus und er umklammert meine Finger. Ich will ihn gerade fragen, warum es ein Albtraum und was an der Schule so schrecklich war, als wir Zweige knacken hören. Ich schaue Sami an und sehe in seinen Augen das Spiegelbild meiner eigenen Angst. Er lässt meine Hand los. Das Herz schlägt mir bis zum Hals – nicht wegen der Dinge, über die wir gesprochen haben, oder weil ich mit ihm zusammen bin, sondern vor nackter, panischer Angst.

Zweiter Teil

Sieben

RASHID

Seht nur, wie sie davonhuschen wie Mäuse. Der Beweis, dass sie um ihre Sünde wissen. Schon das Geräusch meiner Sandalen, wenn sie auf Zweige treten, lässt sie um ihr Leben rennen. Das ist das Werk eines *kafir*. Möge Gott diese beiden Ungläubigen bestrafen! Oder besser noch, ich werde Gott bei dieser Mission unterstützen. Ich kann sein Gefäß sein. Warum würde er mich sonst zum Zeugen dieser Blasphemie machen?

Ich werde den beiden eine Lektion erteilen, die sie nie vergessen werden. Aber nicht sofort. Ich habe viel Zeit, um diese Esel zu bestrafen.

Ich nehme die Tasche mit meinen Habseligkeiten und Geschenken und mache mich auf den Weg zu unserem Haus.

Als ich am Fuß des Bergpfades vorüberkomme, fühle ich mich in die Zeit zurückversetzt, bevor ich auf die *madrasa* ging. Immer wieder bin ich mit den anderen Kindern um die Wette den steinigen, staubigen Pfad hinaufgelaufen. Ich war immer vorn, die Steine flogen unter meinen Füßen nur so davon und trafen die, die mir auf den Fersen waren. Keuchend und außer Atem kam ich als Erster oben an. Ich war der Beste; ich bin es noch. Schon beim Gedanken daran schmecke ich den Schweiß, der mir in den Mund lief – den Geschmack von Sieg und Größe. Ich lecke mir die Oberlippe, um ihn wieder einzufangen.

Vor den rostigen hellblauen Flügeln unserer Eingangstür bleibe ich stehen. Der umgestürzte Baum, den wir vor Jahren aus dem Wald gerollt haben, liegt immer noch draußen vor unserem Haus – ein Platz zum Ausruhen und Betrachten des Dorfes. Viel zu sehen gab es nie, nur die Bauern aus der Nachbarschaft, die mit ihren Tonkrügen herkommen, um sich an unserem Brunnen zu bedienen. Die einzige aufregende Veränderung bestand darin, dass sie ihre Tongefäße gegen Plastikbehälter austauschten. Mein Onkel ist diesen Bastarden des Dschingis Khan gegenüber schon immer viel zu großzügig gewesen. Sein fehlgeleiteter Großmut bringt mein Blut immer wieder in Wallung.

Ich hole tief Luft und klopfe an die Metalltür – das hallende Geräusch klingt wie das Hämmern eines Schmieds. Ich horche auf das leise Trappeln der herbeieilenden Frauen und lächle. Sie müssen mich so vermisst haben.

Ich höre, wie die Tür entriegelt wird, und muss lachen, als meine Tante einer meiner Kusinen zuruft, es ihr zu überlassen. Ich liebe es, wenn sie sich um mich streiten. Die Tür gleitet langsam auf und da steht meine liebe Tante mit einer Schar lächelnder Mädchen hinter sich. Jedenfalls nehme ich an, dass sie lächeln. Die Frauen meiner Vettern bedecken ihre Gesichter, daher kann ich sie eigentlich nicht sehen. Ich eile auf meine Tante zu, die gebrechlicher wirkt als früher, und küsse ihr die Hand, während sie zu weinen beginnt und mich auf den Hinterkopf küsst. Für zwei meiner Tanten hatte ich schon immer eine besondere Vorliebe. Die Schwestern meines Onkels Ismail haben nie geheiratet, weil er keine passenden Freier für sie fand. Als Anführer des Stammes wäre es unter seiner Würde gewesen, sie einfach irgendjemandem zu geben. Obwohl ich mit dieser Entscheidung einverstanden war, habe ich mich immer gefragt, ob sie damit zufrieden waren, bei ihrem Bruder zu leben und zuzusehen, wie ihre Nichten und Neffen heiraten und Kinder bekommen.

»*Aday*, du hast mir so gefehlt«, sage ich und fahre fort, ihre zerknitterte Haut zu küssen, die runzliger ist, als ich sie in Erinnerung habe. Tante Gul Babo tätschelt mir zärtlich das Gesicht. Ich schaue in ihre tränennassen Augen und zwinkere ihr zu, ehe ich mich an die anderen Frauen wende. »*Salamona, maindai, aw, peghlo, singa yasti?*«, erkundige ich mich nach ihrem Befinden. Die Antwort besteht nur aus Gekicher, ein paar laufen sogar davon.

Es ist schön, wieder zu Hause zu sein.

Meine erste Station ist das Zimmer mit dem *tandour*, denn die kleinen Kinder haben es geschafft, sich an meine Beine zu klammern. Dort finde ich meine Tante Gul Bashro, Onkel Ismails andere Schwester, und die jungen Mädchen, die eines meiner Lieblingsgerichte, *aush*, kochen. Überall ist Mehl, selbst auf den fröhlichen Gesichtern der Mädchen, die mich begrüßen. Sie rollen und kneten den Teig, ehe sie ihn in lange, dünne Fäden schneiden und in einem riesigen Kessel voller kochendem Wasser mit gewürztem Lauch vermischen. Ich bin gerührt, dass sie sich daran erinnern, wie gern ich diese Suppe mag. Auch wenn es mich ein wenig kränkt, dass sie zu Ehren meiner Ankunft keine Ziege geschlachtet haben. Das werden sie später sicher nachholen.

»Da bist du ja endlich!«, sagt meine Tante. Gul Bashro ist weniger gefühlsbetont als Gul Babo. Sie besitzt eindeutig eine Portion paschtunischen Männerhumor. »Sieh dir nur den Aufwand an, den wir deinetwegen betreiben. Ich hoffe, du weißt, wie kompliziert es ist, *aush* zu kochen«, sagt sie mit einem kleinen Lächeln, als ich zu ihr gehe, um ihr die mehlbestäubte Hand zu küssen.

»*Kor mo wadan*, möge dein Haus immer sicher sein. Es riecht wunderbar!«, sage ich. In diesem Moment erhasche ich einen kurzen Blick auf Nur, Samiullahs jüngere Schwester, die so schön ist wie immer. Ihr Name passt zu ihrer Erscheinung: Sie ist ein Licht, dessen Glanz auf uns alle fällt. Sie hat die Augen abgewandt, wie es sich für eine anständige junge Frau gehört. Obwohl sie zwei Jahre jünger ist als Samiullah, ist sie offensichtlich zur Frau gereift.

Ich starre sie nicht an. Stattdessen stibitze ich ein Bröckchen rohen Teig und stecke es in den Mund, ehe ich mich gerade noch rechtzeitig vor einem Schlag mit Tantes Nudelholz in Sicherheit bringe.

Draußen entdecke ich Gul Bibi, Samis und Nurs Mutter, die jüngere Schwester meines Vaters. Sie war es, die meinen Onkel überredete, mich nach der Ermordung meiner Familie bei sich aufzunehmen. Gul Bibi und mein Vater standen sich näher als die meisten Geschwister. Als Kinder waren sie unzertrennlich. Mein Großvater erzählte uns früher immer, dass, wenn mein Vater nicht da war, Gul Bibi sich so lange weigerte, etwas zu essen, bis sie wusste, dass ihr großer *lala* ebenfalls aß. Sie selbst sagte, ihre Kinder und der Sohn ihres Bruders hätten sie nach dessen Tod am Leben erhalten. Mir kommen die Tränen, als ich ihre knochige, gebrechliche Gestalt erblicke, deshalb senke ich den Kopf und gehe auf sie zu, um ihr die Hand zu küssen, ehe sie die Tränen sehen kann. Sie zieht die Hand fort, lässt mich aufstehen und drückt mich an ihre Brust.

»Mein Junge, mein lieber, lieber Junge«, sagt sie zärtlich. Mit ihren feuchten Händen umfasst sie mein Gesicht, ehe sie mich auf die Wangen, die Augenlider und die Stirn küsst. Was mir nichts ausmacht.

»Es ist schön, dich zu sehen, meine liebe Mutter«, sage ich und meine es auch so. Bis zu diesem Moment war mir gar nicht bewusst gewesen, wie sehr ich sie vermisst habe.

»Genug, genug. Lass den Jungen los«, erschreckt uns die Stimme meines Großonkels von hinten. Jan Baba, der im Augenblick einzige männliche Verwandte in unserem Haus, ist in den Hof gekommen, um mich zu begrüßen. Sobald die Kinder ihn erblicken, verziehen sie sich. Er weiß wohl immer noch mit ihnen umzugehen. Den gebrechlichen Körper auf einen Stock gestützt, hat er die Hand bereits zum Kuss ausgestreckt. Ich eile auf ihn zu und presse die Lippen auf seine Finger. Seine Hand zittert stärker als ein voll aufgedrehter Generator.

»*As-salamu alaikum*, mein Sohn; deine Ankunft bereitet uns Freude«, sagt er, als er die Hand zurückzieht. »Die Männer sind draußen, kommen aber zurück, bevor die Sonne untergeht. Komm, setz dich einstweilen zu mir und erzähle mir alles von deinem neuen Leben.« Als er sich umdreht, um hineinzugehen, scheucht er Gul Bibi davon und ruft einem der Mädchen zu: »Jamila! Bring uns ein wenig Tee!«

Darauf zu warten, dass die Sonne untergeht und die Männer zurückkehren, ist, als sehe man Ton beim Trocknen zu. Ich erzähle Jan Baba um die tausendmal von der Schule und dass man dort erwägt, mich zu einem der Lehrer zu machen, werde aber immer wieder von seinen Schlafattacken und dröhnenden Schnarchern unterbrochen. Sobald er erwacht, höre ich mich wieder von vorn beginnen, was mich immer mehr ärgert und frustriert. Trotzdem tue ich, als wäre nichts dabei, streue sogar hier und da ein gezwungenes Lächeln oder Lachen ein. Ich weiß, dass wir unsere Vorfahren respektieren müssen, aber wie wäre es, wenn sie uns ebenfalls ein wenig Respekt erweisen würden für die Geduld, mit der wir bei ihnen ausharren? Wenn Jan Baba und der Rest von ihnen wüsste, was ihr kostbarer Sami den ganzen Tag getrieben hat, würden sie mich sogar noch mehr respektieren.

Während wir auf die Rückkehr der Männer warten, kommen immer wieder Kinder ins Zimmer gerannt und beäugen mich. Einige erinnern sich noch daran, dass ich hier gelebt habe, andere waren bei meinem Weggang noch zu klein. Anfangs finde ich es nett, wenn sie die kleinen Köpfe hereinstrecken, aber nach ein paar Stunden gehen auch sie mir auf die Nerven. »*Za larsa!*«, brülle ich sie schließlich an, zu verschwinden. Mit schreckensweiten Augen rennen sie hinaus.

Als die Männer schließlich eintreffen, höre ich, wie mein Onkel Ismail von den Frauen begrüßt wird. Ich stehe auf, gehe in den Hof hinaus und erblicke meinen Onkel und meinen Vetter, den Ungläubigen, der hinter ihm hertrottet. Dieser Sünder! Selbstgefällig versucht er sich einzuschmeicheln und hebt die kleinen Kinder auf, die keckern wie die Ziegen. Selbst seine liebliche Schwester Nur küsst ihn, nachdem sie ihren Vater begrüßt hat. Sami hat ihren Respekt und ihre Bewunderung nicht verdient. Er belügt alle und tut, als wäre er ein ehrenwerter Mann. Ich verstehe nicht, warum er so geliebt wird. Er ist ein armseliger Narr und Schulabbrecher. Ein Versager! Er mag der älteste Sohn meines Onkels sein, aber ich habe mehr getan, um sie stolz zu machen. Ich bin derjenige, der in der *madrasa* geblieben ist, der gelernt hat, den *Qu'ran* zu zitieren. Auf mich sollten sie stolz sein. Nicht auf diesen kleinen Wurm.

»Ah! Mein Sohn! Wie schön dich zu sehen!«, wendet Ismail Aaka sich schließlich an mich. Als wir uns umarmen, sehe ich, wie Sami mich anlächelt. Ich lasse mich auf sein Theater ein und erwidere sein Lächeln.

»*As-salamu alaikum*, Rashid«, sagt Sami und kommt, um mich ebenfalls zu umarmen. »Der Sohn meines Onkels hat mir gefehlt. Ist es dir gut ergangen?« Wenn ich es nicht besser wüsste, würde ich fast meinen, er klinge besorgt.

»Sehr gut, Vetter«, erwidere ich. »Das Leben ist gut, wenn man all die wunderbaren Gebote Gottes lernt und hofft, sie mit seinen Lieben zu teilen.« Ich schaue ihn an und warte auf eine Reaktion. Wir wissen beide, dass er, was die Herrlichkeit der göttlichen Lehren angeht, jede Glaubwürdigkeit verspielt hat.

»Ich bin froh, dass du wohlauf bist«, sagt er und schlägt mir auf die Schulter. »Ich habe gehört, die Frauen hätten für heute Abend ein Festmahl zubereitet! Ich glaube, sie haben dir zu Ehren sogar ein Huhn geschlachtet.«

Ein Huhn? Mehr nicht? Nun ja, es ist zwar keine Ziege, aber immerhin.

Die Männer versammeln sich in einem Zimmer, und eine Matte wird für uns ausgebreitet, um das Essen daraufzustellen. Einer der kleineren Jungen bringt die *quza* und *chilemchi* herein. Er gießt Wasser aus dem Metallkrug und wir waschen uns vor dem Essen den Schmutz von den Händen. Für die Suppe haben sie heute Abend die Glasschüsseln und Löffel herausgeholt. Das Hühnchen wird mit den Händen auseinandergerissen und gegessen.

Am Genuss, mit dem die Männer jeden Bissen verspeisen, die Knochen abnagen und aussaugen, erkenne ich, dass einige von ihnen schon lange kein Fleisch mehr gegessen haben. Ich mache es ebenso, obwohl meine letzte Fleischmahlzeit nicht allzu lange her ist. Erst letzte Woche haben ich und die Männer von Mullah Latif, zu denen mich die Lehrer als Unterstützung geschickt haben, aus einem Haus in einem nahe gelegenen Dorf einige Hühner und Hähne mitgenommen. Den Dörflern haben wir erklärt, dass es ihre Pflicht sei, uns mit Geflügel zu bezahlen, weil wir ihr Dorf beschützen. Es war das Mindeste, was sie für uns tun konnten.

Doch ich will meiner Familie noch nicht erzählen, dass man mich damit betraut hat, als Teil einer Gruppe gottesfürchtiger Bürger auf diese Dörfer aufzupassen. Ich muss sie schrittweise darauf vorbereiten. Sie haben keine Vorstellung von Gut und Böse, Gott und dem Teufel. Nicht wie ich jedenfalls. Ich werde sie alles lehren, was sie zu lernen imstande sind. Aber jetzt noch nicht. Ich weiß, wie sehr mein Onkel Mullah Latif hasst. Er nennt ihn einen Dieb und Betrüger, doch das liegt nur daran, dass Ismail Aaka es noch nicht besser weiß.

»Also, Samiullah, wo warst du den ganzen Tag? Ich hatte gehofft, meinen lieben Vetter anzutreffen, als ich hier ankam«, sage ich und stopfe mir etwas Brot in den Mund, das ich in das Öl und die Tomatensoße vom Hühnchen getunkt habe.

»Tut mir leid, dass ich dich verpasst habe, aber ich bin ins Dorf gegangen, um Vater im Laden zu helfen«, erwidert er. Ich kann kaum glauben, dass er die Dreistigkeit besitzt, mir dabei in die Augen zu schauen. »Wir wollten einem der Dörfler etwas Weizen verkaufen, aber er sah so arm und verzweifelt aus, dass Vater ihm den Weizen einfach überlassen hat. Diese Dürre hat vielen Menschen wehgetan, obwohl es sich anfühlt, als wäre es jedes Jahr das Gleiche.«

»Weil es jedes Jahr das Gleiche *ist*.« Kein Wunder, dass er die *madrasa* abgebrochen hat – er ist ein Trottel. »Aber das heißt nicht, dass ihr an jeden Dörfler, der vorgibt, arm zu sein, milde Gaben verteilen müsst!« Ich beherrsche mich, bevor mein Temperament noch mehr mit mir durchgeht. »Hast du heute sonst noch etwas erlebt?«

»Nein, das war alles«, sagt Sami leise. Er stopft sich den Mund voll und beginnt zu kauen. Endlich überkommt ihn die Scham. Ihm ist nicht mehr zu helfen. Er hat Gott schon lange verloren. Und heute erwische ich ihn dabei, wie er die Hand eines Bauernmädchens hält? Da ist der Teufel im Spiel. Nun ist es an mir, mit meinem kleinen Vetter abzurechnen.

Acht

RASHID

Am nächsten Morgen erwische ich Sami bei dem Versuch, aus dem Haus zu schlüpfen wie eine Schlange aus ihrem Loch. Ohne auf die Rufe der Frauen zu achten, doch Tee und Brot zu mir zu nehmen, eile ich ihm nach. Er geht in die entgegengesetzte Richtung der Gegend, in der ich ihn gestern gesehen habe. Wen will er damit täuschen?

»He, Vetter!« Ich laufe zu ihm. »Wohin gehst du?«, frage ich mit einem aufgesetzten Lächeln.

»Guten Morgen, Rashid. Ich will bloß ins Dorf, um für Vater den Laden fertig zu machen«, sagt er recht überzeugend.

»Kann ich mitkommen? Ich habe den Laden seit Ewigkeiten nicht mehr gesehen«, bitte ich ihn. *Außerdem kann ich nicht recht glauben, dass du wirklich dorthin willst*, würde ich am liebsten hinzufügen, verkneife es mir aber.

»Sicher, aber es hat sich nicht viel verändert. Hoffentlich wirst du nicht enttäuscht«, sagt er, ohne stehen zu bleiben. Ich erwische ihn dabei, wie er einige Male zum Haus dieser mongolischen Bauern hinüberschaut. Armseliger Wicht.

Meine Anwesenheit bewahrt ihn vor dem Fehler, Fatima zu treffen. Gott wird mich für meine guten Taten belohnen. Ich will von Samiullah selbst hören, dass er gesündigt hat. Vielleicht rutscht ihm etwas heraus, wenn ich den Vormittag über bei ihm bleibe und ihm helfe, den Laden meines Onkels zu öffnen.

Als wir ins Dorf kommen, schaue ich mich um. Samiullah hatte recht – es hat sich nicht viel verändert. Immer noch die gleichen Hütten, die sich an einem staubigen Feldweg aneinanderreihen. Sie sehen aus, als wären sie aus übergroßen Spielkarten zusammengesetzt, nur dass die Wände und Dächer statt aus Papier aus Wellblech bestehen. Lediglich die Hälfte der gut zwanzig rechteckigen Schachteln macht einen bewohnten Eindruck; die anderen haben die Türen weit offen und sind leer und verlassen. Relikte wie diese finden sich im ganzen Ort: Leere Hütten, die früher ganze Familien beherbergt hatten, wurden aufgegeben und zurückgelassen. Unzählige Familien haben ihr Land verlassen und sind in die großen Städte gezogen, als würde das ihre finanziellen Sorgen lindern. Je mehr Afghanen in die Städte drängen, desto stärker sind sie Sünde, Schmach und Gier ausgesetzt, Einflüssen des Satans, die die fremden Invasoren und die Ungläubigen im ganzen Land verbreiten.

»Machen sich die Leute denn überhaupt noch die Mühe, ins Dorf zu kommen?«, frage ich, während ich eine alte Dose davontrete, die auf dem Weg liegt.

»Es ist noch früh«, sagt Samiullah und dreht den Schlüssel im Vorhängeschloss. »Wenn die Sonne ganz aufgegangen ist, öffnen sie auch die anderen Läden, die noch da sind. Aber, ehrlich gesagt, gibt es nicht mehr viele Leute, die noch irgendetwas kaufen oder tauschen können. Alle haben zu kämpfen. Und die Taliban kommen und schikanieren die Ladenbesitzer und erheben eine Steuer auf ihre Waren. Die meisten haben beschlossen, dass es sich nicht mehr lohnt, den Laden zu halten, weil sie sich die Steuern und Strafen nicht leisten können.«

Ich balle die Fäuste. Diese Dörfler sollten froh sein, die Taliban zu unterstützen. Das sind sie Gruppen wie meiner für den Schutz, den wir ihnen gewähren, schuldig. Wenn wir es nicht täten, würden die Ungläubigen unser Land stehlen und die Leute bekehren.

»Und was ist mit dem Land deines Vaters, das die Hazaras bewirtschaften? Bauen die etwas an?«, wechsle ich das Thema, während ich ihm helfe, die Türen zu öffnen und an den Seiten zu befestigen.

»Das Land, das Mohammad Aaka und Karim Aaka bewirtschaften, bringt von allen Ländereien den meisten Weizen ein«, sagt Sami. »Das, was nach Abzug ihres eigenen Anteils übrig bleibt, reicht aus, ist aber nicht mehr so viel wie früher.«

»Und woher wisst ihr, dass sie euch nicht an der Nase herumführen und mehr für sich behalten?« Ich bin entrüstet darüber, dass er sie *aaka* nennt. Sie sind nicht seine Onkel und haben es nicht verdient, so respektvoll behandelt zu werden!

»Dazu kennst du sie zu gut.« Sami blickt mich missbilligend an.

»Ich kenne sie und Leute ihres Schlages, Sami«, erwidere ich. »Denen kann man nicht trauen. Sie lächeln dir ins Gesicht und sagen, was du hören willst, aber wenn du ihnen den Rücken zukehrst, sind sie die Ersten, die dir ein Messer hineinstechen. Sie haben nicht das Ehrgefühl eines Paschtunen. Sie sind die Nachkommen barbarischer Ungeheuer, und daran hat sich nichts geändert, egal, was sie dich glauben machen wollen.«

Sami lässt den Sack Weizen los, den er aus dem Laden gezogen hat. Ich starre ihn an, während er sich den Staub von den Händen klopft.

»Das ist ungerecht, Rashid«, sagt Sami der Verräter zu mir. »Wenn wir *sie* nach ihren Vorfahren beurteilen, was ist dann mit unseren? Fließt in uns nicht auch das Blut von Verbrechern und Barbaren? Haben wir nicht auch schon aus so dummen Gründen wie einer Beleidigung getötet? Und was ist mit unserem Land? Das, was jetzt uns gehört, gehörte ursprünglich vermutlich ihren Vorvätern.« Jetzt wird er sogar laut, der kleine Wurm. Ich sollte ihn auf der Stelle zertreten. »Vor vielen Generationen, bevor der König das Land stahl und uns gab, waren wir nicht mehr als einfache *kuchis*, Nomaden, die von einem Ort zum anderen zogen. Wer kann schon sagen, ob dieses Land nicht schon lange ihnen gehört?«

Ich finde es empörend, dass er einfach so Menschen verteidigt, die gar nicht zu unserer Familie gehören, ja nicht einmal zu unserer Ethnie, von unserem Stamm ganz zu schweigen! Aber das überrascht mich nicht. Er ist zu schwach, um Gut und Böse unterscheiden zu können. »Dieses Land wurde uns von König Abdur Rahman Khan gegeben, der die Macht der Paschtunen über das ganzen Land ausdehnen wollte! Er hat Afghanistan vor der Spaltung bewahrt! Außerdem wurde das Land doch gar nicht genutzt, als es unserem Stamm geschenkt wurde!«, erwidere ich.

Sami ignoriert mich und zerrt an den Säcken mit Weizen. »Kannst du mir helfen, sie hinauszutragen und vor den Laden zu stellen?«, fragt er, während er mit seinem schmuddeligen Finger auf das Häuflein Weizensäcke deutet. Offensichtlich will er einer Auseinandersetzung aus dem Weg gehen, weil er weiß, dass ich gewinnen würde. »Und, wie ist es so in der *madrasa*?« Seine Unverfrorenheit schockiert mich.

»Gut«, sage ich und helfe ihm mit dem Sack, an dem er gerade herumzerrt. In Wirklichkeit weiß ich es kaum zu sagen, weil ich in letzter Zeit so gut wie gar nicht in der Schule war. »Meine Kenntnisse werden jetzt dazu genutzt, die Jüngeren zu unterrichten. Ich beherrsche den Heiligen Koran inzwischen so gut, dass ich andere die Bedeutung hinter den Worten lehren kann.« Ich versuche, mir nicht anmerken zu lassen, wie stolz ich darauf bin. Er muss schrecklich neidisch auf mich sein.

»Das ist toll«, sagt er. »Ich hoffe, du schaffst es, sie das wahre Wort Gottes zu lehren und nicht die manipulierte Art.« Sami und ich lassen einen Sack auf den Boden fallen und er geht hinein, um den nächsten zu holen, doch diesmal folge ich ihm nicht, sondern starre einfach nur auf seinen kurz geschorenen Hinterkopf.

Manipuliert? Dieser Schwachkopf hat wirklich Nerven. *Du magst den Rest unserer Familie zum Narren halten, aber ich bin dir auf der Spur, kleiner Vetter. Ich bin der Aufrichtige! Ich bin der Gute! Derjenige, der an Gott glaubt und hier der*

Einzige ist, der weiß, was Gott von uns will. Ich entehre keine Frauen im Wald. Deine Besserwisserei ist beleidigend!

»Woher willst du wissen, was manipuliert ist und was nicht?«, rufe ich ihm nach. »Du bist schließlich gegangen.« Sami schaut zur Tür heraus. Unsere Blicke begegnen sich, und ich weiß, dass meine Worte seinen Stolz verletzt haben. »Du bist abgegangen, weil du es nicht ertragen hast, dass ich in etwas besser bin als du.«

»Rashid –«, setzt Sami an, bricht aber ab. Dann kommt er aus seinem Kabuff und sieht mir in die Augen. »Glaubst du wirklich, dass ich deswegen gegangen bin?« Er mustert mich, als unterziehe er mich einer Prüfung. Sein Blick ist mir unangenehm und macht mich noch wütender. »Wenn du das glaubst, dann liegst du falsch.«

»Warum dann?«, frage ich. »Sag mir, warum du gegangen bist. Du tust, als wärst du so viel besser als wir, aber du bist nichts. Du hast keine Ahnung von Gott und vom Islam. Ich weiß, was du wirklich bist: ein gottloser Sünder, der sich mit diesen schrecklichen Mongolen abgibt. Hast du vergessen, dass sie meine Eltern umgebracht haben? Sie waren auch deine Verwandten!«

»Mein Bruder, sie sind nicht diejenigen, die deine Eltern umgebracht haben«, sagt Sami mit scheinbar mitleidigem Blick. Dieser gönnerhafte Bastard.

»Vielleicht waren es nicht Mohammad und Karim, aber es waren ihre Leute! Sie haben alle das gleiche dreckige Blut in den Adern!« Ich trete gegen den Sack Weizen und sehe Staubpartikel auffliegen. »Du hast Nerven, so zu tun, als wärst du etwas Besonderes; dabei treibst du dich mit dieser Bauernhure im Wald herum! Bald werden alle wissen, was für eine widerliche kleine Laus du bist. Und wenn sie dich nicht bestrafen, tue ich es!«

»Was? Was meinst du damit?«, fragt er, eindeutig verängstigt. »Was wirst du tun?«

»Fürchtest du dich mehr vor dem, was ich tun werde, als vor dem, was Gott tun wird?«, frage ich. Es ist nicht zu fassen, wie weit er sich von Gott entfernt hat.

»Rashid –«

»Keine Bange, kleiner Vetter. Ich habe nicht vor, es irgendjemandem zu sagen. Gott selbst wird dich mit aller Macht bestrafen – nicht unsere Familie. Du wirst schon sehen!«

Ich kehre dem Dreckskerl den Rücken zu und gehe.

Neun

SAMIULLAH

Sobald mein Vater kommt, verschwinde ich. Zum Glück nimmt er nicht weiter Notiz von meinem raschen Aufbruch. Ich gehe schnell, obwohl ich keine Ahnung habe, wohin ich mich wenden soll. Was nicht stimmt – ich weiß, dass ich zu Fatima gehen und sie warnen müsste, doch das ist unmöglich, ohne gesehen zu werden, und nach dem Vorfall im Wald sind wir beide übereingekommen, vorsichtig zu sein. Ich bleibe stehen und wende mich zu ihrem Haus um, doch ich bin wie gelähmt, als ich über die leeren Felder starre.

Was ist, wenn Rashid bereits dort ist und es ihrer Familie erzählt? Oh Gott. Oder wenn er es meiner erzählt? Nein, das kann er nicht, jedenfalls noch nicht. Er hat gesagt, er würde es nicht tun. Und ich glaube ihm. Vorläufig.

Wie kann er mich nur so sehr hassen? Wir sind wie Brüder. Das dachte ich jedenfalls. Es muss diese schreckliche *madrasa* sein – an ihr muss es liegen. Ich wusste, dass wir über die Schule unterschiedliche Ansichten hatten und dass er sauer war, als ich fortging, aber ich hatte keine Ahnung, dass er so wütend war.

Oh Gott, es müssen seine Schritte gewesen sein, die wir

im Wald gehört haben. Was hat er gehört? Und was gesehen? Die arme Fatima – das könnte sie ruinieren. Ich muss sie beschützen. Aber wie stelle ich das an?

Ich schließe die Augen, doch alles, was ich sehen kann, ist Fatimas sanftes Lächeln, ihre perfekten weißen Zähne und den kleinen Schönheitsfleck direkt über der Oberlippe. Als wir jünger waren, nannte sie es einen hässlichen Leberfleck, aber ich glaube, Gott hat ihn mit Absicht dorthin gesetzt, als Abschluss seines wunderschönen Kunstwerks.

Fatima, in was habe ich dich da nur hineinmanövriert? Ob ihre Eltern sie auf der Stelle mit dem Jungen aus dem anderen Dorf verheiraten, wenn sie es herausfinden? Bei dem Gedanken daran gehe ich in die Knie. Ein scharfer Stein schneidet mir ins Bein, wahrscheinlich blute ich, doch ich spüre es kaum. Ich bin wie betäubt. Nur im Innern nicht. Eine tonnenschwere Last liegt mir im Magen und mir wird übel. Auf einen Arm gestützt, lasse ich den Kopf hängen. Ich spüre, wie mir die Sonne in den Nacken brennt und der Schweiß in die Kleider tropft. Ich muss würgen und hoffe mich von dem befreien zu können, was mir auf den Magen drückt, doch es funktioniert nicht. Stattdessen vernebeln mir Tränen die Sicht. Ich drehe mich um und lasse mich geschlagen zu Boden fallen. Mein Gesicht, meine Arme und Beine werden ganz heiß von den sengenden Sonnenstrahlen. Es ist Gottes Wärmedecke und plötzlich komme ich wenigstens für einen kurzen Augenblick zur Ruhe. In diesem Moment gibt es nur Gott, die Erde und mich.

Bitte hilf mir, oh barmherziger Gott. Fatima darf nichts geschehen. Ich muss sie beschützen. Du bist allwissend und gnä-

dig. Nur du allein kannst uns helfen, Herr. Bitte gib mir die Kraft, das in Ordnung zu bringen und, am allerwichtigsten, dafür zu sorgen, dass Fatima nichts geschieht.

Als ich die Augen schließe, sehe ich sie vor mir und muss lächeln, dass meine ausgetrockneten Lippen aufspringen. Es ist unglaublich, wie der bloße Gedanke an sie mich beglückt und meine Haut kribbeln lässt. Es ist ein so fremdartiges Gefühl – so freudvoll, dass es fast wehtut. Beim Gedanken daran, ihr Gesicht zu berühren, durchfährt es mich vor Aufregung. Ich will ihre sanfte Haut unter meinen Fingerspitzen spüren. Und ich frage mich, ob ihre Lippen so weich sind, wie sie aussehen.

Ich bewege meine Lippen im Gebet: *Bitte führe mich bei dem, was ich tun muss, gnädiger, großmütiger Gott. Ich weiß, dass das, was ich empfinde, nicht falsch sein kann. Das sagen mir mein Herz und mein Verstand. Wenn es nicht recht wäre, würdest du mich etwas so Tiefes und Reines nicht empfinden lassen. Ich danke dir, dass du mich mit einem Gefühl gesegnet hast, das ich nur als Liebe beschreiben kann. Und wenn es Liebe ist, bedeutet es, dass ich sie schon immer geliebt habe. Das Einzige, worum ich dich bitte, lieber Gott, ist, es mir zu bewahren. Lass mich weder dieses Gefühl noch sie verlieren. Ich weiß, dass ihre und auch meine Familie gegen jede Art von Verbindung sein werden, aber ich glaube, dass es mit deiner Hilfe und deinem Willen möglich ist. Ich brauche einfach nur Zeit, um einen Weg zu finden.*

Bitte, Gott, hilf Rashid. Beschütze ihn vor sich selbst und dem Bösen, das ihn umgibt. Befreie ihn von den bösen Gedanken, die seine Seele verdunkeln, und gib ihm die Kraft, das

Gute zu entdecken, von dem ich weiß, dass es in ihm steckt. Halte ihn auf, gnädigster Gott, bevor es zu spät ist, bevor seine Seele nicht mehr gerettet werden kann.

Das Leuchten der Sonne hinter meinen geschlossenen Lidern verschwindet und ich spüre einen kühlen Schatten auf mein Gesicht fallen. Einen Moment lang habe ich Angst, die Augen zu öffnen, doch dann wird mir klar, dass, wenn es Rashid wäre, er längst etwas gesagt hätte. Ich schlage die Augen auf. Es dauert einen Augenblick, bis ich mich an die Helligkeit ringsherum gewöhnt habe. Ich höre ein Kichern, ehe ich auch nur erkennen kann, wer es ist. Es muss die kleine Afifa sein, Fatimas Schwester. Sie sieht genauso aus wie Fatima, als sie jünger war, nur mit roten Haaren. Lachend lässt sie sich neben mich fallen. Die Armreifen an ihrem rechten Handgelenk klimpern, als sie vor Vergnügen auf den Boden schlägt. Ich muss ebenfalls lächeln bei so viel Unschuld und Heiterkeit.

»Was ist so lustig, du albernes Ding?«, frage ich sie.

Sie ist so außer Atem, dass sie nicht antworten kann. »Du … schläfst … auf dem Boden«, ist alles, was sie hervorbringt, ehe sie abermals losprustet.

Ich schnalze kopfschüttelnd mit der Zunge. »Wissen deine Eltern, dass du so weit hier draußen herumstrolchst?« Ihr kleines Gesicht wirkt plötzlich erschrocken. »Soll ich es ihnen sagen?«

»*Nein!*«, schreit sie abwehrend.

»Schon gut, schon gut. Aber du solltest wirklich nicht so weit fortlaufen. Es gibt böse Tiere, die fressen kleine Mädchen wie dich«, sage ich. Statt wie noch kurz zuvor verängstigt auszusehen, wirkt sie nun eher fasziniert, als würde sie diesen Tieren gern begegnen. Sie rollt sich aus dem Staub, hebt einen kleinen Stock auf und lächelt mich an, ehe sie davontappt. Ihr Lächeln geht mir nah, so sehr ähnelt es dem ihrer Schwester.

Aber wenn Rashid seine Drohung wahr macht, weiß ich nicht, ob Fatima jemals wieder lächeln wird.

Ich stehe auf.

Es gibt nur einen Ort, an den ich gehen, nur eine Person, die ich um Rat fragen kann. Abgesehen von Fatima ist er der Einzige, dem ich vertraue. Ich richte eine letzte Bitte an Gott, dass er Rashid schweigen lassen möge, bis ich zurückkomme und einen Plan habe. Ich weiß, dass Rashid gesagt hat, Gott und nicht er würde mich bestrafen, aber ich traue ihm nicht zu, lange den Mund zu halten. Er hat noch nie ein Geheimnis für sich behalten können – und erst recht keines, das mich in ein schlechtes Licht rückt.

Ich mache mir gar nicht erst die Mühe, meine Familie anzuschwindeln, sondern erzähle ihnen, dass ich in einem nahe gelegenen Dorf Mullah Sarwar besuchen will. Ich erzähle ihnen nicht, warum, sage einfach, ich wolle nach ihm sehen und mich vergewissern, dass es ihm gut gehe. Sie stellen keine Fragen. Sie wissen, dass Mullah Sarwar langsam alt wird und bei schlechter Gesundheit ist, und dass wir uns nahegekommen sind, nachdem ich die *madrasa* verlassen und eine kleine Weile bei ihm gewohnt habe. Meine Mutter will mich nicht gehen lassen, ehe ich mein Brot gegessen und den Tee ausgetrunken habe, also stopfe ich mir alles zusammen in den Mund, während sie missbilligend mit der Zunge schnalzt.

»Du wirst Bauchschmerzen kriegen, wenn du so schnell isst«, sagt sie. Ich lächle und küsse ihr die Hand, bevor ich aus dem Haus trete. Ich hole Vaters Fahrrad heraus und will gerade davonfahren, als meine Mutter mit einer Tasche voll Brot, Plätzchen und Obst herbeigeeilt kommt. »Hier, nimm das mit. Vielleicht bekommst du unterwegs Hunger.« Ich lasse mir von ihr die Stirn küssen und beginne meine holprige Fahrt.

Es dauert einige Stunden, bis ich das Dorf erreiche. Es ist größer als unseres und hat sogar eine kleine *masjid*, in der Mullah Sarwar nach den Freitagsgebeten oft eine Predigt hält. Seit fast sechzig Jahren leitet er die Moschee. Er meint, er wisse immer genau, dass es schlecht um Kabul stehe, wenn die jeweiligen Kräfte, die die Hauptstadt gerade erschüttern, sein kleines Dorf erreichen. Die Sowjets hatten die *masjid* sogar bombardiert, doch die Dorfbewohner taten sich zusammen und bauten sie wieder auf. Etwa zehn Jahre später, als die Taliban an der Macht waren, kamen sie ebenfalls zu seiner *masjid*. Sie drohten, ihn und sämtliche Männer des Ortes zusammenzuschlagen, weil sie nicht fromm genug seien und ihre Bärte nicht die richtige Länge hätten. Am Ende ließen sie das Dorf aber in Ruhe, weil die Männer Paschtunen waren.

Obwohl Mullah Sarwar sich in seinen Lehren nie beirren lässt und seine Ansichten laut und deutlich äußert, ist er immer freundlich und sanft. Ich glaube, der Mullah könnte sogar den Teufel besänftigen, wenn sie jemals in einem Raum zusammenträfen. Er war es, der mich vor mir selbst und dieser *madrasa* rettete, als ich beschloss zu gehen. Er brachte mir bei, Gott auf meine eigene Weise zu lieben und nicht nach den Lehren von Leuten, die nichts vom Islam verstehen.

Als ich an die Tür klopfe, öffnet jemand das Guckloch und schließt es schnell wieder. Ich weiß, dass es eine der Frauen der Familie ist, also warte ich einfach. Mehrere Minuten verstreichen, dann gleitet die Tür langsam auf. Es ist ein kleiner Junge, wahrscheinlich nicht älter als vier, der sich mächtig anstrengt, während er mit einer Hand die metallene Tür aufdrückt und sich mit der anderen im Gleichgewicht hält. Es muss Sarwars Urenkel aus einem anderen Dorf sein. *»Singaye?«*, begrüße ich ihn und kneife ihn in die Wange. Worauf er mit einem Kichern reagiert. »Wo ist dein Großvater?« Der Junge nimmt mich an der Hand und führt mich hinaus zum Gästehaus, dem Treffpunkt der Männer.

»Kena«, sagt er und bedeutet mir, mich zu setzen, ehe er wieder hinausläuft.

Ich warte in dem großen, mit Teppichen, Vorhängen und langen Kissen ausgestatteten Raum. Die Vorhänge sehen genauso aus wie bei mir zu Hause. Weiße Tücher, die von den Frauen des Hauses mit kleinen Mustern, grünen Bäumen und rosafarbenen Vögeln bestickt wurden. Ich setze mich hin und starre auf den handgewebten Teppich, bemüht, mich auf das florale Muster zu konzentrieren, statt auf die Gedanken, die mich während des gesamten Herwegs umgetrieben haben. Wahrscheinlich wurde der Teppich irgendwo oben im Norden gefertigt, in Mazar-i-Sharif vielleicht, dem Zentrum der afghanischen Teppichherstellung. Der Größe nach zu urteilen, hatten gut und gern fünf Menschen an dem Stück gearbeitet und monate-, wenn nicht gar jahrelang Wolle und Seide verwebt. Ich wünschte, ich könnte sie wissen lassen, dass er sich im Haus eines guten Mannes befindet.

Während ein weiteres bisschen Zeit verstreicht, stelle ich mir vor, wie das Leben dieser Teppichweber wohl aussehen mag, als Mullah Sarwar im Gästehaus eintrifft. Er ist schwächer als bei unserer letzten Begegnung, er stützt sich auf der einen Seite auf einen Jungen im Teenageralter und auf der anderen auf einen Stock. Sein Bart scheint sogar noch weißer zu sein, als bei meinem Weggang vor einigen Monaten. Ich brauchte eine Weile, die ich bei entfernten Verwandten ein paar Dörfer weiter verbrachte, um die Kraft zu finden, nach Hause zurückzukehren. Die wenigen dunklen Haare, die Mullah Sarwar noch gehabt hatte, sind jetzt so weiß wie die schneebedeckten Berge im Winter. Ich springe auf, um ihn zu begrüßen, beuge mich über seine Hand und küsse sie.

»Singaye, zoya? Kena, kena bachi!«, begrüßt er mich, bedeutet mir aber mit der Hand, mich zu setzen. *»Walid, chai rawra.«* Dem Teenager, der offensichtlich Walid heißt, trägt er auf, uns Tee zu bringen. Ich erinnere mich nicht, den Jungen beim letzten Mal gesehen zu haben; er scheint mit dem Kind zu Besuch zu sein. Ich überreiche Mullah Sarwar den Beutel mit Plätzchen, den meine Mutter mir mitgegeben

hat, und seine gesprenkelten Augen leuchten auf. »Ah! *Khajur*, meine Lieblingssorte! Bitte richte deiner Familie meinen Dank aus. Möge Gott sie und die Hände, die sie gebacken haben, segnen.«

Er setzt den Beutel ab und beginnt ihn aufzuknoten. Das Plastik raschelt beim Öffnen. Mullah Sarwar holt ein *khajur* heraus und beißt mit genießerischem Stöhnen in das dicke, ovale Plätzchen, ohne auf die Krümel zu achten, die im Dickicht seines Bartes landen. »Köstlich! Meine Familie versucht, meinen Plätzchenverzehr einzuschränken. Aber was keiner weiß, macht keinen heiß.« Er zwinkert mir zu und ich antworte mit einem stillen Lachen. »Also, was führt dich her, mein Junge? Willst du nachsehen, ob ich schon tot bin?« Er kichert.

»Um Himmels willen, Mullah Saib. Bitte sagt so etwas nicht«, erwidere ich. »Ich bin gekommen, um zu sehen, wie es Euch geht und ob Ihr etwas braucht.« Was genau genommen keine Lüge ist. Ich wollte wirklich wissen, wie es ihm geht, und hatte ohnehin vor, herzukommen und ihn zu besuchen.

»Nun, ich bin nicht tot, mein lieber Junge, und darüber freue ich mich, weil es bedeutet, dass ich dich sehen und diese Plätzchen mit dir teilen kann!« Er tätschelt mir lächelnd den Rücken. Walid kommt herein, eine große Thermosflasche in der einen Hand und zwei durchsichtige Teegläser in der anderen. Ihm folgt der Vierjährige, der hoch konzentriert einen Teller mit Nüssen und Süßigkeiten balanciert und offensichtlich Angst hat, ihn fallen zu lassen. Walid drückt oben auf die Thermoskanne und pumpt dampfenden grünen Tee in die Gläser. Nachdem der Vierjährige den Teller erfolgreich vor uns abgestellt hat, küsst Mullah Sarwar ihn auf den Kopf. »Gut gemacht, Saleem!«

Wir nippen an unserem Tee, während die Jungen das *maimon khana* verlassen. »Es tut mir leid, dass ich nicht eher gekommen bin. Ich sollte versuchen, alle paar Tage zu kommen«, breche ich das Schweigen.

»Sei nicht dumm. Ich hielt es für ein gutes Zeichen, dich nicht zu sehen«, sagt er. »Es bedeutet, dass du voranschreitest in deinem Leben und dich gut eingefunden hast, wie ich hoffe. Ich erwarte nicht, dass du mich ständig besuchst. Lass diese Formalitäten sein. Ja, ich bin ein alter Mann, aber das bedeutet nicht, dass alle anderen aufhören müssen zu leben, um mich glücklich zu machen. Ich wünschte, das würden mehr Leute mit meiner Bartfarbe begreifen. Dann gäbe es vielleicht weniger Vorwürfe und verletzte Gefühle.« Er schüttelt missbilligend den Kopf und nippt an seinem Tee. »Aber jetzt, wo du hier bist, fange ich an, mir Sorgen zu machen. Ist alles in Ordnung?«

»Bitte sorgt Euch nicht. Ich will Euch keinen Kummer bereiten«, sage ich und trinke hastig von meinem *chai*.

»Irgendetwas stimmt nicht, habe ich recht?«, hakt Mullah Sarwar nach. Er beugt sich vor, und es fühlt sich an, als könne er mit seinen Haselnussaugen bis auf den Grund meiner Seele blicken. Die Geheimnisse, die ich dort aufbewahre, scheinen plötzlich bloß zu liegen. »Was bekümmert dich, mein Sohn?«

Angst hält mich davon ab zu sprechen. Wenn die Worte einmal gesagt sind, lassen sie sich nicht mehr zurücknehmen. Aber ich weiß auch, dass er der Einzige ist, von dem ich mir Hilfe erhoffen kann. Also mache ich den Mund auf und rede. Ohne meine Gefühle zu unterdrücken, erzähle ich Mullah Sarwar alles. Ich betone die Tatsache, dass Fatima mich nur als Freund betrachtet – dass ich es bin, der etwas anderes in ihr sieht –, doch noch im gleichen Moment frage ich mich, ob ich über ihre Gefühle die Wahrheit sage. Ich erkläre ihm, dass ich ihren Namen in keiner Weise beschmutzen will, jedoch fürchte, es könnte dafür zu spät sein. Und dass das alles meine Schuld sei, weil ich sie gebeten hatte, mich allein zu treffen, weil ich Zeit mit ihr verbracht hatte, obwohl ich wusste, was es bedeuten würde.

»Liebst du sie?«, fragt Mullah Sarwar.

Ich zucke zusammen. Aus irgendeinem Grund habe ich mit dieser Frage nicht gerechnet. Urplötzlich fühle ich mich noch beklommener als zuvor, nicht weil Mullah Sarwar mir diese Frage gestellt hat, sondern weil ich noch nie wirklich mit jemandem über Liebe gesprochen habe. Nicht über die zu Fatima, ja nicht einmal über die zu meiner eigenen Mutter. Doch dann denke ich an das, was ich heute Morgen Gott geschildert habe. Wie sehr eine Begegnung mit Fatima mir den Tag erhellt. Wie ich jedes Mal davon träume, sie das nächste Mal wiederzusehen. Wie ich sie beschützen, auf sie aufpassen und sie glücklich machen will.

»Ja, ich denke schon«, antworte ich schließlich. »Ihretwegen freue ich mich morgens aufzuwachen – und so war es schon, als wir noch Kinder waren. Ich fühle mich so lebendig, wenn ich bei ihr bin; allein der Gedanke, sie wiederzusehen, erfüllt mich mit Freude. Ist das Liebe?«

Mullah Sarwar lächelt traurig. »Ich glaube, du hast deine Frage gerade selbst beantwortet«, erwidert er. »Ich sage nicht, dass das, was du fühlst, falsch ist. Im Gegenteil, wenn es sich ebenso rein anfühlt, wie es sich anhört, ist es wahrscheinlich richtig. Gott hat dich mit etwas sehr Schönem und Seltenem gesegnet. Aber das bedeutet nicht, dass es nicht aus vielerlei Gründen ungeheuer schwierig werden wird. Du machst dir Sorgen um dieses Mädchen, und das solltest du auch, aber du solltest dir auch um dich selbst Sorgen machen.«

Ich weiß, dass er recht hat – es wird schwierig werden und wir haben allen Grund, uns zu sorgen –, aber die Tatsache, dass er es nicht von vornherein für unmöglich erklärt, mit Fatima zusammen zu sein, macht mir Hoffnung.

»Es gibt viele in unserer Kultur, die das als Verstoß gegen unseren Glauben ansehen werden. Und sie werden dich und diese junge Frau dafür büßen lassen wollen. Du musst sehr vorsichtig sein, mein Sohn.« Mullah Sarwar schweigt, ehe er ein gequältes Seufzen von sich gibt. »*Zoya*, das Geschenk, das Gott dir gemacht hat, ist kostbar.«

»Wirklich?«, frage ich, obwohl ich die Antwort tief drinnen bereits weiß.

»Ja, das ist es«, erwidert er. »Aber es ist nicht immer leicht. Du hast die Wahl, dieses Gottesgeschenk anzunehmen oder es zu ignorieren. Ich weiß, wie glücklich ich mich schätzen kann, meine Aziza geliebt zu haben. Sie und ich haben zusammen ein Heim und eine Familie gegründet. Wir zogen unsere Kinder gemeinsam auf und haben nun wunderschöne Enkel und Urenkel. All das begann mit dem Samen der

Liebe, den Gott uns schenkte. Die einzige Verantwortung, die wir hatten, bestand darin, ihn zu hegen und zu pflegen.«

Ich hänge an jedem seiner Worte, immer noch unsicher, was ich daraus schließen soll. Will er mich ermuntern, meinen Gefühlen für Fatima zu folgen? Und wenn ja, wie?

»Dann soll ich es also auch tun?«, frage ich, nicht weniger verloren als zu Beginn.

»Das ist schwer zu beantworten«, sagt Mullah Sarwar und wendet die Augen ab. »Wir leben nicht in einer Gesellschaft, in der wir offen lieben dürfen. Selbst Aziza und ich gingen eine arrangierte Ehe ein, aber wir haben die Fremdheit in Freundschaft und schließlich in Liebe verwandelt. Unsere Gesellschaft gestattet es uns nicht, Gottes Geschenk öffentlich wertzuschätzen. Wir müssen vorsichtig sein mit unseren Herzen, damit, wem wir sie öffnen und wie freimütig wir sprechen. Du wirst vielleicht Hindernisse überwinden müssen. Willst du mit ihr zusammen sein?«

»Natürlich will ich das«, antworte ich.

»Was ich meine, ist, willst du sie heiraten und für den Rest deines Lebens mit ihr zusammen sein?«, fragt Mullah Sarwar. »Du bist noch ein Junge, der im Begriff ist, ein Mann zu werden. Bist du bereit für eine solche Verpflichtung?«

Ich denke einen Moment an Fatima. Sehe das süße Lächeln, das ihr Grübchen in die Wangen gräbt und den Schönheitsfleck über ihrer Lippe anhebt. Mein Magen erbebt vor Glücksgefühl und sackt ebenso schnell wieder in sich zusammen.

»Mein Leben wäre leer ohne sie«, erwidere ich. »In diesem Alter und in jedem anderen.«

Mullah Sarwar sieht mich eindringlich an. Es hat fast den Anschein, als liege ein Lächeln auf seinem Gesicht. Dann nickt er.

In diesem Moment weiß ich, was ich zu tun habe. Ich kann nur hoffen, dass es mir gelingt, bevor Rashid Fatima und mich vor unseren Familien und dem ganzen Dorf bloßstellt.

Zehn

SAMIULLAH

Auf dem Rückweg beschließe ich, einen kurzen Umweg zu machen. Mit dem Fahrrad bahne ich mir den Weg zum Suleiman Schrein, passiere zwei Berge, der eine leuchtend rot, der andere von üppigem Grün, genau wie Mullah Sarwar es beschrieben hatte. Der *ziyarat* befindet sich kurz hinter dem sanft dahinfließenden Strom, der in der Sonne glitzert, als lägen auf seinem Grund Tausende kleine Diamanten verstreut. Es ist ein kleiner, aber kunstvoller Bau aus blauen Kacheln und buntem Glas, gleich hinter Mullah Sarwars Dorf. Offensichtlich wurden die Glasverzierungen anstelle der Juwelen eingesetzt, mit denen die Wände einst geschmückt waren. Das ganze Bauwerk ist fein säuberlich mit Koranversen bemalt, sodass es scheint, als wäre das komplette Heilige Buch in die verschlungenen golden-blauen Muster eingeschrieben.

Der Schrein ist seit Jahrhunderten bekannt für seine spirituelle Kraft im Hinblick auf Liebe und Beziehungen. Ich habe in der *madrasa* zum ersten Mal von ihm gehört. In der Schule hielten es einige für Sünde, dass Menschen an einem so »blasphemischen« Ort beteten. Sie meinten, die Sufis, die muslimischen Mystiker, die vor Jahrhunderten durch unsere Lande zogen, hätten die Heiligen im Islam glorifiziert und diese Schreine gebaut. Doch mich hatte es nie gestört. *Ziyarats* waren schon immer Teil unserer Kultur – schon vor dem Islam –, ein Teil, den die Eiferer nicht haben ausrotten können und der mir, wie ich hoffe, jetzt Kraft geben wird.

Ich betrete den reich verzierten Schrein und finde zwei Sarkophage vor, von denen es heißt, es seien die Gräber des alten afghanischen Dichters Suleiman und seiner Frau Banafscha. Eine Frau, die von einem blauen *tschador* verhüllt wird, sitzt in gehockter Stellung vor einem der Sarkophage und schaukelt vor und zurück. Sie murmelt Gebete. Hinter ihr steht ein Mann mit langem, dunklem Bart, der einen grauen Turban trägt und seine Gebetsperlen kreisen lässt. Er scheint sich überhaupt nicht für die Sarkophage der antiken Liebenden zu interessieren –, er ist viel zu sehr damit beschäftigt, sich in dem kunstvollen Bauwerk umzusehen. Als er mich bemerkt, grüßt er mit einem Nicken. Ich nicke zurück und er nimmt seine Wandbetrachtungen wieder auf.

Während ich bete, rufe ich mir die Geschichte in Erinnerung, die ein Klassenkamerad mir über Suleiman und seine Frau erzählt hat:

Suleiman war noch ein Säugling, als ihn seine Eltern vor Hunderten von Jahren warm eingewickelt in einem Korb vor der Werkstatt eines älteren Zimmermanns zurückließen. Am nächsten Morgen entdeckte der Zimmermann den Korb und las den Zettel, auf dem erklärt wurde, dass die Eltern zu arm seien, um ihr Kind, Suleiman, aufzuziehen, dass er jedoch voller Liebe und Zärtlichkeit empfangen worden sei und sie hoff-

ten, er würde bei einer wohlhabenderen Familie ein besseres Leben haben. Zur damaligen Zeit musste man, um Dorfzimmermann zu sein, über ein gewisses Vermögen verfügen, was vermutlich der Grund war, warum das Paar den Säugling vor der Werkstatt zurückgelassen hatte. Allerdings arbeitete der alte Mann häufig umsonst, um jenen zu helfen, die sich seine Bauwerke nicht leisten konnten. Er machte also keinen Profit mit seinem Geschäft und war kein reicher Mann. Dennoch beschloss Wahid, der Zimmermann, getreu dem muslimischen Grundsatz, jenen zu helfen, die weniger besaßen, das Kind zu behalten und zu einem ehrenhaften Mann zu erziehen.

Schließlich wurde aus dem kleinen Baby ein schöner junger Mann, der dem Zimmermann im Geschäft half und unter den Dorfleuten gut bekannt war. Obwohl er ein verlassener Waisenjunge war, wünschten sich viele Familien, dass er eine ihrer Töchter heiraten würde. Sie kannten ihn und vertrauten ihm und betrachteten ihn als Wahids Sohn. Aber Suleiman ging ganz darin auf, sich um den alten Zimmermann zu kümmern, egal, wie oft Wahid ihn aufforderte, eine eigene Familie zu gründen.

Eines Tages hörte Suleiman, wie sich Wahid mit einem Kunden unterhielt. Sie sprachen darüber, der Tochter des Kunden eine hölzerne Truhe zu bauen, die ihre »jhazih« aufnehmen sollte – die Vorhänge, Handtücher, Tischdecken und anderen Dinge, die sie nähen würde, um sie in das Heim ihres Ehemanns mitzunehmen. Seine Tochter träume davon zu heiraten, erzählte der Kunde dem Zimmermann, doch sei sie als Kind bei einem Feuer im Haus verunstaltet worden und die Familie glaube nicht, dass irgendjemand sie zur Frau nehmen würde. Da sie jedoch so innig an ihrem Traum festhielt, die wahre

Liebe zu finden, wollten sie ihr nicht das Herz brechen und hatten beschlossen, ihr eine wunderschöne Truhe für ihre Mitgift zu kaufen.

Es fiel Suleiman zu, die Truhe zu bauen, die die Träume eines jungen Mädchens aufnehmen sollte. Er hämmerte, schnitzte und nagelte eine ganze Woche lang, um die wunderschöne Truhe fertigzustellen, die er rot und rosafarben anstrich. Die ganze Zeit über konnte er an nichts anderes denken als an das verunstaltete Mädchen, dem er nie begegnet war, und an seinen Traum von Liebe. Als er dem alten Zimmermann die Truhe präsentierte, teilte er ihm mit, dass er das Mädchen unbesehen heiraten wolle. Er wisse, dass er für sie sorgen könne, und wolle sein Bestes tun, um sie glücklich zu machen. Der Zimmermann erhob keine Einwände und sprach mit dem Vater des Mädchens. Die Familie war glücklich über die Verbindung und das Mädchen, Banafscha, kam, um bei Suleiman und dem Zimmermann zu leben.

Banafscha kümmerte sich um den alten und gebrechlichen Zimmermann und wurde schon bald Suleimans beste Freundin und Gefährtin. Sie vertrauten sich Geschichten aus ihrer Vergangenheit an, ihre Träume für die Zukunft und die Ängste und Freuden, die sie tief in ihrem Innern hegten. Mit der Zeit wurde aus ihrer Freundschaft Liebe, und aus dieser Liebe erwuchs etwas, mit dem keiner von beiden gerechnet hatte. Die Zeit verging, sie bekamen Kinder, der alte Zimmermann starb und Suleiman fuhr fort, mit Holz zu arbeiten. Doch in seiner Freizeit begann Suleiman, Gedichte zu schreiben, wunderschöne Gedichte. Im Laufe seines Lebens verfasste er Tausende von Versen, die meisten davon über Banafscha und die Schön-

heit der Liebe, andere über den alten Zimmermann und eine andere Art von Liebe und Bewunderung.

Suleiman und Banafscha lebten und liebten einander, bis sie alt und grau wurden. Ihre Geschichte wurde zur Legende, zumindest in diesem Teil Afghanistans. Der Schrein wurde zunächst von ihren Kindern als letzte Ruhestätte der Eltern errichtet. Dann verzierten ihn die Dorfbewohner mit der Heiligen Schrift. Im Laufe der Zeit wurde er zu einem Ort der Liebenden und jener, die durch Liebe verletzt worden waren und kamen, um Liebe und Zuneigung zu erbitten.

Ich denke an den Klassenkameraden, der mir diese Geschichte erzählt hat. Und an all die Menschen, die den Schrein vor mir besucht und um Liebe gebetet haben.

Ich setze mich neben den Sarkophag, den ein wunderschönes azurblaues Tuch bedeckt, das mit Worten aus der Heiligen Schrift bestickt ist. *Lieber Gott, ich brauche deine Hilfe und deinen Beistand, wenn ich Fatima gestehe, was ich für sie empfinde. Und bei dem Versuch, ihre und meine Familie zu überzeugen, dass wir beide, trotz unserer Unterschiedlichkeit, zusammengehören.* Ich sitze da und rezitiere Passagen aus dem Koran, ehe ich Gott schließlich meinen einzigen wahren Wunsch eingestehe. Ich bitte ihn, mir zu helfen, Fatima zu meiner Frau zu machen.

Elf

RASHID

Ich kann aus der Ferne sehen, wie sie ihren alten *karachi* durch den Ort schieben. Es ist ein Wunder, dass der Holzkarren noch nicht zusammengebrochen ist. Mohammad und Karim sehen älter aus als bei unserer letzten Begegnung. Sie sind dünner geworden und ihre Haut rauer. Sie grüßen die Ladenbesitzer, die sie passieren, und ich beschließe, hineinzugehen, damit ich nicht mit ihnen sprechen muss.

»Deine Bauern sind da«, teile ich meinem Onkel mit. Zu schade, dass mein Idiot von einem Vetter nicht hier ist. Ich habe mir etwas ausgedacht, aber um es auszuführen, brauche ich Mohammad, Sami und meinen Onkel alle zusammen an einem Ort. Ich habe Sami zwar gesagt, dass Gott ihn bestrafen würde, aber ich habe einen Weg gefunden, Gott dabei auf die Sprünge zu helfen.

Sami war schon immer der Liebling, ein Engel von einem Sohn. Es wird höchste Zeit, meiner Familie begreiflich zu machen, dass er nicht so rein ist, wie sie denken. Ich weiß es und Gott weiß es. Und sie werden es auch bald wissen.

»Oh, bestens«, sagt Ismail Aaka und geht hinaus. »*As-*

salamu alaikum, meine Brüder!«, höre ich ihn das Gesindel begrüßen.

»*Wa alaikum as-salam!*«, flöten sie zurück.

Ich höre Gemurmel, dann ruft mein Onkel mir zu: »*Zoya*, Rashid, *chai rawra!*« Ich verdrehe die Augen. Er befiehlt mir, die Bauern zu bedienen. Ich bin versucht, ihm zu erzählen, dass ich schon bei den hiesigen Taliban gelebt habe, warte aber weiter auf den richtigen Zeitpunkt. Also bringe ich die Thermoskanne mit dem grünen Tee hinaus und stelle sie auf den kleinen Metalltisch, an dem wir immer sitzen. Ich wende den Kopf ab, als sie mir zunicken; sie sind es nicht wert, von mir beachtet zu werden.

»*Zoya*, wo sind die Süßigkeiten?«, fragt Ismail Aaka.

»Das ist wirklich nicht nötig«, sagt Mohammad, der Vater der Hure. »Wir wollten nur den Weizen abliefern.«

»Seid nicht albern … Rashid, bring uns etwas Süßes«, befiehlt mir mein Onkel. Ich nicke wortlos. Wenn ich den Mund aufmachen würde, würde ich ihn dafür anbrüllen, diese Leute bedienen zu müssen. Ich laufe eilig in den Laden, schnappe mir die Süßigkeiten und werfe sie auf den Tisch.

»Vorsicht!«, raunzt Ismail Aaka. »Stimmt irgendwas nicht?«

»Nein, Onkel, tut mir leid. Sie sind mir aus der Hand gerutscht«, antworte ich.

»Also gut, danke für den Tee.« Kopfschüttelnd wendet Ismail Aaka seine Aufmerksamkeit wieder den Männern zu. Ich kehre in den Laden zurück und warte dort darauf, dass sie wieder gehen. Ich höre sie über ihre Söhne und das Land sprechen. Recht langweilige Dinge. Ich lehne mich gerade auf dem Plastikstuhl zurück und beschließe, ein Nickerchen zu machen, als ich zu hören glaube, wie … ist das … tatsächlich! Ist heute etwa mein Glückstag? Sind Sami, Mohammad und mein Onkel tatsächlich am gleichen Ort versammelt?

»Ich war ein paar Dörfer weiter und habe Mullah Sarwar besucht. Er wird allmählich gebrechlich und ich wollte nach ihm sehen«, höre ich Samiullah den Männern erzählen.

»Wie geht es dem Mullah *saib*?«, erkundigt sich Ismail Aaka. »Ich hoffe, du hast ihm unsere Grüße bestellt.«

»Habe ich, Vater. Er war sehr dankbar und schickt ebenfalls seine besten Wünsche«, erwidert Samiullah.

Bemüht, mir das Grinsen zu verkneifen, trete ich vor den Laden. Jetzt ist es so weit. »Habt ihr noch über andere Dinge geredet?«, frage ich, als ich hinauskomme. »Du warst den ganzen Tag fort. Ihr hattet doch bestimmt eine Menge Gesprächsstoff.«

Samiullah hebt den Kopf. Ich sehe die Angst in seinen Augen, ehe er sich wieder abwendet und Mohammad anschaut. Sein Gesichtsausdruck ist unbezahlbar. Jetzt ist es an der Zeit, ihn als das Stück Dreck zu entlarven, das er ist.

»Also, worüber habt ihr noch geredet, mein lieber Vetter?«, hake ich nach.

»Ist alles in Ordnung mit dir, Samiullah?«, fragt Ismail Aaka seinen jämmerlichen Sohn.

»Ja, macht dir irgendwas zu schaffen?«, frage ich.

»Nein, nein. Es geht mir gut. Tut mir leid. Ich bin bloß sehr müde«, sagt Samiullah.

Wieder wird es still. Auch die Bauern machen jetzt betretene Gesichter. Sie schauen sich an, als könnten sie gegenseitig ihre Gedanken lesen. Fatimas Vater spricht als Erster. »Ich denke, wir sollten uns auf den Rückweg machen. Es wird spät; wir sind viel länger geblieben, als gut war.«

»Es ist wahr, ihr seid schon zu lange hier, aber ich glaube, ihr solltet trotzdem noch ein wenig bleiben«, sage ich. »Es wird euch sicher interessieren, was Samiullah in letzter Zeit so durch den Kopf gegangen ist.«

»Rashid!«, ruft mein Onkel.

»Was meinst du damit?«, fragt Mohammad. Die gleiche Frage lese ich auch in den Augen der anderen Männer. Außer in Samis. Er weiß genau, wovon ich rede.

»Ich denke, es ist besser, wenn Sami es erzählt«, erwidere ich. Seine Augen flehen mich an aufzuhören. »Es wäre unschicklich, dass ich etwas sage. Stimmt's, lieber Vetter?«

»Warum tust du das?«, fragt Sami.

»Was geht hier vor?«, will Ismail Aaka wissen.

»Sagst du es ihm oder soll ich es tun?«, frage ich Sami.

»Ich glaube wirklich, wir sollten gehen«, sagt Mohammad, der Bauer.

»Nein!«, erwidere ich. »Es geht hier um deine Tochter.«

Plötzlich wird es still. Mohammad sieht aus, als habe man ihn geschlagen. Einen Moment lang tut er mir fast leid. Niemand will durch eine unanständige Tochter entehrt werden. Karim wendet sich ab. Es muss ihm peinlich sein, dass wir über die weiblichen Familienangehörigen des anderen Bauern reden. Ismail Aaka wirkt geschockt; mit offenem Mund starrt er seinen Sohn an.

Aber Samis Gesicht ist die Krönung. Er scheint kurz davor

zu sein, in Tränen auszubrechen. Ich spüre, dass ich grinse, und versuche, meine Gesichtsmuskeln unter Kontrolle zu bringen. Ich muss so tun, als würde mir die Sache keine Freude bereiten.

»Was geht hier vor?«, fragt Ismail Aaka erneut. Er schaut zwischen Sami und mir hin und her. Seine Stimme ist leise, aber ich kann den Zorn heraushören. Dann greift er mich an. »Was sagst du da? Wie kannst du es wagen, von den weiblichen Verwandten deines Onkels zu sprechen!«

»Er ist nicht mein Onkel! Und sie gehören nicht zu unserer Familie!«, höre ich mich schreien. Ich kann nicht glauben, dass Ismail Aaka seinen Zorn gegen mich richtet und nicht gegen seinen dreckigen Sohn.

»Ich verbiete dir, Mohammad und seiner Familie gegenüber so respektlos zu sein!«, sagt Ismail Aaka. »Hast du mich verstanden?«

»Ich bin nicht derjenige, der ihnen keinen Respekt erweist«, erwidere ich. »Dein Sohn ist respektlos, ihm, seiner Tochter und *unserer* ganzen Familie gegenüber!«

In diesem Moment passiert es. Der Schmerz treibt mir das Blut ins Gesicht. Ich kann nicht glauben, dass Ismail Aaka mich gerade geschlagen hat.

»Halt sofort den Mund! Oder ich zeige dir, wie ich *meine* Familie bestrafe!«, sagt Ismail Aaka. Ich sehe die Wut in seinen Augen. Einen Moment lang macht er mir Angst, doch dann wird mir klar, dass ich derjenige bin, der wütend sein sollte. Ich habe nichts Unrechtes getan!

»Wenn du jemanden bestrafen willst, dann nicht mich. Es ist dein Sohn, dem es an Anstand fehlt!«, sage ich.

Mit einem Seitenblick auf Sami stoße ich ein verächtliches Schnauben aus und schnalze mit der Zunge, ehe ich die drei in dem Schlamassel zurücklasse, den ich verursacht habe. Ich marschiere geradewegs auf den orange leuchtenden Horizont zu. Sie haben mich nicht zum letzten Mal gesehen.

Zwölf

SAMIULLAH

Ich kann den Männern nicht in die Augen schauen. Nicht meinem oder Fatimas Vater, nicht einmal Karim. Ich habe Schande über uns alle gebracht und Fatima habe ich am meisten gedemütigt. Sie hat nicht die geringste Ahnung von der Hölle, die bald über sie hereinbrechen wird, und das bereitet mir die schlimmsten Gewissensbisse.

»D-d-das alles tut mir sehr leid«, wage ich schließlich zu sagen. Mein Vater und Karim schauen mich an, aber Fatimas Vater starrt immer noch mit einer Miene zu Boden, die ich nicht deuten kann. »Ich weiß nicht, was ich sagen soll. Aber ihr dürft Rashid nicht glauben. Er ist nicht ganz richtig im Kopf.«

»Was hat er mit meiner Tochter gemeint?«, fragt Mohammad. Seine Stimme ist leise, aber die Schärfe darin ist unüberhörbar. Schließlich hebt er den Kopf. Sein Blick jagt mir einen Schauer über den Rücken. »Was heißt, es geht um meine Tochter?« Er scheint immer zorniger zu werden.

Ich bin wie erstarrt. Kann nichts anderes tun, als in seine strengen Augen zu blicken. Ich will die Sanftheit zurückholen, die mir so vertraut ist. Ich weiß nicht, wie ich auf diese Schärfe reagieren soll.

»Sag es mir!«, brüllt er, dass ich zusammenfahre. Ich glaube, das geht uns allen so.

»Kaka –«, sage ich, ehe er mir ins Wort fällt.

»Nenn mich nicht Onkel«, faucht er.

»Es tut mir leid. Es tut mir wirklich leid. Rashid will einfach nur Unruhe stiften«, sage ich flehentlich. »Er will, dass du wütend auf mich wirst. Und meine Familie auch. Und er benutzt meine Freundschaft mit Fatima Jan als Werkzeug dafür. Er will unsere Beziehung zerstören.«

»Was meinst du mit Freundschaft und Beziehung? Welche Beziehung?«, erwidert Fatimas Vater.

»Bitte missverstehe mich nicht«, sage ich. »Es gibt keine Beziehung außer der, die auf dem gegenseitigen Vertrauen und der Achtung zwischen unseren Familien beruht. Fatima ist meine beste Freundin, seit wir Kinder waren. Das wisst ihr alle.« Nach Bestätigung heischend, schaue ich mich um, doch die anderen bleiben stumm. »Das ist die Beziehung, die ich meine. Ich würde dir, deiner Familie oder auch meiner gegenüber niemals respektlos sein wollen. Wir sind alle eine Familie. Ich bin ebenso an deiner Seite groß geworden wie an der meines Vaters. Du bist wie ein *baba* für mich. Ich habe auf deine Ratschläge gehört und auch auf deine Zurechtweisungen, wenn ich etwas falsch gemacht hatte. Du kennst mich länger, als ich laufen oder sprechen kann. Kennst mich ebenso gut wie meine eigene Familie. Bitte hör nicht auf die Worte dieses durchgedrehten Irren. Irgendetwas ist in der *madrasa* mit meinem Vetter passiert. Er ist ein unbarmherziger Mann geworden. Einer, der nur auf Ärger aus ist und die Menschen noch mehr entzweien will.«

Die Männer sind mucksmäuschenstill und starren mich an. Ich schlucke.

»Aus welchem Grund sollte er all das sagen?«, fragt mein Vater. »Er scheint etwas zu wissen, von dem er wollte, dass du es erzählst.«

Ich schaue von meinem Vater zu Mohammad. Mir wird klar, dass ich irgendetwas darüber sagen muss, Fatima heiraten zu wollen. Ich war nicht darauf gefasst, dass es so schnell passieren würde. Eigentlich müsste ich unbedingt zuerst mit meinem Vater darüber reden, allein, und ihn dann mit Mohammad sprechen lassen. Aber ich fürchte, dafür ist jetzt keine Zeit mehr. Meine Handflächen sind schweißnass. Ich weiß, dass meine Bitte nicht gut aufgenommen werden wird, zumindest nicht am Anfang, trotzdem wird es Zeit, die Wahrheit zu sagen. Meine Kehle ist rau und trocken. Ich atme flach, aber ich stehe die Sache durch.

»Ich habe nicht die geringste Absicht, Schande über dich oder über meine Familie zu bringen«, wende ich mich wieder an Fatimas Vater. »Ich liebe und respektiere dich wie meinen eigenen Vater. Und ich weiß, welche Liebe und Zuneigung du für deine Kinder und deine Familie empfindest.« Ich schaue ihn an. »Du und mein Vater, ihr seid mir ein Beispiel für die Art Mann, die ich selbst einmal werden will. Dank eures Vorbilds weiß ich, dass es möglich ist, trotz all des Schlechten, das uns umgibt, ein guter Mensch zu sein.«

Ich habe Angst, zum nächsten Teil überzugehen, doch ich weiß, dass es sein muss. Ich spüre ihre Blicke auf mir, mein

Kopf dröhnt und Schweißtropfen laufen mir über den Rücken. »Ali und Fatima standen mir ebenso nah wie meine eigenen Brüder und Schwestern, während wir miteinander aufwuchsen. Wir sind zusammen über die Felder gerannt.« Bei der Erwähnung seines Sohnes schimmern Mohammad Aakas Augen feucht. »Ich habe bei euch gegessen und sie bei uns. Wir teilen Erinnerungen, wie sie nur Familien miteinander teilen. Und ich trage diese Erinnerungen ebenso in meinem Herzen wie ich euch im Herzen trage. Ich vermisse Ali jeden Tag, genau wie du es tust. Und wenn ich Fatima sehe, leuchten meine Augen ebenso auf wie deine. Ihr alle steht mir nah – auch deine Töchter – und ich würde sie mit meinem Leben beschützen.«

»Worauf willst du hinaus?«, fragt Mohammad.

»Ja, was willst du damit eigentlich sagen?«, hakt mein Vater in strengerem Ton nach.

»Ich wollte es nicht so angehen – nicht auf diese Art und nicht zu diesem Zeitpunkt«, sage ich, während ich auf die Knie sinke. Ich spüre einen gewaltigen Knoten in der Brust. »Ich versichere dir, dass Fatima keine Ahnung von dem hat, was ich jetzt sagen werde, also lass es bitte nicht an ihr aus. Ich flehe dich an. Was ich dir zu sagen versuche, ist, dass ich gern dauerhaft Teil deiner Familie werden würde, wenn du es mir gestattest. Ich weiß, dass es nicht der Tradition entspricht, aber ich muss es aussprechen, weil ich dich nicht belügen kann.«

»Samiullah?«, gelingt es meinem Vater auszurufen, der völlig durcheinander wirkt.

»Ich glaube, ich verstehe dich nicht«, unterbricht ihn

Fatimas Vater. »Es hört sich fast an, als würdest du mich um die Hand meiner Tochter bitten.«

Keiner von uns sagt etwas, ich starre in den Staub neben seiner Sandale, weil ich Angst habe, sie anzusehen. Ich bin auf Zorn und Fäuste vorbereitet, ich will mich nur wappnen, ehe es losgeht.

»Wusstet Ihr davon?«, höre ich Mohammad rufen.

»Mein lieber Freund, ich habe keine Ahnung, was hier vor sich geht!«, erwidert mein Vater. Als ich aufblicke, sehe ich den Zorn in Mohammad Aakas Augen und die Verwirrung in denen meines Vaters.

»Er spricht von meiner Tochter!«, schreit Mohammad meinen Vater an. »Von *meiner* Tochter!«

»Beruhige dich, Bruder.« Karim schickt sich an, Mohammad festzuhalten. »Beruhige dich.«

»Beruhigen?« Wie im Schockzustand starrt Mohammad Karim an. »Wie würdest du dich fühlen, wenn er so von Zohra reden würde? Würdest du dich nicht entehrt fühlen? Es geht um meine *Tochter*! Sie beschämen meine Tochter!« Seine Stimme überschlägt sich in einer Mischung aus Wut, Scham und Trauer.

»Bitte, das ist das Gegenteil von dem, was ich tun will«, mische ich mich wieder ein. »Ich wollte weder sie noch dich beschämen. Ich versuche dir nur zu sagen, dass ich für sie sorgen will. Dass ich sie so behandeln werde, wie du es dir für sie wünschst.«

»Schweig still«, brüllt mein Vater mich an. »Das reicht! Du weißt nicht, was du da sagst. Was soll diese Zumutung? Du bereitest ihnen und uns Schande.«

Ich hätte mit meinem Vater darüber sprechen müssen. Ihn von meinen Gefühlen überzeugen müssen. Damit er hingeht, ihre Familie aufsucht und um ihre Hand anhält. Das wäre der richtige Weg gewesen, der Weg, den Kaka Mohammad respektiert hätte. Doch das hätte Zeit erfordert, und Zeit ist ein Luxus, den ich nicht habe.

»Aber Vat-«, versuche ich zu widersprechen.

»Halt den Mund, hab ich gesagt!«, brüllt er.

»Aber –«

»Genug!«, schreit er. Sein zorniger Blick geht mir durch Mark und Bein. Als er sich Mohammad zuwendet, wirkt er eher reumütig. »Mein lieber Freund, ich … ich, ich weiß nicht, was ich sagen soll. Es tut mir wirklich leid. Können wir bitte weiterreden, wenn wir uns alle beruhigt haben und Zeit hatten, darüber nachzudenken? Ich will nicht, dass irgendetwas gesagt wird, was unsere Freundschaft beschädigt. Lasst uns einfach warten, bis unser Blut nicht mehr kocht. Du hast allen Grund, wütend zu sein, aber ich flehe dich an, lass uns warten und zur Ruhe kommen. Ich bin nicht minder schockiert. Gestatten wir unserem Zorn abzukühlen, ehe wir weiterreden.«

Mohammad schaut meinen Vater an und nickt nur, seine Augen sprühen immer noch Funken. Ohne mich eines Blickes zu würdigen, dreht er sich um. Karim und er packen ihren *karachi* und brechen auf. Ich will einen Schritt auf sie zumachen, doch der Blick meines Vaters hält mich zurück. Obwohl er keine Miene verzieht, ist mir klar, dass ich mich nicht von der Stelle rühren darf. Also harre ich aus und schaue zu, wie Mohammad und Karim am Horizont immer kleiner werden. Sobald sie aus unserem Blickfeld verschwunden sind, drehe ich mich schweigend zu meinem Vater um. Ich kenne ihn gut genug, um zu wissen, dass dies nicht der Moment ist, um als Erster den Mund aufzumachen. Es ist, als wäre ich wieder ein Kind, das darauf wartet, bestraft zu werden, weil es dem Vater nicht gehorcht hat. Nur ist das hier viel schlimmer.

»Was ist los mit dir?«, schreit mein Vater mich an. Er hebt die Hand und ich wappne mich, doch er schlägt nicht zu. »Was glaubst du, wer du bist? Wer hat dich großgezogen? Denkst du denn überhaupt nicht mehr nach?« Er lässt die Hand sinken. »Du hast uns in so vielerlei Hinsicht entehrt. Wie konntest du bei deinen Worten deinen Vater, deine Familie und deinen Stamm außer Acht lassen? Wieso hast du nicht an die Frauen in unserer Familie gedacht? Wir wurden in unserer Ehre verletzt.« Kopfschüttelnd setzt er sich auf den schmutzigen weißen Plastikstuhl vor unserem Laden und starrt zu Boden.

»Aber Vater«, versuche ich einzuwerfen, verstumme jedoch beim Anblick seines auf mich gerichteten Fingers, der mir zu verstehen gibt, den Mund zu halten. Er sieht mich immer noch nicht an.

»Was hättest du getan, wenn jemand auf diese Art um die Hand deiner Schwester Nur angehalten hätte? Hast du daran gedacht? Was hättest du getan?«, fragt er. Diesmal sieht er mich an und ich weiß, dass er eine Antwort will.

»Das ist etwas anderes, Vater«, erwidere ich in der Hoffnung, es dabei belassen zu können. Ich weiß, wie ich reagiert hätte, wenn jemand von meiner Schwester gesprochen hätte wie ich von Fatima. Schon der Gedanke daran wühlt mich innerlich auf.

»Aber wie würdest du reagieren, wenn es hier um Nur ginge?«, fragt er noch einmal.

»Ich wäre nicht glücklich«, antworte ich und senke die Augen. »Ich wäre außer mir.« Bei der Vorstellung, dass irgendein Mann meine Schwester ansieht oder sexuelle Gedanken mit ihr verbindet, wird mir schwindlig. Ich wünschte, Mohammad und mein Vater würden verstehen, dass das, was ich für Fatima empfinde, nicht Lust, sondern Liebe ist.

»Wenn es dich bei deiner Schwester so aufwühlt, dann stell dir nur vor, wie fassungslos Mohammad jetzt sein muss, nachdem du so von seiner *Tochter* gesprochen hast. Ich weiß es«, sagt er und schlägt sich auf die Brust. »Ich habe mehrere Töchter und ich würde jeden töten, der versucht, eine von ihnen zu entehren! Ich würde Blut vergießen für ihre Ehre und für die unserer Familie. Du verstehst das nicht, und du wirst es auch erst verstehen, wenn du selbst Kinder hast. Was du getan hast, war schändlich.«

»Vater, ich verstehe, was du mir sagen willst«, wage ich mich vorsichtig vor. »Aber ich möchte auch, dass du verstehst, was ich zum Ausdruck bringen wollte. Ich weiß, dass ich meine Absichten nicht klar und auf respektvolle Weise deutlich gemacht habe, aber mir liegt sehr viel an Fatima. Ich will sie heiraten.« Ich halte inne, um meinem Vater ins Gesicht zu sehen, kann seine Miene aber nicht einschätzen. Er starrt mich einfach nur an. Ich hatte mit Zorn gerechnet, Gebrüll, sogar mit einem Schlag – doch ich ernte nichts als Schweigen. »Verstehst du mich, Vater? Ich will Fatima heiraten. Es tut mir leid, dass ich damit nicht zuerst zu dir gekommen bin und es auf ungebührliche Weise angepackt habe, aber ich will sie heiraten; ich möchte, dass sie deine Schwiegertochter wird.«

»Hör auf«, sagt mein Vater sanft und reibt sich den Kopf. »Bitte, hör auf.« Er atmete tief durch, ehe er mich wieder anschaut. »Unmöglich. Das geht auf gar keinen Fall, ausgeschlossen. Du bist ein Kind! Erst siebzehn. Und selbst wenn du alt genug wärst, bist du mein Sohn! Der Sohn des *Khan*! Du wirst das Mädchen heiraten, das du unserer Meinung nach heiraten sollst. Nicht die Tochter eines Bauern … ein Hazara-Mädchen! Du hast nicht nur Mohammad beleidigt, sondern auch uns.«

»Aber, Vater …«, versuche ich es erneut, finde aber nicht die richtigen Worte.

»*Zoya*, das hier ist keine Welt, in der du tun und lassen kannst, was du willst«, sagt er. »Du kannst nicht von etwas träumen und dir einbilden, du könntest es auch in Wirklichkeit haben. Du hast ein Leben, eine Familie und Verantwortung. Man kann sein Leben und seine Herkunft nicht einfach verändern, nur weil man etwas *will*. Du musst erwachsen werden, mein Sohn.« Er starrt mich mit einem mitleidig wirkenden Blick an, ehe er wieder zu Boden schaut. »Und jetzt müssen wir das in Ordnung bringen. Verstehst du?«

Ich bleibe stumm, nehme alles in mich auf, ehe ich antworte.

»Ja, Vater. Ich verstehe. Es muss in Ordnung gebracht werden.«

Dritter Teil

Dreizehn

FATIMA

Den ganzen Tag habe ich mich auf nichts von dem konzentrieren können, was Zohra erzählt. Meine Gedanken waren bei Sami. Er hat mich weder heute noch gestern im Wald getroffen. Ich weiß, dass er Angst hatte, als wir die Schritte hörten – mir ging es ebenso –, aber es könnte auch ein Tier gewesen sein. Wahrscheinlich ein Reh oder vielleicht sogar ein Leopard – als Kinder haben wir einmal einen gesehen. Stattdessen treffe ich mich mit Zohra. Ihre *bibi* ist immer noch krank, aber es geht ihr ein bisschen besser. Sie streckt hin und wieder den Kopf zur Tür herein, um zu sehen, ob wir auch unsere Bücher draußen haben. »Wenn ihr es jetzt nicht lernt, werdet ihr es nie mehr lernen!«, fährt sie uns an, wenn sie sieht, dass wir herumliegen und nicht lesen. »Als ich in eurem Alter war, war ich froh darüber, etwas lernen zu dürfen!«

Zohra weiß immer noch nicht genau, ob man sie wirklich verloben wird oder nicht, scheint aber ständig zwischen Aufregung und Trauer hin- und herzuschwanken. Auf »Ich frage mich, ob er gut aussieht«, folgen Tränen und als Nächstes: »Werde ich meine Familie jemals wiedersehen? Werde ich dich jemals wiedersehen?« Sosehr ich auch mit ihr fühle, geht mir Sami nicht aus dem Kopf. Bleibt er fort, um mich zu beschützen oder hat er mich bereits satt? Meine Mutter hatte mir immer wieder von Jungen erzählt, die Mädchen weismachen, sie würden sie mögen, um sie dann auszunutzen und zu ruinieren und anschließend eine andere zu heiraten. Aber Sami ist nicht wie sie. Oder doch?

Plötzlich hören wir Zohras Vater. »Wo ist sie?«, schreit Karim. Er ist viel früher zu Hause als sonst. »Was? Wo?« Dann kommt er in das Zimmer, in dem Zohra und ich sitzen. Wir springen auf.

»Salam, Baba Jan«, sagt Zohra.

»Salam, Kaka Karim«, schließe ich mich an.

»Geh sofort nach Hause!«, schreit er mich an. Er wirkt eher erregt als böse. Trotzdem wage ich es nicht, auch nur eine Minute länger zu bleiben. So habe ich Kaka Karim noch nie gesehen. Während ich meine Sachen zusammenraffe, kommen seine Frau und seine Mutter hereingerannt.

»Was ist los?«, fragt Zainab, Zohras Mutter.

»Nichts, aber Fatima muss nach Hause gehen«, antwortet er laut.

»Geht es meiner Familie gut?«, wage ich schließlich so leise wie möglich zu fragen. Warum sollte er sonst so früh hier sein und so außer sich wirken? Meine Angst ist noch größer als zuvor. »Ist es mein *baba*? Geht es ihm gut?«

»Es ist niemand verletzt, aber du musst nach Hause gehen!«, schreit Karim wieder. Seine Heftigkeit lässt uns alle zusammenzucken und ich flüchte aus dem Zimmer. Selbst draußen vor der Tür kann ich hören, wie er Zohra anschreit:

»Weißt du von ihr und Sami?« und wie es den Frauen den Atem verschlägt. Mir wird ganz flau im Magen, als ich an der Rückwand des Gebäudes niedersinke.

»Was? Nein …«, sagt Zohra. Ich höre ein Klatschen, das mich zusammenzucken lässt, gefolgt von Zohras Weinen. Er hat sie meinetwegen geschlagen. Ich krieche durch den Staub, damit ich unter dem Fenster sitzen und sie besser verstehen kann. Woher weiß er Bescheid? Heißt das, dass mein Vater es auch weiß?

»Ich frage dich noch einmal. Was weißt du von Fatima und Sami?«, wiederholt Karim.

»Ich schwöre beim Heiligen Koran, ich habe keine Ahnung, was du meinst«, gelingt es Zohra tränenüberströmt zu sagen. Wieder höre ich das Klatschen eines Schlages, gefolgt von ihren Klagelauten.

»Karim!«, bittet Zainab um Gnade. »Warum schlägst du sie und wovon redest du da?«

»Mohammad und ich sind heute ins Dorf gegangen, um bei Agha Ismail Vorräte abzuliefern. Da ist Sami vorbeigekommen und am Ende hat er gesagt, dass er Fatima heiraten will!«, erwidert Karim voller Zorn. »Mein armer Freund hat mir so leid getan – man hat ihn gedemütigt!«

Wieder verschlägt es den Frauen den Atem.

Sami hat um meine Hand angehalten? Ich kann es nicht glauben. Ist das wahr?

»Warum schlägst du dann Zohra?«, fleht Zainab, die mich aus meinen Gedanken reißt.

»Fatima ist ihre Freundin. Sie muss ihr irgendwas erzählt haben!«, blafft Karim.

»Ich schwöre, Baba Jan, ich habe keine Ahnung«, heult Zohra. »Fatima hat mir nichts erzählt, ich schwöre es!«

»Mit ihr befreundet zu sein, kann deine Aussichten auf einen passenden Ehemann ruinieren«, brüllt Karim weiter. »Verstehst du das?«

»Gott behüte«, sagt Zainab. »Woher willst du wissen, dass Fatima überhaupt davon weiß?«

»Woher soll der Junge sonst den Mut nehmen, ohne das Wissen oder die Zustimmung seiner Familie um sie anzuhalten, wenn sie nicht schon eine Beziehung hätten?« Ich höre Zungenschnalzen.

»Lass das Mädchen in Ruhe.« Das ist Bibi, die nun spricht. »Komm her, Zohra, *Janem*. Zu meiner Zeit war es nicht unüblich, einen Jungen zu heiraten, den man gernhatte. Da kann man sehen, wie weit sich dieses Land zurückentwickelt.«

»Du hast in der Stadt gelebt, Madar«, erwidert Karim. »In Städten lässt sich eine Schande leichter verstecken! Außerdem hast du den Mann geheiratet, von dem deine Eltern wollten, dass du ihn heiratest.«

»Ja, aber ich hatte angenommen, dass meine Enkeltöchter auf meine alten Tage ein besseres Leben haben würden als ich. Komm her, mein Schatz.«

Ich beschließe loszulaufen, ehe mich jemand entdeckt. Ich habe Angst, nach Hause zu gehen, aber wenn ich es nicht tue, werden sie wissen wollen, wo ich gesteckt habe. Wenn Karim Zohra schlägt, weil sie mit mir befreundet ist, mag ich mir gar nicht ausmalen, welche Strafe mich erwartet. Mit Gedanken an Sami und an meinen Vater laufe ich nach Hause. Was ist im Dorf geschehen? Warum sollte Sami, ohne mich zu fragen, so etwas tun? Es muss einen Grund geben.

Je näher ich unserem Haus komme, desto langsamer werde ich. Ich schaue mich um, wer in der Nähe ist. Meine Mutter ist am Fluss, wo sie Afifa die Haare wäscht. Afifa schläft im Stehen, ihr kleiner Kopf lehnt an den Knien unserer Mutter, die ihr die roten Strähnen kämmt. Vielleicht täusche ich mich, aber es sieht so aus, als würde meine Mutter ein Lied summen. Wie kann das sein? Anscheinend weiß sie noch nichts. Ich schaue mich weiter um, aber von meinem *baba* ist nichts zu sehen. Aufatmend betrete ich den Raum mit dem *tandour* und fange an, Kartoffeln für das Abendessen zu schälen.

Vielleicht ist das alles nur ein böser Traum.

Vierzehn

FATIMA

Es ist zwei Tage her, seit Sami bei meinem Vater um meine Hand angehalten hat, aber wir haben immer noch nicht darüber geredet. Genau genommen hat *baba* kaum ein Wort mit mir gewechselt. Meine Mutter beäugt uns die ganze Zeit, nur meine Geschwister wissen nicht, dass ich die Ursache der unangenehmen Stille bin. Zu Zohra gehen durfte ich nicht – meine Mutter meinte, ich müsse mehr Hausarbeiten erledigen, und *baba* war einverstanden. Dabei weiß ich, dass Zohra die Einzige ist, die mir sagen kann, was vor sich geht. Ich habe immer noch ein schlechtes Gewissen wegen der Schläge, die sie meinetwegen bekommen hat. Ihr Vater hatte hinterher sicher auch Gewissensbisse. Wir kennen ihn schon sehr lange und ich habe ihn immer für einen sanften Mann gehalten. Ich wage es nicht, meinen *baba* auf das Thema anzusprechen, also tue ich weiterhin so, als wüsste ich nicht, was vor sich geht. Ich muss einen Weg finden, Zohra zu treffen.

»Ist alles in Ordnung, Madar Jan?«, frage ich meine Mutter, während wir das Abendessen vorbereiten. Die Stille im Raum setzt mir zu, ich muss sie einfach brechen.

»Alles bestens«, erwidert sie, während sie unbeirrt weiter Kartoffeln klein schneidet, ohne mich anzusehen. Nichts ist bestens, das weiß ich. Meine Eltern haben ihre nächtlichen Gespräche eingestellt. Meine Mutter hat versucht, mit meinem Vater zu reden, doch er lässt es nicht zu. Unsere Mahlzeiten verlaufen wortlos. Die Jungen versuchen immer wieder, meinen Vater zu bewegen, Geschichten zu erzählen, doch er bleibt stumm. Selbst Afifa spürt, dass etwas nicht stimmt, und lässt sich trösten, indem sie sich bei den Mahlzeiten auf meinen Schoß setzt und gefüttert werden will.

»Schön …«, sage ich, nehme die Zwiebeln in beide Hände, die ich klein geschnitten habe, und werfe sie in den Topf. Das Öl beginnt sofort zu zischen. Mit einem Holzlöffel rühre ich sie um, wobei mir Öl auf die Hand spritzt und mich ein wenig verbrennt. Ich rühre weiter, ehe ich es abermals wage, den Mund aufzumachen, weil ich mich vor der Reaktion meiner Mutter fürchte. »Madar Jan, ich habe mich gefragt, ob ich morgen zu Zohra gehen darf, um unseren Lernstoff zu üben.« Ich hebe nicht einmal den Kopf, als ich das sage, und konzentriere mich weiter auf die Zwiebeln, die allmählich braun werden.

»Nein!«, erwidert meine Mutter bestimmt, als sie die Schüssel mit den klein geschnittenen Kartoffeln herüberbringt und die Stücke in den Topf fallen lässt, wobei sie mich unentwegt anstarrt. Es zischt im Topf und heißes Öl spritzt auf.

»Aber Madar, es wird Bibi nicht gefallen, das ich so lange wegbleibe«, unternehme ich einen letzten Versuch.

Doch diesmal ignoriert mich meine Mutter. Sie geht mit

der *distarkhan* hinaus und bereitet sie draußen für das Abendessen vor.

Es wird wieder eine stille Mahlzeit, wenn man von Geräuschen wie Kauen, Schlürfen und Fingerabschlecken absieht. Alle essen, bis auf meinen *baba*, der sein Mahl nur anstarrt.

Am Ende des Abends gehen wir hinein und bereiten unsere Betten vor, als mein Vater mich schließlich anspricht.

»Fatima«, sagt er streng.

»Ja, Baba Jan?« Zum ersten Mal seit zwei Tagen schafft er es, mich anzusehen.

»Geh noch nicht ins Bett. Wir müssen mit dir reden, wenn die Kinder eingeschlafen sind«, sagt er.

»Gut, Baba Jan«, erwidere ich, als er sich abwendet, um zu seiner Schlafmatte zurückzugehen. Meine Mutter, die auf ihrer Matratze sitzt und für die Jungen Hausschuhe strickt, wirft uns böse Blicke zu.

Ich decke meine Brüder zu und gebe ihnen einen Kuss. Afifa wartet auf mich.

»Sing mir ein Lied«, bittet sie mich. Ich schaue meine engelsgleiche Schwester an und sehne mich danach, wieder in ihrem Alter zu sein – so unschuldig und ahnungslos. Sie rollt sich in meinem Schoß zusammen und ich summe ein Lied, das ich vor Jahren bei Zohra aus dem Radio gelernt habe. Ich wiege Afifa hin und her und hoffe, dass sie eine Weile brauchen wird, um einzuschlafen. Doch sie nickt ebenso schnell ein wie jeden Abend. Behutsam lege ich sie hin und breite eine Decke über sie. Ich küsse sie auf Stirn und Wangen und wappne mich gegen das, was als Nächstes kommt. Die Augen auf meine schlafende Schwester gerichtet, harre ich aus, so lange ich kann.

»Komm her, Fatima«, sagt mein *baba* und ich weiß, dass ich es nicht länger aufschieben kann. Ich habe Herzklopfen, als ich schließlich zu meinen Eltern hinübergehe. Meine Mutter legt ihr Strickzeug beiseite und wirkt regelrecht aufgekratzt.

»Setz dich, *azizam*«, sagt mein *baba* milde. Sein Ton überrascht mich so sehr, dass ich ihn unwillkürlich anschaue. Als ich mich vor die Lampe setze, fällt ein Schatten auf ihre Gesichter, doch ich wage es nicht, mich zu bewegen. Ich sehe zwischen meinen Eltern hin und her. Während mein Vater müde und ausgelaugt wirkt, fixiert mich meine Mutter mit einem wachen Blick.

»Stimmt irgendetwas nicht?«, frage ich und stelle mich weiter unwissend.

»Fato, wir müssen etwas Wichtiges mit dir besprechen«, sagt mein *baba* und atmet tief aus. Ich nicke. »Wir haben beschlossen … deine Mutter und ich haben entschieden … dass es Zeit für dich ist, zu heiraten.«

»Was?«, entfährt es mir und für einen kurzen Moment frage ich mich, ob er eingewilligt hat, mich Sami heiraten zu lassen. Vielleicht war er deshalb so still – weil er mit Kaka Ismail Pläne geschmiedet hat. Ich spüre einen Funken Hoffnung in mir aufsteigen.

»Wir wissen von deiner engen Freundschaft mit Samiullah«, fährt *baba* fort und der winzige Funken wird größer. »Er hat mich neulich im Ort angesprochen und seine Gefühle für dich zum Ausdruck gebracht. Er hat gesagt, dass er dich gernhat und dich heiraten möchte.« Kann das wirklich wahr sein? Haben meine Eltern Samis Antrag angenommen?

»Er hat mit dir geredet?«, gelingt es mir zu flüstern.

»Ja, außerdem hat er gesagt, dass die Gefühle nur auf seiner Seite bestünden und ich es nicht an dir auslassen soll.« Mein *baba* fasst sich an die Stirn. »Aber seit ich mit Karim gesprochen habe, weiß ich, dass du an mehreren Tagen die Lesestunden mit Zohra und ihrer Großmutter versäumt hast.«

»Sie hat was?«, unterbricht ihn meine Mutter. Aber mein Vater achtet nicht auf sie.

»Ich hatte gehofft, dass ich mich täusche, aber ich gehe davon aus, dass du dich mit diesem Jungen getroffen hast.« Mir rutscht das Herz in die Hose. Das muss Zohra ihrem Vater gesagt haben. Ich mache ihr keinen Vorwurf, aber im Augenblick weiß ich nicht, was ich sagen soll.

»Baba –«, stoße ich hervor, ehe meine Mutter mir ins Wort fällt.

»Du Hure!« Sie steht auf und ohrfeigt mich. Meine Lippen zittern und die Tränen schießen mir in die Augen. Weitere Schläge folgen. »Spar dir deine falschen Tränen, du dummes Ding! Wie konntest du uns das antun?«

»Hör auf damit, Mossuma!« Mein Vater hält sie zurück.

»Aber Mohammad, sie bringt Schande über uns!«, sagt sie, ehe sie sich wieder mir zuwendet. »Wessen Tochter bist du? Zu wem gehörst du? Ich kann unmöglich eine solche Hure auf die Welt gebracht haben!«

Meine Tränen fließen jetzt schneller und heftiger. »Es tut mir leid! Ich schwöre, dass nichts passiert ist. Wir sind nur Freunde. Wir unterhalten uns bloß. Ich schwöre beim Heiligen Koran, dass wir uns einfach nur unterhalten. Er ist mein Freund! So wie wir es als Kinder waren!«

»So wie ihr es als Kinder wart? Hörst du das, Mohammad? Was bist du nur für ein Mann? Schlag dieses Miststück! Sie soll dafür bezahlen, dass sie unseren Namen, unsere Familie und unsere Ehre in den Schmutz gezogen hat!«

»Lasst das! Alle beide! Ihr weckt die Kinder auf. Ich werde sie nicht schlagen. Ich habe dir niemals ein Haar gekrümmt«, sagt mein *baba* und sieht mich mit feuchten Augen an. »Ich habe dich wie eine kostbare Vase behandelt. Meine wunderschöne … kostbare –« Seine Stimme bricht. Es klingt, als würde er gleich anfangen zu weinen. Dann räuspert er sich hastig und atmet tief durch. Die Worte meines *babas* sind schlimmer als alle Schläge, weil ich weiß, dass ich ihm wehgetan habe. Ich weine so sehr, dass ich kaum noch Luft bekomme. Obwohl ich keinen Ton von mir gebe, spüre ich, wie mir die Spucke in den Schoß tropft. »Wir haben beschlossen, dich mit Karim zu verheiraten, Fatima. Deine Mutter und ich haben uns beraten, und ich habe ihn überredet, dich zu seiner Zweitfrau zu machen. Das ist der einzige Weg.«

»K-k-karim?«, stammele ich. »Aber … aber … aber, Baba Jan … du … du … du hast doch gesagt, dass Sami mich heiraten will.«

»Karim bietet dir die beste Aussicht auf eine gute Zukunft. Er wollte keine zweite Frau, aber unserer Freundschaft zuliebe hat er eingewilligt. Sami kommt nicht infrage.«

»Aber … aber … warum nicht? Du hast gesagt, dass er mich gernhat. Und ich habe ihn auch gern. Er ist mein bester Freund. Er kann für mich sorgen.«

»Möge dir Erde auf den Kopf fallen!«, zischt meine Mutter, womit sie mir den Tod wünscht. *»Khak da saret!«*

»Er ist nicht der Richtige für dich«, sagt mein *baba*. »Ich bin dein Vater und ich sehe Dinge, die du nicht siehst. Ich treffe die richtige Entscheidung für dich.«

»Aber Baba Jan, du kennst Sami schon sein Leben lang. Du kennst seine Familie.« Jetzt machen Tränen und Trauer Verwirrung und Verzweiflung Platz. »Du weißt, dass es gute Menschen sind. Du weißt, dass er alles tun würde, um mich glücklich zu machen, und dass er mich mit Respekt behandeln würde«, flehe ich. So eingeschüchtert ich auch bin, finde ich dennoch den Mut weiterzureden. »Ich verstehe das nicht … liegt es daran, dass er Paschtune ist? Hast du nicht selbst gesagt, wir wären alle Gottes Diener und niemand sei besser als der andere – dass es in den Augen Gottes keinen Unterschied zwischen uns gibt? Unabhängig von unserer Ethnie? Baba Jan?«

»Du verstehst diese Welt nicht. Du weißt nicht, was dir bevorsteht. So wird das Leben für dich am einfachsten. Bei Karim hast du ein gutes Heim, eine Familie und zu essen. Er hat sich bereit erklärt, dich aufzunehmen und für dich zu sorgen. Es ist nur zu deinem Besten. Das ist mein letztes Wort. Ich will nichts mehr hören – von keiner von euch.«

Als ich auf meiner *toschak* liege, flehe ich Gott an, mich einschlafen zu lassen, weil es die einzige Möglichkeit ist, diesem Albtraum zu entfliehen. Doch selbst im Traum werde ich von meinen Geistern heimgesucht.

Ich träume von einer Zukunft mit Karim und ohne Sami.

Dem Leben in einem Heim, mit einer Familie, die mich einmal geliebt hat, aber nun darüber verbittert ist, ein entehrtes Mädchen bei sich zu haben.

Zohra hat sich von einer lieben Freundin in eine Feindin verwandelt, die mich dafür hasst, ihren Vater geheiratet zu haben. Im Traum ignoriert sie mich, als ich sie um Rat anflehe. Ich brauche sie, aber meine Freundin spricht kein Wort mit mir.

Noch schlimmer behandelt mich meine *khala* Zainab. Sie ist wütend, dass sich ihr Mann eine neue Frau genommen hat, nachdem sie jahrzehntelang seine einzige Frau war, ihm Kinder geboren und sich um seine Mutter gekümmert hat. Im Unterschied zu Zohra redet sie mit mir, aber nur, um mir Befehle entgegenzuschleudern oder mir hin und wieder eine Ohrfeige zu versetzen. Sie benutzt mich als Dienerin, und zwar eine, die sie hasst. Und ich ertrage ihre Schläge und Schelte.

Bibi ist die Einzige, die mich nicht hasst. Sie trauert um eine weitere verlorene Zukunft – besonders nachdem sie solche Hoffnungen in uns gesetzt hat … in mich. Ich nehme nicht mehr an ihren Lesestunden teil. Sie holt sich die Bücher zurück, die sie mir geliehen hat, und ich sehe von weitem zu, wie Zohra mit den Stunden fortfährt, die ich liebe und die sie hasst. Bibi kann mich kaum ansehen, geschweige denn mit mir reden.

Derjenige, der mir gegenüber die stärksten Gefühle hegt, ist Karim. Doch er empfindet keine Liebe, sondern Hass und Lust. Früher der engste Freund meines Vaters und für mich ein lieber Onkel, ist er jetzt der Mittelpunkt meines Universums. Eines Universums, in dem es dunkel geworden ist. Er ist wütend über die Vereinbarung, die er mit meinem Vater getroffen hat. Darüber, ein Mädchen zu heiraten, das er für eine Hure hält. Und so behandelt er mich auch … Ich sehe seinen Körper auf meinem, während ich schreie und weine … spüre seinen Schweiß auf meiner Haut und schmecke die Tränen, wenn ich aufwache.

Ich zittere vor Angst, als mir klar wird, dass dieser Traum vielleicht wahr werden wird.

Fünfzehn

SAMIULLAH

Den ganzen Vormittag habe ich auf sie gewartet. So, wie ich gestern den ganzen Tag gewartet habe. Immer in der Hoffnung, dass sie hierherkommen wird. Als ich sie schließlich erblicke, bin ich erleichtert.

»*Afo, bia … Afo gak!* Komm her, Kleines«, rufe ich Fatimas kleiner Schwester zu, um sie auf mich aufmerksam zu machen.

Ich sehe, wie sie sich umschaut. Nach meiner Stimme sucht.

»Kiiiiisht?«, ruft sie und will wissen, wer dort ist. *»Jinn aschti?«* Ob ich ein Geist bin, fragt sie.

»Ich bin's, Afo.« Ich luge mit Kopf und Körper hinter dem schmalen Baum hervor, der mich kaum verbirgt. Sie lächelt, als sie mich sieht, und tappt zu mir herüber.

»Du bist der Schlafmann!«, sagt Afifa mit einem Grinsen. »Meine *madar* hat gesagt, wir können nicht eure Freunde sein. Dein *baba* hat einen komischen Hut auf!« Wieder fängt sie an zu lachen.

»Aber du kannst *meine* Freundin sein. Und du hast recht, mein *baba* hat wirklich einen komischen Hut auf.« Ich erwidere ihr Lächeln und kneife ihr in die Wangen. »Wie geht es dir, Kleines?«

»Gut! Ich habe geglaubt, du wärst ein Dschinn«, sagt sie und blickt zu Boden. »Ich hatte Angst.«

»Ach, Afo, du musst keine Angst haben. Nicht alle Dschinn sind böse. Es gibt auch nette Dschinn.«

»Wirklich?« Sie hebt neugierig den Kopf.

»Ja, natürlich. Es gibt Dschinn, die dir helfen und dich vor den bösen Dschinn beschützen wollen. Und weil du ein liebes Mädchen bist, sind die guten Dschinn immer in deiner Nähe und beschützen dich vor den bösen.«

Sie lächelt mich an, ehe sie sich umzuschauen beginnt, als suche sie nach Dschinn.

»Afo, ich brauche dich, damit du etwas für mich tust«, sage ich, um ihre Aufmerksamkeit wiederzuerlangen. »Aber es muss zwischen dir und mir bleiben. Es ist ein Geheimnis. Bist du alt genug, um ein Geheimnis für dich zu behalten?«

»Ja!«, ruft sie voller Begeisterung. *»I dochtar kalon.«*

»Ja, du bist ein großes Mädchen«, bestätige ich. »Aber es darf wirklich niemand wissen, weder deine Mutter noch dein Vater, nicht einmal deine Brüder.«

»Niemand?« Ihre Begeisterung verwandelt sich in Erstaunen.

»Es gibt nur eine, die es wissen darf – deine Schwester, Fatima.«

»Fato! Fato ist meine Schwester!« Sie lächelt. »Ich hab Fato sehr lieb!«

»Ich weiß, dass du das tust. Aber du musst daran denken, dass du es nur Fato erzählen darfst. Es ist ein Geheimnis.«

Sie nickt mit Feuereifer.

»Kannst du deiner Schwester diesen Brief geben? Vergiss nicht, dass es sonst niemand wissen darf. Es ist ein Große-Leute-Geheimnis zwischen dir, mir und Fato. Einverstanden, *janem*?«

»*Kho!*« Sie schnappt sich den Brief. »Holen mich die bösen Dschinn, wenn ich es jemand anderem erzähle?« Wieder macht sie ein ängstliches Gesicht.

»Mach dir um die bösen Dschinn keine Gedanken. Wenn du hältst, was du versprichst, werden dich die guten nur umso mehr beschützen. Versprichst du mir, deiner Schwester den Brief zu geben und es niemandem zu erzählen?«

Sie nickt und versteckt den Brief in ihrem *payron*, ehe sie nach Hause zurückläuft. Ich hoffe, dass es klappt. Ich habe Fatima auch so schon genug Qualen beschert. Wenn es nicht klappt ... wenn ihre Eltern den Brief finden ... Nicht auszudenken, welche Gefahr uns dann droht.

Sechzehn

FATIMA

Ich bete zu Gott, dass das alles ein Traum ist. Meine Brust schmerzt, als würde mir ein zu eng angelegter Verband das Herz abdrücken. Was irgendwie passt, finde ich, denn im Moment fühlt sich mein Herz verwundet und mein Körper taub an. Als wäre ich eine Zuschauerin, die von außen auf mein Leben blickt. Das, was ich erlebe, kann nicht real sein. Ich werde jeden Moment aufwachen und feststellen, dass es nur ein böser Traum und nichts davon wahr ist, dass mein Vater mich immer noch liebt und mein Leben nicht vorbei ist.

Nachdem mein Vater gestern Abend sein Urteil gefällt hatte, meinte meine Mutter, ich könne froh sein, dass sie mich nicht umbringen würden, denn das hätte ich verdient. Ihre Augen fuhren wie Dolche durch mich hindurch und machten mir klar, dass ich schon tot wäre, wenn es nach ihr ginge. Mein Vater widersprach ihr nicht; er wandte lediglich den Kopf ab und ging ins Bett.

Als ich aus meinen Albträumen erwachte, spürte ich ihren brennenden Blick. Sie scheint irgendetwas vorzuhaben. Sie weiß, dass sie mir nicht wehtun darf, solange mein Vater in der Nähe ist, aber ich habe Angst davor, mit ihr allein zu sein.

Ich beschließe, im Zimmer zu bleiben, als die anderen aufstehen, um zu frühstücken. Mein Vater muss inzwischen aufs Feld gegangen sein, um Karim zu treffen … meinen zukünftigen Ehemann. Ich kann es immer noch nicht glauben. Es muss doch einen Weg geben, meinen Vater umzustimmen. Als ich in der Ecke gerade die Schlafmatten aufeinanderlege, höre ich hinter mir Schritte näher kommen. Wütend wie eine Schlange und mit flammendem Blick kommt meine Mutter hereinmarschiert.

»Salam, Madar Ja-«, versuche ich sie zu begrüßen, ehe sie bei mir ist und mich an den Haaren packt. Ich spüre, wie ganze Strähnen an den Wurzeln ausreißen, und schreie los. Sie zerrt mich durch die offenen Türen, schlägt mich mit dem Kopf gegen die Lehmwände, dass sich alles um mich herum zu drehen beginnt.

»Halt den Mund!«, schreit sie mich an, während ich verzweifelt auf den Beinen zu bleiben versuche, weil ich weiß, dass ein Sturz alles nur noch schlimmer machen würde. Doch sie ist zu schnell und ich stolpere immer wieder über meine eigenen Füße. Als wir im Raum mit dem *tandour* ankommen, schleudert sie mich zu Boden.

»Gefällt es dir, eine Hure zu sein?«, schreit sie. Mir fällt auf, dass der Wasserkessel kocht. Ich höre das brodelnde Wasser gegen das heiße Metall schwappen und sehe den Dampf aus der Tülle schießen. Als sie meine Haare loslässt, greife ich instinktiv nach dem Kessel, um ihn vom Feuer zu nehmen. Mit einem Tritt in den Bauch hält sie mich davon ab. Der Stoß schleudert mich nach hinten und raubt mir den Atem.

»Fass das nicht an, du dreckige Schlampe«, schreit sie, während sie den Kessel packt und auf den Erdboden stellt. »Ist dir klar, welche Schande du über dich gebracht hast? Über deine Familie? Über *mich*?«

»Es tut mir leid«, gelingt es mir zu flüstern, obwohl ich weiß, dass es keine Rolle spielt. Nichts, was ich sagen könnte, wird die Verachtung meiner Mutter schmälern.

»Es tut dir leid?« Wieder richtet sie sich auf und versetzt mir einen Tritt. Diesmal verliert sie dabei ihre rechte Plastiksandale.

»Ich hatte Pläne für dich! Für unsere Familie!«, schreit sie und beginnt auf und ab zu laufen. »Da ist diese Familie. Sie ist reich. Aber sie werden ihren Sohn nicht mit einer Hure verheiraten!« Ich wage es nicht, auch nur den geringsten Mucks von mir zu geben. Ich weiß, dass jeder Laut sie nur noch mehr in Rage bringen wird. Je länger ich sie in ihrer eigenen Welt belasse, desto länger verschont sie meine. »Nicht einmal an deine Schwester hast du gedacht! Sie werden wir jetzt ebenso wenig verheiraten können!«

Kann es sein, dass ich auch Afifas Leben ruiniert habe? Womöglich hat meine Mutter sogar recht. Man wird Afo immer mit meiner Schande in Verbindung bringen. Noch während ich darüber nachdenke, sehe ich, dass sie mich wieder wahrnimmt.

»Schieb die Ärmel hoch und streck die Arme aus. Sofort!«, schreit sie. Ihre Vehemenz erschreckt mich, daher schiebe ich hastig die Ärmel hoch und sehe zu, wie sie dorthin geht, wo sie den Kessel abgestellt hat. Sie hebt ihn auf. Ihre Arme zittern so sehr, dass sie einen Teil der heißen Flüssigkeit verschüttet. Sie kommt näher. Will sie – das kann nicht sein. Ich fasse es nicht! Das kann sie doch nicht tun. Ich habe Geschichten darüber gehört, dass Mädchen in anderen Dörfern solche Dinge zugestoßen sind, Geschichten, bei denen ich mich zusammengekrümmt und Gott gedankt habe. Ich hätte nie für möglich gehalten, dass mir so etwas passieren könnte.

Tränen vernebeln mir die Sicht … Ich sehe, wie sie den Kessel neigt, um kein Wasser mehr zu verschütten, doch ich kann immer noch nicht glauben, dass sie es wirklich tun wird.

»Streck die Arme aus, hab ich gesagt!«, faucht sie. Ich zittere am ganzen Körper, aber ich weiß, dass ich ihr gehorchen muss. Ich strecke die Arme aus.

»Zieh die Ärmel höher!«

Ich gehorche.

Sie neigt den Kessel und das kochend heiße Wasser ergießt sich auf meine nackten Arme. Der Schmerz ist unerträglich und ich schreie los.

»Das verdient eine Hure!«, sagt meine Mutter mit zufriedener Miene. »Das verdienst *du* dafür, dass du Schande über uns gebracht hast!«

Ich kann nicht aufhören, vor Schmerz zu schreien, kann nichts anderes mehr hören oder sehen. Alles verschwimmt vor meinen Augen. Die Welt wird still. Ich spüre, wie die Schreie in meiner Kehle auseinandertreiben, aber ich habe keine Ahnung, ob sie irgendein Geräusch erzeugen. Das Einzige, was ich empfinde, ist unerträglicher Schmerz. Jetzt weiß ich, wie es sich anfühlt, in der Hölle zu sein.

Ich ziehe unwillkürlich die Arme zurück, doch meine Mutter unterbricht das Gießen nur lange genug, um mich wieder an den Haaren zu packen und mir ins Gesicht zu spucken. Eine sekundenlange Erleichterung. Der dicke Schleimklumpen landet auf meiner linken Wange und auf dem Auge, sodass ich noch verzerrter sehe. Das Gezerre kostet mich weitere Haarsträhnen, die sie auf den Boden wirft, doch ich spüre es nicht. Der Schmerz, der meine Unterarme verzehrt, überlagert selbst das.

»Streck die Arme aus oder ich schütte es dir ins Gesicht!«, höre ich ihre Stimme durch den Nebel. Der teuflische Ausdruck in ihren Augen sagt mir, dass sie es ernst meint. Ich habe nicht den leisesten Zweifel, dass sie mich in diesem Augenblick am liebsten umbringen würde, gäbe es meinen Vater nicht. Aber sie weiß, dass sie mit dem hier durchkommen wird.

Wie gelähmt vor Angst hocke ich auf dem Boden, die Knie an den Leib gezogen, die Arme wieder ausgestreckt. Ich habe Angst, sie zu bewegen. Der Schmerz ist zu intensiv, jede Bewegung würde das glühende Pochen verstärken, das mir nach wie vor Haut, Muskel und Knochen versengt. Ich kann nur weinen, während ich darauf warte, dass sie zum Ende kommt. Ich versuche, nicht zu laut zu schluchzen, aus Angst, sie noch mehr zu reizen, und halte so viel wie möglich zurück.

Doch statt zu spüren, wie mir weiteres Wasser über die Haut rinnt, höre ich ein lautes Scheppern. Als ich die Augen öffne, sehe ich, dass sie den Kessel gegen die Wand geschleudert hat. Wasser tropft auf die Erde, wo sich dunkle Flecken bilden. An der Wand bleibt ein Mal zurück, genau wie auf meinen Armen.

»Und jetzt zieh die Ärmel runter. Wenn du es deinem Vater zeigst, bringe ich dich das nächste Mal um, das schwöre ich dir, du dumme Hure!«, sagt sie und hebt den Kessel auf, um ihn abermals davonzuschleudern, diesmal in meine Richtung. Ich entgehe ihm nur, weil ich den Kopf einziehe. Mit geschlossenen Augen höre ich das Knirschen ihrer Sandalen auf dem gestampften Boden, als sie den Raum verlässt.

Das ist der Moment, in dem ich begreife, dass meine Mutter mich nicht mehr liebt. Ihre Kinder sind für sie keine Menschen. Wir sind ihre Schmuckstücke, wie ein neues Kleid oder ein Armband. Sie wollte, dass ich den Jungen aus dem Nachbardorf heirate, weil sie damit gut dagestanden hätte und nicht weil sie auf mein Wohl bedacht war. Sie hatte Ali in den Iran geschickt, damit er für sie Geld verdient und nicht damit er sich ein besseres Leben aufbauen konnte.

Wenn ich jemals Mutter werden sollte, werde ich auf keinen Fall wie sie. Auf keinen Fall! Gott schütze meine jüngeren Brüder und meine kleine Schwester vor ihr.

Ich warte eine Weile, ehe ich auch nur den Versuch mache, mich zu bewegen. Ich habe Angst, dass sie wieder auf mich losgeht, sobald ich diesen Raum verlasse.

Eine Stunde vergeht, bis ich schließlich aufstehe und hinausgehe. Ich sehe meine Mutter in der Ferne am Fluss

Wäsche waschen. Hastig husche ich in unser Schlafquartier, um meine Wunden zu versorgen. Ich stöbere einen Beutel mit alten Medikamenten auf und leere den Inhalt vorsichtig auf den Boden. Ich entdecke eine Salbe, die mein Vater vor vier Jahren in der städtischen Klinik für die blutig eiternden Blasen an seinen Händen erhalten hat. Ich weiß nicht, ob die Salbe helfen wird, aber da meine Arme die gleichen Symptome aufzuweisen scheinen, sollte ich sie vielleicht verwenden.

Ich hebe die Arme und versuche, etwas Salbe auf die zerfetzte Haut und die freigelegten Muskeln zu streichen. Ich kann nicht anders, als zu schreien und zu weinen, während ich die Lotion so sanft wie möglich auftrage. Trotzdem ist es, als würde mir eine Harke über die Wunden fahren. Die kühle Salbe vermag gegen das Brennen kaum etwas auszurichten.

Ich weiß nicht, wie lange ich schon damit beschäftigt bin, als Afifa hereinkommt. Sie wirft nur einen Blick auf mich und bricht auf der Stelle in Tränen aus.

Meine süße kleine Schwester kann nicht anderes, als mit mir zu weinen. Ihr Mitgefühl hilft meinem gebrochenen Herzen, sich daran zu erinnern, dass wenigstens *sie* mich immer noch liebt. Sie ist zu jung, um sich zu schämen, jedenfalls vorerst. Sie weiß noch nicht, was ich ihrer Zukunft angetan haben könnte. Ihr Herz ist noch so zart besaitet wie die Flügel der Schmetterlinge, die im Sommer unser Land bevölkern – eine Eigenschaft, die sie nicht von unserer Mutter hat.

Als wir uns schließlich beruhigen, zieht sie einen Brief hervor und gibt ihn mir. Es sei ein geheimer Brief vom Schlafmann mit den grünen Augen, sagt sie. Mir ist klar, dass sie Sami meinen muss. Mein Herz klopft wie wild, was mich von meinen pochenden Armen ablenkt.

»Du weißt, dass ich dich lieb habe, mein *shadi gak*, nicht?«, sage ich zu ihr.

»Ja. Ich habe dich auch lieb«, erwidert sie mit tränenfeuchten Wangen.

»Ich weiß, dass es schwer ist, vor unseren Eltern etwas geheim zu halten, aber diesmal muss es sein. Wenn du irgendjemandem davon erzählst, werden die Wunden auf meinen Armen noch tiefer und es tut mir noch mehr weh. Und ich werde noch mehr bestraft«, sage ich und zeige ihr meine blasenübersäte Haut. Ich hasse es, ihr das anzutun, aber meine Eltern dürfen nicht erfahren, dass Sami mir einen Brief geschickt hat. Auch wenn ich froh darüber bin.

»Nein! Ich will nicht, dass es dir noch mehr wehtut!«, ruft Afifa, die sich die Augen zuhält und wieder zu schluchzen beginnt. »Ich … bin … still«, fügt sie hinzu, wobei sie vor jedem Wort Luft holt. Sosehr es mich schmerzt, sie weinen zu sehen, gibt es mir die Gewissheit, dass sie nichts verraten wird.

Ich verschweige Afifa die genauen Einzelheiten, als sie mich über meine Verletzungen ausfragt. Kurz darauf schläft sie ein. Ihr Kopf liegt in meinem Schoß und ein wenig Spucke läuft aus ihrem Mundwinkel auf meine Beine, als ich Samis Zettel auffalte. Es dauert eine Weile, bis ich mit dem Lesen fertig bin. Es fällt mir immer noch schwer, einige der Buchstaben zu entziffern, wenn sie aneinanderhängen. Aber Sami hat es mir leicht gemacht:

Vergib mir.

Triff mich am Brunnen, wenn die Sonne untergeht.

Wir müssen reden.

Ich habe viel zu viel Angst, um mich mit ihm zu treffen. Die Freude und Aufregung, die ich bisher bei dem Gedanken, ihn zu sehen, empfunden habe, sind Furcht und Verzweiflung gewichen. Ich weiß nicht, wer über das, was geschehen ist, Bescheid weiß oder nicht, aber in einem Dorf wie dem unseren sprechen sich Dinge schnell herum. Sollte mich irgendjemand in Richtung seines Hauses gehen sehen, wäre ich im Handumdrehen als Dorfhure verschrien, falls das nicht ohnehin schon der Fall ist.

Trotzdem tröstet es mich ein wenig, zu wissen, dass Sami an mich denkt. *Vergib mir.* Ich weiß nicht einmal, was ich ihm vergeben soll. Das alles ist auch meine Schuld. Ich hätte mich nie mit ihm treffen dürfen. Ich wusste, dass das, was ich tat, falsch war, und habe es dennoch getan. Der Wunsch, ihn zu sehen, überwog die Konsequenzen. Dachte ich jedenfalls. Ich hatte nicht damit gerechnet, dass man uns erwischen würde – vielleicht wusste ich auch, dass es irgendwann passieren würde, hatte aber angenommen, wer auch immer es herausfand, würde uns vielleicht helfen wollen. Wenn ich ehrlich bin, hatte ich insgeheim gehofft, wir könnten mit unseren Treffen seine und meine Familie zwingen, uns heiraten zu lassen – weil wir nicht mehr würdig waren, jemand anderen zu heiraten.

Ich hatte gewusst, dass das, was ich tat, andere Mädchen das Leben gekostet hatte, doch aus irgendeinem dummen

Grund hatte ich mir eingebildet, bei mir sei es etwas anderes. Unsere Familien hatte es nicht sonderlich gekümmert, dass wir als Kinder zusammen spielten, unsere Väter hatten häufig miteinander zu tun – nicht als Vertreter verfeindeter Volksgruppen, sondern als Menschen. Außerdem war mein Vater unvoreingenommener als alle anderen. Ich hatte geglaubt, er wolle, dass ich glücklich werde. Doch jetzt wird mir klar, dass ich naiver war, als ich angenommen hatte.

Ich würde Sami gern sehen, aber ich kann nicht. Wie soll ich mit meinen Armen die Wasserkanister tragen? Außerdem kann ich das niemandem mehr antun, weder meinem Vater noch meiner Familie – die Schande dessen, was ich getan habe, trifft auch sie. Doch je mehr ich darüber nachdenke, nicht zu gehen, desto mehr denke ich an Sami, an sein sanftes Lächeln und seine warmen Augen. Augen, die alles sehen, was mich ausmacht. Augen, die mir das Gefühl geben, beschützt, geschätzt und geliebt zu werden.

Ich klammere mich immer noch an die Hoffnung, dass alles ein böser Traum ist, doch die Blasen auf meinen Armen und die stechenden Schmerzen, die das Taubheitsgefühl im Sekundentakt durchbrechen, erinnern mich daran, dass es nur allzu wahr ist.

Siebzehn

FATIMA

Paradoxerweise ist es meine Mutter, die mich zu Sami schickt. Sie hat mir befohlen, am Brunnen Wasser zu holen. Trotz des Albtraums heute Vormittag kann ich nicht anders, als mich über die Situation zu amüsieren und sie als Zeichen zu sehen, dass ich gehen muss. Ich will von Sami Abschied nehmen.

Meine Mutter seufzt zufrieden, als ich die beiden leeren Kanister aufhebe und vor Schmerz aufstöhne. Wir wissen beide, dass aus dem Stöhnen Jammern und Wehklagen werden wird, wenn ich sie mit Wasser gefüllt zurückschleppen muss. Normalerweise würde ich das zusammen mit meiner Mutter oder Zohra tun und jede nur einen Kanister tragen.

Es ist noch ein wenig Zeit bis zum Sonnenuntergang, als ich den Eingang der Brunnenanlage erreiche. Mein Gesicht ist tränenüberströmt von den Schmerzen, die mir das Tragen der leeren Kanister bereitet. Das Einzige, was mir die Sicht auf Samis Haus versperrt, sind die blühenden Granatapfelbäume und ein leer stehender Lagerschuppen. Die Bäume sind mit karminroten Granatapfelblüten gesprenkelt. In zwei Monaten werden die Blüten völlig verwandelt und zu meinen Lieblingsfrüchten herangereift sein. Es hat mich schon immer fasziniert, wie aus einem kleinen Kern eine Blume und dann eine wunderschöne fruchtige Kugel werden kann.

Der verfallene Schuppen am Feldrand ist weniger schön anzusehen. Wie viele Häuser in unserem Dorf wurde er aus Lehm gebaut. Doch solange ich mich erinnern kann, hat ihn niemand genutzt. Jetzt ist er nur noch ein verwahrlostes altes Gebäude voller Risse im ungepflegten, ausgetrockneten Lehm. Früher wurde Futter für die Pferde darin aufbewahrt, weiß ich von Sami. Als seine Familie noch Pferde besaß. Es gibt in unserem Dorf keine Pferde mehr. Sie erscheinen uns heute wie Fabelwesen, die nur noch auf Bildern aus alten Tagen existieren.

Zohras Großmutter hat uns erzählt, Pferde seien früher ein Zeichen von Wohlstand gewesen, so wie Autos heute. Die hohen und mächtigen Leute hätten Pferde verwendet, um von einem Dorf zum anderen zu gelangen, und die Stammesführer, um Städte zu besuchen. Doch als die Reichen sich Autos zuzulegen begannen, verkauften sie ihre Pferde. Die einzigen Tiere, die wir heute zu sehen bekommen, sind Esel und gelegentlich ein Kamel. Dieser Schuppen ist seit der Zeit, als Kaka Ismails Vater noch vor Samis Geburt sein letztes Pferd verkaufte, nicht mehr benutzt worden. Deshalb steht er leer und vergessen da, ein Schicksal, das ich mit ihm teilen werde, wie ich befürchte.

Ich schleppe die Kanister zu dem selbst gegrabenen Brunnen, wo ich sie neben meinen Füßen abstelle und vor Schmerz zusammenzucke, als ich die Arme anwinkle. Ich nehme den Eimer vom Haken, der mit einem Stein beschwert ist, damit er besser ins Wasser eintaucht, mache das Seil los und lasse den Eimer gleichmäßig ab, bis er auf der Wasseroberfläche aufschlägt. Ich lasse ihn noch ein wenig tiefer sinken, ehe ich das Seil wieder anziehe, um den Eimer heraufzuholen.

Meine Arme brennen und die angetrockneten Wunden brechen wieder auf. Die Haut reißt tief und langsam ein. Mir wird ganz heiß, als Blut und Eiter heraussickern. Tränen laufen mir über das Gesicht. Ich versuche, das Brennen und Stechen so gut es geht zu ignorieren, während ich das Wasser in einen der Kanister fülle und mich dabei immer wieder nach Sami umschaue. Doch er ist nicht zu sehen. Ich wiederhole das Manöver ein ums andere Mal, bis beide Kanister gefüllt sind. Als ich die Plastikdeckel aufschraube, sehe ich, dass Blut und Eiter den Stoff meiner Ärmel durchtränkt haben. Ich feuchte sie ein wenig mit Wasser an und ziehe den Stoff langsam von der Haut, weil ich weiß, dass es später, wenn er erst angetrocknet ist, noch schmerzhafter sein wird.

Als die qualvolle Prozedur vorüber ist, halte ich abermals nach Sami Ausschau, kann ihn aber immer noch nicht entdecken. Ich spähe in die Bäume, doch alles, was ich sehe, sind die dünnen Stämme, die ihre noch dünneren Äste ausstrecken. Das Herz wird mir schwer vor Enttäuschung; er hat mich ebenfalls im Stich gelassen. Warum hat er mich gebeten, ihn zu treffen, wenn er selbst nicht den Mut aufbringt zu kommen? Es sieht Sami nicht ähnlich, aus Angst zu kneifen, doch vielleicht hat er entschieden, dass es das Risiko nicht wert ist. Dass ich das Risiko nicht wert bin …

Bei diesem Gedanken fühle ich mich noch hohler als zuvor. Ich weiß nicht, ob ich mich je an dieses Gefühl der Leere gewöhnen werde. Und an die Hoffnungslosigkeit.

Ich packe die Kanister und stöhne laut auf, als ich mich auf den Weg mache. Doch kaum bin ich losgelaufen, habe ich das Gefühl, beobachtet zu werden. Ich schaue mich um, spähe in die Bäume.

»Fatima, schnell, hier drüben«, dringt Samis Stimme aus der leeren Hütte. »Bitte, mach schnell.« Sein Tonfall ist dringend, als wäre er sehr aufgeregt. Nicht wütend, sondern verzweifelt. Trotzdem beruhigt mich seine Stimme.

Ich gehe mit den Kanistern hinüber und lasse sie fallen, sobald ich eingetreten bin, damit er mir die Schmerzen nicht anmerkt, dabei bete ich, dass meine Tränen schnell trocknen mögen. Die Strahlen der untergehenden Sonne ergießen sich in die verlassene Hütte und dringen bis in den hintersten Winkel – dorthin, wo Sami wartet. Er hat dunkle Ringe unter den Augen, als habe er die Nacht damit zugebracht, sich Sorgen zu machen, statt zu schlafen. Es drängt mich mehr als je zuvor, die Arme nach ihm auszustrecken. Trotzdem bleibe ich regungslos stehen und lasse die blasenübersäten Arme hängen.

»Ich war mir nicht sicher, ob du kommen würdest«, sagt er mit gesenktem Blick. Als er wieder aufschaut, hat er Tränen in den Augen und seine Stimme klingt gequält. »Bitte verzeih mir, Fatima. Ich wollte nicht, dass es so kommt! Bitte glaube mir. Ich musste es ihnen sagen. Wegen Rashid!« Seine Stimme beginnt zu zittern. »Sie haben sich schreckliche Dinge ausgemalt, die ich richtig stellen wollte, aber es ging nicht. Ich weiß nicht, was ich tun soll. Was willst du, dass ich tue? Bitte sag mir, wie ich es wiedergutmachen kann.«

Beim Anblick seiner Tränen bekomme ich ebenfalls feuchte Augen. Ich spüre meine verbrühten Arme nicht mehr; ich spüre nur, dass mein Herz in Flammen steht, und das Einzige, was brennt, ist der Schmerz, ihn zu verlieren.

»Es lässt sich nicht wiedergutgemachen«, sage ich unter Schluchzen. »Warum hast du es Rashid erzählt? Wie konntest du das tun? Und warum hat er es meinem Vater gesagt?«

»Ich schwöre, dass ich ihm nichts erzählt habe«, erwidert Sami flehentlich. »Ich schwöre es beim Koran. Er hat uns im Wald gesehen. Erinnerst du dich noch an den Tag, an dem wir das Geräusch gehört haben? Das war er. Ich habe keine Ahnung, warum er uns verraten hat. Ich weiß wirklich nicht, was ich von ihm halten soll.«

Mir wird schwindlig bei dem Gedanken, was Rashid sich über dieses Treffen zusammengereimt haben mag. Was hat er den Leuten erzählt? Schon die Wahrheit reicht, um mich – und meine Familie – zu ruinieren. Ich habe mich allein mit einem Jungen im Wald getroffen. In den Augen der Welt habe ich mich gegen Gott und meine Familie versündigt. Mein Vater hat jedes Recht, mich deswegen zu töten; das ist die einzige Möglichkeit, die Ehre unserer Familie wiederherzustellen. Meine Mutter hätte es getan. Sie hätte mich zu Tode verbrüht. Doch mein Vater hat beschlossen, mich zu retten.

»Ich bin versprochen, Sami. Mein Vater sagt, dass ich heiraten muss. Er meint, das wäre jetzt der einzige Ausweg für mich.«

Samis Augen lassen meine nicht los. Er sieht verwirrt und hilflos aus. Dann geht er in die Ecke, die immer noch in Sonnenlicht getaucht ist, hockt sich hin und legt den Kopf zwischen die Knie. Alles, was ich sehe, ist sein auf und ab wippender Rücken, während er stumm vor sich hin schluchzt. Ich würde gern zu ihm gehen und ihn trösten, doch ich bin wie gelähmt. Wir bleiben, wo wir sind – weinen einfach nur stumm vor uns hin. Es schmerzt mich, ihn so niedergeschmettert zu sehen, zu wissen, dass er ebenfalls leidet. Diesmal, so wird mir bewusst, weine ich um ihn, nicht um mich selbst.

Dann merke ich, dass das Sonnenlicht schwindet und es Zeit ist zu gehen.

»Ich muss jetzt los, Sami«, sage ich leise, während ich mir die Tränen abwische. »Aber ich will, dass du etwas weißt. Du bist mein bester Freund und so werde ich dich auch für den Rest meines Lebens in Erinnerung behalten. Du bist ein guter Mensch. Und ich bin froh, dass ich das erfahren durfte. Mit dir zusammen zu sein, hat mich glücklich gemacht. Du hast mir immer das Gefühl gegeben, etwas Besonderes zu sein. Daran werde ich immer denken und lächeln, wenn ich traurig bin. Ich danke Gott dafür, dass er mir diese Tage mit dir geschenkt hat.« Unfähig, auch nur das kleinste bisschen Fassung zu bewahren, fange ich an zu stottern, als ich mich von ihm verabschiede. »Du … w-wirst immer m-m-mein lieber, g-gu-guter Sami sein und einen Platz in meinem Herzen haben.«

Als ich fertig bin, merke ich, dass mein Gesicht schon wieder nass ist. Ich habe heute so viel geweint, dass es mich überrascht, überhaupt noch Tränen in mir zu haben. Ich benutze den Saum meines *payron*, um sie fortzuwischen. Dann gehe ich zurück zu meinen Kanistern.

»Warte!«, mit einer schnellen Bewegung dreht er sich zu mir um. Erst da sehe ich, dass sein Gesicht nicht nur vom Weinen geschwollen ist, sondern blaue Flecken aufweist. Die dunklen Ringe zeugen nicht von Erschöpfung. Er ist geschlagen worden.

»Dein Gesicht, Sami. Geht es dir gut?« Ich will zu ihm laufen, doch stattdessen halte ich die Hände hinter dem Rücken verschränkt.

»Mir fehlt nichts. Mein Großvater hat es herausgefunden. Es wäre viel schlimmer ausgegangen, wenn die Frauen im Haus nicht eingeschritten und ihn angefleht hätten aufzuhören«, sagt er, als er zögernd auf mich zukommt.

»Das tut mir leid«, erwidere ich.

»Vergiss es. Die Kratzer und Flecken heilen wieder. Aber ich nicht. *Wir* werden nicht heilen, wenn wir nichts unternehmen«, sagt er mit entschlossenem Blick. »Ich weiß, du wirst mich für verrückt erklären, aber es ist das Einzige, was mir einfällt. Mir ist klar, dass du wahrscheinlich Nein sagen wirst, aber wir können etwas tun. Es ist gefährlich und es wird uns für immer aus unseren Familien und unserem Leben hier herausreißen, aber es ist die einzige Möglichkeit, die wir haben, wenn wir zusammenbleiben wollen.«

Ich habe Angst vor dem, was Sami sagen wird. Ich habe Angst vor der unrealistischen Hoffnung, die er in mir wecken wird.

»Wir können nichts tun, Sami. Mein Vater hat beschlossen, mich zu verheiraten, um uns vor weiterer Schande zu bewahren. Ehe du dich versiehst, wird man dich ebenfalls verheiraten, du wirst weiterleben und dein dummes Nachbarmädchen vergessen.« Mir wird schlecht, wenn ich daran denke. Aber ich muss es akzeptieren.

Sami schüttelt abwehrend den Kopf.

»Ich werde nie eine andere Frau heiraten. Niemals. Verstehst du, Fatima? Ich will dich nicht vergessen. Ich will nicht weiterleben und so tun, als wäre das alles nie passiert. Ich will kein Leben, das darauf ausgerichtet ist, anderen zu gefallen. Wir haben nichts Unrechtes getan! Jedenfalls nicht in den Augen Gottes.«

Er kommt langsam auf mich zu und streckt die Arme nach mir aus. Sosehr ich es auch will, bringe ich es nicht über mich, ihn zu berühren. Ich lasse zu, dass er meine Hand ergreift, doch es brennt so sehr, dass ich zusammenzucke.

»Was ist los, Fatima? Was hast du?« Er sieht mir in die Augen, als wolle er meine Seele ergründen. Wortlos ziehe ich meine Ärmel hoch und zeige ihm meine blut- und eiterbedeckten Arme. »Fatima …« Sprachlos und mit offenem Mund steht er da und starrt auf die Verstümmelungen, während er behutsam meine Ellbogen anhebt, ohne die Verbrennungen zu berühren.

»Meine Mutter scheint mit deinem Großvater einer Meinung zu sein«, sage ich, ziehe die Arme zurück und lasse die Ärmel wieder herunterfallen.

»Fatima.« Er zögert und ich kann sehen, dass er seine Worte sorgfältig zurechtlegt. »Fatima, du musst mir zuhören. Jetzt mehr denn je. Diese Heirat mag deine Familie retten, aber das heißt nicht, dass du damit auch dich selbst rettest. Es wird Leute geben, die nicht vergessen und die dich weiter bestrafen wollen …«

Wie meine Mutter.

»Ich habe es verdient, bestraft zu werden. Ich habe meinem Vater wehgetan und darf es nicht noch schlimmer machen. Mit dem Schmerz werde ich schon fertig. Ich werde lernen, damit umzugehen. Was immer sie mir antun, wird weniger wehtun, als meinen Vater und dich zu verlieren.« Ich kann ihm nicht länger in die Augen schauen. Ich war immer ehrlich zu Sami; er kannte stets meine tiefsten Geheimnisse. Aber heute habe ich ihm zum ersten Mal mein größtes Geheimnis enthüllt, eines, das ich selbst vor mir, so lange es ging, verborgen gehalten habe: wie viel mir wirklich an ihm liegt.

»Ich glaube, du verstehst mich nicht, Fatima. Hier gibt es Menschen, die mehr wollen, als dir nur wehzutun.«

Doch ich verstehe ihn sehr wohl. Ich schaue auf meine blasenübersäten Arme.

»Du meinst, es gibt Leute, die mich umbringen wollen? Das weiß ich. Meine Mutter hat keinen Zweifel daran gelassen, dass sie mich lieber tot sehen würde.«

Sami zuckt bei meinen Worten zusammen, doch er erhebt keinen Widerspruch.

»Es gibt gefährlichere Leute als deine Mutter, die dich bestrafen wollen. Sie sind diejenigen, die mir Angst machen. Du bist in größter Gefahr.«

Die Sonne ist inzwischen fast untergegangen und der Raum, in dem wir stehen, ist dunkel.

»Was meinst du damit?« Ich denke an Rashid, an die vertraut klingende Stimme, die ich gehört habe, als Sami und ich hinter dem Felsen kauerten. Ist Rashid jetzt mehr als nur ein Unruhestifter im Dorf?

»Ich habe einfach ein ganz schlechtes Gefühl. Wir müssen fort von hier.« Mit entschlossenem Blick sieht Sami mich an. »Wir können heiraten und zusammen woanders ein neues Leben anfangen. Ich sorge für dich und werde dir ein guter Ehemann sein. Ich lasse nicht zu, dass dir jemand wehtut. Das verspreche ich dir. Ich werde alles tun, um dich wieder glücklich zu machen. Bitte lass es mich versuchen.«

Ich weiß nicht, was ich sagen soll, doch das macht nichts, weil er bereits weiterspricht.

»Es gibt so viele Menschen in Kabul, dass sie gar nicht merken werden, wenn zwei weitere in die Stadt kommen. Sie werden nicht wissen, wer wir sind. Wir können uns unter die Leute mischen und neu anfangen – zusammen. Wir können glücklich sein.«

Während ich ihm zuhöre, ist mir, als hätten sich meine Träume in Albträume verwandelt. Das hier ist alles, was ich mir je gewünscht habe: dass Sami etwas für mich empfindet, wir in Kabul leben und ich dort vielleicht sogar die Universität besuchen kann. Und jetzt sind alle diese Träume auch Samis Träume, aber ich kann sie trotzdem nicht wahr werden lassen. Es ist unglaublich, wie grausam das Leben in Wahrheit ist.

Die ganze letzte Woche habe ich von einem Leben mit Sami geträumt. Wir hatten zusammen Kinder in diesen Träumen. Unsere Eltern unterstützten uns und freuten sich für uns. Meine Mutter war immer noch etwas verbittert darüber, dass ich einen Paschtunen geheiratet hatte, aber der Anblick ihrer Enkelkinder besänftigte sie.

Jetzt entsteht ein anderes Bild vor meinen Augen. Sami und ich sind immer noch zusammen, allein, ohne unsere Familie, aber glücklich. Wir ziehen Kinder in einer Hauptstadt groß, die ich noch nie gesehen, die ich mir aber immer als voller Menschen und magisch vorgestellt habe. Wir werden zusammen alt, ich und Sami an meiner Seite. Doch dann hole ich mich gewaltsam in die Gegenwart zurück. Dieser Traum ist unmöglich. Seine Worte fußen auf Wunschträumen, nicht auf der Realität. Ich kann meinen Vater, meine kleinen Brüder und meine Afifa nicht verlassen. Und er nicht seine Eltern, seine Geschwister und seinen Stamm.

»Sami, wir wissen beide, dass wir das nicht tun können«, ist alles, was ich schließlich erwidern kann. Ich fühle mich geschlagen.

»Doch, das können wir. Ich bitte dich doch nur darum, darüber nachzudenken.«

»Nein! Denn wenn ich darüber nachdenke, fange ich nur an, daran zu glauben. Nicht, weil es möglich ist, sondern weil ich *will*, dass es möglich ist!«

»Du willst, dass es möglich ist«, sagt er mit einem Lächeln, »und ich will es auch.« Er streicht mir sanft über den Handrücken. Es ist, als würde mir ein Blitz direkt ins Herz fahren. Ein Stromschlag, den nur er in mir auszulösen vermag. »Bitte denk einfach darüber nach. Mehr verlange ich nicht. Lass mir einen Tag Zeit, um Pläne zu machen. Samstagnacht, wenn meine Familie eingeschlafen ist, werde ich hinter dem Felsen, unserem Felsen, auf dich warten. Ich werde eine Woche lang jede Nacht dort sein und, wenn du nicht kommst, nach Hause gehen, ehe meine Familie wieder aufwacht. Aber wenn du kommst, gehen wir fort. Du musst jetzt nichts dazu sagen. Versprich mir nur, dass du darüber nachdenkst.«

Das Licht, das mir so vertraut ist, leuchtet wieder in seinen Augen, und er sieht mich flehend an. Seine Finger pressen sich in meinen Handrücken – seine Berührung hat mich von Kopf bis Fuß gewärmt, doch ich zittere immer noch. Ich zögere mit meiner Antwort und schaue in sein liebes, zerschundenes Gesicht. Sein kleines Lächeln ist voller Hoffnung.

Ich will das Leuchten in seinen Augen nicht verblassen sehen; will sie so in Erinnerung behalten, wie sie jetzt sind: voller Licht. Also sage ich: »Ich denke darüber nach.« Im Abwenden ziehe ich meine Hand fort und hebe meine Kanister auf, was mich vor Schmerz zusammenzucken lässt. Ich drehe mich nicht mehr um, weil ich weiß, dass ich zusammenbrechen würde, wenn ich es täte. Mit gesenktem Kopf, den Blick auf die ausgedörrten Felder gerichtet, und mit brennenden Schmerzen in den Armen schaffe ich es nach Hause, ehe die Sonne ganz hinter den Bergen versinkt.

An diesem Abend spricht mein Vater kein Wort mit mir. Meine Mutter kommandiert mich nur herum. Ich bin froh, dass meine Geschwister zu jung sind, um zu begreifen, was vor sich geht, auch wenn mir ihre scheuen Blicke sagen, dass sie wissen, dass etwas nicht stimmt. Dennoch sind sie wieder ganz mit ihren Murmeln und Spielen beschäftigt, als wir uns schließlich in unser Schlafquartier begeben und sie angewiesen werden, sich hinzulegen.

Bereit, schlafen zu gehen, rolle ich meine *toschak* aus. Dann gehe ich zu meinen Eltern hinüber. »*Shaw bakhair*«, murmele ich leise und mit gesenktem Kopf.

»Gute Nacht«, erwidert mein Vater, ohne aufzusehen. Meine Mutter gibt nur ein *hmpf* von sich.

Ich kehre zu meiner Matratze zurück, schlüpfe unter die Decke und lege die Arme obenauf, doch ich kann nicht einschlafen. Die Ereignisse der letzten beiden Tage gehen mir immer wieder durch den Kopf, während ich alles zu begreifen versuche. Ich höre, wie meine Mutter versucht, mit meinem Vater ins Gespräch zu kommen, indem sie als Erstes über mich flucht. Doch mein Vater gibt nur ein Seufzen und ein Gebet von sich, ein Hinweis darauf, dass er in Ruhe gelassen werden will. Meine Mutter stößt ein weiteres *hmpf* aus und geht dann ebenfalls zu Bett.

Im dunklen Zimmer kreisen meine Gedanken wieder und wieder um Samis Vorschlag. Bilder leuchten vor mir auf, meine Mutter, die mir die Arme verbrüht. Dann wieder Samis tröstende grüne Augen. Ich versuche, seiner Berührung nachzuspüren, dem Gefühl, das sie in mir auslöste und das mich erbeben ließ. Wieder spüre ich diesen Blitz, das Kribbeln, also beschwöre ich den Moment ein ums andere Mal herauf – seine Haut an meiner, wieder und wieder. Ich stelle mir eine Zukunft mit ihm vor. Ich sehe uns Babys in den

Armen halten und zusammen alt werden. Doch jedes Mal, wenn ich mich in diesem Traum verliere, sehe ich meine Familie, hier, ohne mich und durch mein Verhalten entehrt. Wie kann ich sie mit der Schande zurücklassen, dass ihre Tochter mit einem Jungen davongelaufen ist? Habe ich sie noch nicht genug entehrt?

Ich wurde in diese Familie hineingeboren, wir haben das gleiche Blut, die gleichen Vorfahren, die gleichen Bindungen. Doch ich weiß auch, dass es nach all dem nie wieder so sein wird wie vorher. Mein Vater wird mir nicht mehr in die Augen schauen können, wenn er mich erst mit seinem besten Freund verheiratet hat. Meine Mutter wird mich hassen, solange sie lebt; die Fähigkeit zu vergeben hat sie nie besessen. Sie wird mir das Haus und den Umgang mit meinen Geschwistern verbieten. Ihnen wahrscheinlich Geschichten erzählen, damit sie mich hassen, wenn sie älter sind. Dennoch kann ich ihr das, was aus meinem Leben geworden ist, nicht zum Vorwurf machen. Es war mein Verhalten, das alles in Gang gesetzt hat. Ich bin dafür verantwortlich. Und ich weiß, was ich tun muss.

Achtzehn

RASHID

Ich fasse es nicht. Mein Onkel hat mich geohrfeigt … mich! Er sollte seinen Sohn dafür prügeln, dass er Schande über unsere Familie gebracht hat, stattdessen schlägt er mich, weil ich ihn vor seinen Bauern beschämt habe. Seinen kostbaren Sami hat er nicht angerührt. Er hat es meinem Großvater überlassen, diese Schlange von einem Vetter windelweich zu schlagen, und dann so getan, als wäre das alles, was unternommen werden müsse. Er irrt sich. Deshalb ist es jetzt an mir. Sami muss bestraft werden. Genau wie seine Hure. Ich weiß, dass ich recht habe. Wenn andere Jungen und Mädchen sehen, dass sie mit ihrem Tun durchkommen, werden sie glauben, es sei in Ordnung. Unsere Gesellschaft wird sich verändern. Gottes Gesetze werden nichts mehr bedeuten.

Immer noch wütend darüber, dass es mich drei Tage gekostet hatte, den Schwachköpfen, mit denen ich herumziehe, einen Termin für ein persönliches Gespräch mit Mullah Latif abzuringen, gehe ich auf das lindgrüne Haus zu. Ich war von einem Idioten zum nächsten gerannt. Alle hatten in den Zähnen gestochert, waren unkooperativ und wollten zuerst wissen, um was es geht, bevor sie mich zum Mullah vorlassen.

»Ich kann es euch nicht zuerst erzählen«, hatte ich allen erklärt, »aber wenn ihr mich nicht mit dem Mullah *saib* reden lasst, werdet ihr es bitter bereuen.«

Manche mögen das für arrogant gehalten haben, aber es kümmert mich nicht, was sie denken. Es wird nicht lange dauern, bis sie mir die Schuhe putzen. Die auf den unteren Stufen der Rangordnung angesiedelten Kerle knickten schnell ein, aber je höher sie in der Befehlskette stehen, desto wütender wurden sie über meine Antwort. Alle sind darauf bedacht, mir ihre Macht zu demonstrieren, weil sie mich für ein Kind halten. Sie haben immer noch nicht begriffen, dass ich Gottes Wort besser verstehe als sie alle zusammen und entschlossener bin, seine Botschaft zu verbreiten. Ich hoffe, dass Mullah Latif es erkennen wird. Ich kann es kaum erwarten, belohnt zu werden, sie herumzukommandieren und auf Zack zu bringen. Sie liegen faul herum wie Kühe, statt unsere Sache voranzubringen. Ich bin derjenige, der losgeht und Ungläubige entdeckt. Derjenige, der sogar die Sünder in seiner eigenen Familie opfert, um dem rechtmäßigen Pfad zu folgen.

Nachdem mich die Wachen eingelassen haben, gehe ich auf das aberwitzig große Haus zu. Auch wenn es ziemlich heruntergewirtschaftet wirkt, sieht man dem Gebäude an, dass es in jüngerer Zeit errichtet wurde. Im Stil der neuen afghanischen Architektur, die man sich bei den Landsleuten abgeschaut hat, die viele Jahre jenseits der Grenze in Pakistan gelebt haben. Manche bezeichnen sie als Drogenvillen, weil die meisten mit Drogengeld errichtet wurden. Aber ich nenne sie Peschawarische Paläste, weil man mir gesagt hat, dass der Stil der Häuser aus dieser pakistanischen Stadt kommt.

Beim Eintreten schlägt mir der Geruch von zu vielen Männern entgegen. Es ist eine Mischung aus Körpergeruch, schmutzigen Socken und verstopften Toiletten. Das Innere des Hauses wirkt ebenso heruntergekommen wie sein Äußeres. Ich werde eine Marmortreppe mit fleckigen, abgebröckelten Trittsteinen hinaufgeführt und angewiesen, zu warten, während der Wächter, der mich eskortiert, eine SMS verschickt.

Diese Männer sind eine Schande für das paschtunische Volk. Aber ich werde unsere Ehre wiederherstellen. Ich werde befördert werden, in den Mannschaften aufräumen und für Ordnung sorgen. Wir werden weitere Städte in unsere Obhut bringen, aber nicht mit Angst und Schrecken, sondern mithilfe von Respekt. Mullah Latif wird mein Potenzial erkennen und wissen, dass ich der richtige Mann bin, um ihm zu helfen, nicht diese Schwachköpfe. Wir werden unseren Einflussbereich nach und nach ausweiten, die islamische Vorherrschaft in unserem Land etablieren und dann, *inschallah*, in der ganzen Welt. So Gott will, wird es geschehen.

Das Schlagen einer Tür reißt mich aus meinen Gedanken. Ein weiterer ungepflegter Diener kommt heraus. Dieser hier ist noch viel fetter als die anderen, seine Weste reicht gar nicht erst über die Wampe, die ihm wie ein Ballon über den Hosenbund ragt. Anscheinend waren das Ober- und Unterteil seiner jetzt beigefarbenen Kleidung einmal weiß; die Dreckflecken darauf heben sich überdeutlich ab. Sein Haar ist ein einziges Chaos, als wäre er gerade aus dem Bett gekrochen. Auch sein Gesicht schreit förmlich nach einer Reinigung; ich habe das Gefühl, die Läuse in seinem Bart mit bloßen Augen herumspringen zu sehen.

»Rasa!«, schreit er mir in grobem, unverständlichem Ton zu, hereinzukommen. Selbst seine Stimme müsste aufpoliert werden. Als ich aufstehe, mustert er mich mit scheinbarer Geringschätzung.

»Manana«, danke ich ihm und ringe mir ein Lächeln ab, während ich mich mit der Hand auf dem Herzen respektvoll verbeuge, auch wenn er es offensichtlich nicht verdient hat.

Ich trete ein und erblicke zum ersten Mal Mullah Latif. Er sitzt hinter einem großen Schreibtisch aus dunklem Holz. Ich habe ihn mir immer als älteren Mann mit einem dicken Bauch, schlohweißem langem Vollbart und einem perfekt gewickelten *lungi* auf dem Kopf vorgestellt. Ein Turban verrät so viel über einen Mann: Er ist Ausdruck seiner Würde und seiner Ehre. Ich hatte mich darauf gefreut, den *lungi* des Mullahs zu sehen und mir zu überlegen, was er aussagt.

Doch der Mann vor mir hat mit jenem in meiner Vorstellung nicht die geringste Ähnlichkeit. Dieser hier scheint zwanzig Jahre jünger und vierzig Kilogramm leichter zu sein, als ich es erwartet hatte. Sein dunkles Haar ist in der Mitte gescheitelt und hängt ihm bis auf die Schultern, von einem Turban ist nichts zu sehen. Die Strähnen sind so fettig, dass ich nicht sagen kann, ob sie sich vor Schmutz oder von Natur aus wellen. Was mich jedoch am meisten enttäuscht, ist seine Gesichtsbehaarung, die sich kaum als Bart bezeichnen lässt; Milchbart wäre ein treffenderer Ausdruck. Passend zu seiner traditionellen schwarzen Kleidung trägt er eine dunkle Sonnenbrille mit schwarzen Plastikrändern. Auch wenn er mit dem Mullah Latif aus meiner Vorstellung nicht die geringste Ähnlichkeit hat, oder mit irgendeinem anderen Mullah, der mir je begegnet ist, sieht er immer noch wesentlich vorzeigbarer aus als sein Lakai.

»As-salamu alaikum«, begrüße ich ihn, wie es sich im Islam gehört. Die Hand auf dem Herzen gehe ich auf ihn zu, um ihm die Hand zu küssen.

»Friede sei auch mit dir, mein Bruder!«, erwidert er und gestattet mir, ihn zu küssen. Dann weist er auf den Stuhl auf meiner Seite des Schreibtisches und gebietet mir, Platz zu nehmen. *»Kena, kena.* Ist grüner Tee in Ordnung?«

»Ja, vielen Dank. Aber Ihr müsst Euch keine Mühe machen«, sage ich respektvoll, obwohl ich in Wirklichkeit völlig ausgetrocknet bin.

»Omar, sheen chai rawra!«, spricht Mullah Latif den schlampigen Diener mit Namen an und befiehlt ihm, uns Tee zu bringen. Omar nickt und geht aus dem Zimmer. Es ekelt mich ein bisschen, dass er womöglich mein Teeglas berühren wird.

»Du bist also Rashid.« Der Mullah wendet mir den Kopf zu. Durch die dunkle Sonnenbrille kann ich seine Augen praktisch nicht sehen. »Willkommen in unserer Gruppe. Ich nehme an, du bist froh darüber, bei uns zu sein?« Er lehnt sich auf dem Stuhl zurück und wippt langsam vor und zurück, während er an seiner Gebetskette herumspielt, die aus Lapislazuli zu bestehen scheint.

»Es ist mir eine Ehre, einer Brüderschaft anzugehören, die der Menschlichkeit in unserer Gesellschaft wieder zur Geltung verhelfen wird und jene bestraft, die uns auf den falschen Pfad führen.«

Er beginnt zu nicken. »Und dir ist klar, warum wir das tun müssen?«

»Absolut. Es gibt in unserem Land zurzeit zu viele Lager, die uns zu ihren Marionetten machen wollen, obwohl in Wirklichkeit sie die Marionetten sind. Von den Ausländern bis zu unserer Scheinregierung und selbst unseren muslimischen Nachbarn, denen nichts an den Menschen liegt – es geht allen nur um Macht. Außerdem müssen wir unsere Gesellschaft von den Ungläubigen befreien, die unsere Religion und unsere Kultur zerstören wollen – egal, ob es Außenstehende oder Mitglieder unserer eigenen Gemeinden sind.« Das jedenfalls hatte uns der Mullah an der *madrasa* gelehrt. Ein Mullah, den ich sogar noch mehr respektiere, seit Sami festgestellt hat, dass er ihn nicht mag. Natürlich war er streng zu uns, aber doch nur, um uns stärker zu machen.

Kaum habe ich den Satz beendet, kommt ein Junge mit einem Tablett herein, auf dem unser Tee steht. Er hat den Kopf gesenkt und geht vornübergebeugt. Er kann nicht älter sein als neun, doch sein Körper wirkt alt. Der traurige Anblick lässt mich fast wünschen, der schmutzige Omar würde uns den Tee bringen.

»Ah, da ist er ja! Mein Junge!« Auch Mullah Latifs Begeisterung lässt den Jungen nicht aufschauen. Er wirkt vielmehr regelrecht verängstigt. Immer noch starr zu Boden schauend, stellt er stumm die dampfenden Gläser und einen Teller mit Kichererbsen vor uns ab. Dann wendet sich der Junge zum Gehen, als Latif ihn aufhält.

»*Rasa!*«, ruft er. Der Junge bleibt stehen, hält Latif aber weiter den Rücken zugewandt und schaut zur Tür.

»Du sollst herkommen, habe ich gesagt, Abdullah …« Latifs Stimme ist streng, sein Lächeln verschwindet. Mit gesenktem Blick dreht sich der kleine Abdullah um und geht zu Latif, der ihn grinsend auf den Schoß zieht.

»Du siehst so hübsch aus heute.« Latif packt das ausdruckslose Gesicht des Jungen und küsst es. »Wir haben Abdullah bei uns aufgenommen, nachdem seine Familie während einer unserer Operationen versehentlich getötet wurde. Wir haben ihn weinend in der Ecke eines Zimmers gefunden, das von einer Rakete getroffen wurde. Er hat uns leidgetan, also haben wir ihn mitgenommen, wie es sich für gute Muslime gehört. Ohne uns wäre er eine Waise. Jetzt kümmern wir uns gut um ihn. Er ist mein kleiner Engel.«

Latif streichelt das Gesicht des Jungen, ehe er ihn wieder auf den Boden stellt und ihm einen Klaps auf den Hintern gibt, als Zeichen, dass er gehen darf. Als er aus dem Zimmer huscht, wirkt der kleine Abdullah noch verängstigter als zuvor. »Ein hübsches Kerlchen, nicht?«

»Äh … ja, ein niedliches Kind«, erwidere ich, obwohl ich verwirrt bin. Was kümmert Latif das gute Aussehen dieses Kindes?

»Also gut, aus welchem Grund wolltest du mich so dringend sprechen?«, fragt Latif, der sein Teeglas anhebt und daran nippt.

»Nun, ich war Zeuge von Unredlichkeit und ungehörigen

Begegnungen zwischen einem Jungen und einem Mädchen, und ich finde, das sollte nach islamischem Recht geahndet werden.« Ich nehme eine aufrechte Haltung an, als ich das sage, um Aufrichtigkeit und Stärke zu vermitteln.

»Das klingt recht interessant. Weißt du denn, wie das islamische Recht funktioniert?«, fragt er.

»Ich weiß mehr als andere. Ich habe eine *madrasa* besucht und bin ein *quari*, der den gesamten Heiligen Koran auswendig kann«, erkläre ich, möglicherweise mit einem Anflug von Stolz.

»Gelobt sei Gott für diese Leistung. Welche *madrasa* hast du besucht?«

»Ich bin in die Schule von Mullah Rafi gegangen, ein paar Dörfer weiter im Südosten.«

»Ah, ja, Mullah Rafi und ich wurden als kleine Flüchtlingsjungen in Pakistan auf der gleichen *madrasa* ausgebildet«, sagt er. »Ich wusste, dass er ein paar Zöglinge geschickt hat. Wie es aussieht, hat er mir seinen Topschüler gesandt! Erzähl mir mehr von dieser Sünde, die du mit angesehen hast.«

»Nun, in meinem Distrikt hat es Vorkommnisse gegeben, die mein Dorf und meine Familie entehrt haben. Das Unrecht muss wiedergutgemacht und unsere Ehre wiederhergestellt werden. Und sosehr es mich schmerzt, das zuzugeben, ist ein Mitglied meiner Familie darin verwickelt.« Ich schaue zu Boden und atme tief durch, in der Hoffnung, erschüttert darüber zu wirken, dass ich meinen eigenen Vetter bloßstellen muss, was in Wirklichkeit viel leichter ist, als ich angenommen hatte. »Zwischen dem ältesten Sohn meines Onkels und einem Hazara-Mädchen ist es zu einem Skandal gekommen. Ich habe selbst gesehen, wie sie sich weggeschlichen und im Wald getroffen haben. Aber ich kann sie nicht länger beschützen, weil ich sonst selbst zu dieser Sünde beitrage und Gott mir niemals vergeben wird.« Der Glaube an das, was ich sage, erleichtert mein schlechtes Gewissen angesichts dessen, was ich tue.

Latifs Mund verzieht sich zu einem schiefen Lächeln, während er gleichzeitig anfängt, mit den Fingern auf den Tisch zu trommeln.

»Es war richtig von dir, zu uns zu kommen, Rashid. Ich weiß, dass es nicht leicht ist, Verwandte zu melden, die einen Fehltritt begangen haben, aber wenn wir unsere eigene Seele vor dem Teufel retten wollen … muss es sein.«

Ich wende das Gesicht ab und nicke, wobei ich hoffe, ein wenig traurig auszusehen. Innerlich bin ich froh, dass er meiner Meinung ist, und voller Hoffnung, dass Sami bekommen wird, was er verdient.

»Wir können das zusammen in Ordnung bringen und die Ehre deiner Familie wiederherstellen. Aber zuerst musst du mir alles erzählen, jede noch so kleine Einzelheit, die du gesehen hast, und den Hintergrund der Geschichte. Ich will alles wissen.«

In der nächsten Stunde erzähle ich ihm vom Leben in unserem Dorf. Ich lasse nichts aus. Ich erzähle von Samiullah und Fatima, von unseren Familien und unserer Geschichte dort. Latif nickt die ganze Zeit über mit dem Kopf und spielt mit dem kleinen Spitzbärtchen an seinem Kinn, das vermutlich einen Vollbart darstellen soll. Als ich fertig bin mit meinen Erklärungen, warte ich auf Latifs Reaktion.

»Tse, tse, tse.« Er schnalzt mit der Zunge. »Das ist wirklich eine schlimme Sache. Ich verstehe, warum du zu mir gekommen bist. Was denkst du, wie wir damit umgehen sollten?«

Ich wusste es! Ich wusste, dass ich damit Respekt erringen würde! »Nun, nach allem, was ich gelernt habe, brauchen wir weitere Zeugen, um zu beweisen, dass sie unzüchtige Begegnungen hatten, oder sie müssen es zugeben. Aber wir könnten ein Hintertürchen finden, um ihnen eine Lektion zu erteilen und ihnen Peitschenhiebe zu verpassen – wobei ich mir noch nicht sicher bin, wie viele.« Einhundert erscheinen mir in etwa richtig, aber vielleicht hat Latif da eine bessere Vorstellung.

Latif lacht nur. »Erwartest du von uns, dass wir sie auspeitschen wie ein Vater seinen Sohn, weil er Süßigkeiten stibitzt hat, die er nicht nehmen durfte?« Er lehnt sich zurück.

»Nein, natürlich nicht.« Ich spüre, wie mir vor Verlegenheit das Blut in den Kopf steigt. »Das wäre nur für den Anfang.«

»Mein lieber Junge, dein Vetter und dieses Mädchen haben Unzucht getrieben!« Latif schlägt mit der Hand auf den Tisch. »Wenn ein Mädchen haltlos genug ist, ihr Elternhaus ohne Begleitung zu verlassen, hat es nichts Gutes im Sinn. Und die Tatsache, dass du sie zusammen mit deinem Vetter gesehen hast, beweist, dass sie, ohne verheiratet zu sein, mit ihm Verkehr hatte – in ihrem Fall sogar ohne die Möglichkeit einer Heirat. Eine Hazara mit einem Paschtunen? Eine Schia mit einem Sunniten? Eine Bäuerin mit einem Landbesitzer?«, zählt er ironisch auf und tut, als spucke er aus bei dieser Vorstellung. »All das beweist, dass sie die Vergnügungen des Satans ohne die Zustimmung Gottes genießen wollten. Wir müssen an ihnen vor dem ganzen Dorf ein Exempel statuieren.«

»Ja, der Meinung bin ich auch. Man muss an ihnen ein Exempel statuieren. Deswegen bin ich hier, Mullah Saib.« Ich bin begeistert, dass sie vor aller Augen bestraft werden sollen, damit die Leute daraus lernen und weiterer Schaden von unserer Kultur und Gesellschaft abgewendet wird. Aber ich frage mich, was wir außer Auspeitschen noch tun können. Außerdem finde ich, dass er vorschnell über ihre sexuellen Kontakte urteilt. Wir wissen es nicht und haben auch keine Zeugen, die sie beim Akt gesehen haben. Ich kann mir nicht vorstellen, dass mein Vetter so tief sinken würde. Aber wer weiß?

Der Mullah beginnt abermals mit den Fingern auf den Tisch zu trommeln, als mir auffällt, dass er eine riesige goldene Uhr am Handgelenk trägt. »Peitschenhiebe reichen nicht aus … Gefällt dir meine Uhr?«, fragt er mit einem Lächeln und dreht sie so, dass er auf das Zifferblatt schauen kann. »Ich habe sie dem Distriktgouverneur abgenommen, der in diesem Haus gelebt hat. Er hat mir seine Reichtümer angeboten, damit ich ihn am Leben lasse, auch diese Uhr und sein Telefon.« Er nimmt einen flachen, rechteckigen Gegenstand in die Hand. »Sieh mal, wenn man auf den Bildschirm tippt, kann man Dinge mit dem Finger hin und her schieben. Es funktioniert durch Berührung, nicht mit Tasten. Und es kommt aus Übersee«, fügt er stolz hinzu. »Er hat mir viele Dinge hinterlassen, aber umgebracht habe ich ihn trotzdem.« Er kichert. »Ich habe das arme Schwein gerade lange genug am Leben gelassen, um mir zu sagen, wo alles ist. Ich konnte ihn nicht verschonen, verstehst du? Er hat für den Feind gearbeitet und wir müssen Gott helfen, diese bösen Leute auszumerzen«, fährt Latif fort, während er auf dem Bildschirm seines Telefons herumspielt. »Wer weiß, ob er nicht nach Kabul zurückgegangen wäre und von da aus in eine andere Provinz, um die Menschen dort zu terrorisieren? Schau dir nur diese Uhr und das Telefon an. Glaubst du, ein anständiger Mensch würde so etwas besitzen?«

»Nein …«, erwidere ich zustimmend. »Ein Mann Gottes würde sich für so etwas nicht verkaufen.« Wieder wandert mein Blick zu Mullah Latifs Uhr und ich frage mich, ob der Mann, mit dem ich rede, wirklich ein Mann Gottes ist.

Neunzehn

FATIMA

In völliger Dunkelheit richte ich mich auf meiner Matte auf. Die anderen sind endlich eingeschlafen, ich kann es an ihren Atemzügen hören. Ich habe wach gelegen, an Sami gedacht und auf den finstersten Teil der Nacht gewartet, ehe ich aufbreche. Ich ziehe den Brief, den ich vorhin geschrieben habe, aus meinem Kissenbezug und lege ihn dorthin, wo mein Kopf nie wieder liegen wird. Dann krieche ich aus unserem Schlafquartier. Ich taste mich mit den Händen voran, um nicht irgendwo anzustoßen und Lärm zu machen. Ich bin so ruhig wie seit Tagen nicht mehr. Ich weiß, dass ich das Richtige tue.

Ich atme langsamer und spüre ein pulsierendes Hämmern in den Schläfen, während ich versuche, so leise wie möglich zu sein. Meine Arme pochen immer noch vor Schmerz, aber ich merke, dass sie heilen.

Mit den Fingerspitzen fahre ich über den rauen Teppich, spüre die Steifheit des Gewebes, in dem sich im Laufe der Jahre Sand und Schmutz abgelagert haben, und krieche zur Tür. Als ich draußen bin, atme ich tief durch. Ich bin erleichtert, endlich im Freien zu sein, auch wenn ich weiß, dass ich immer noch erwischt werden kann.

Das Mondlicht spendet mir ein wenig mehr Licht, als ich zu unserem Lagerraum gehe, um die Kleider zu holen, die ich in einem alten Sack verstaut habe, zusammen mit einem von Afifas Unterhemden, damit ich den Geruch meiner kleinen Schwester nicht vergesse, dem alten Hemd meines Vaters und einem Buch mit Gedichten, das Bibi mir gegeben hat, als sie merkte, dass ich besser lesen kann als Zohra. Ich halte einen Moment inne und denke an mein Lieblingsgedicht darin. Es beginnt mit »Sieh, das ist Liebe: himmelwärts zu fliegen«. Und genau das tue ich. Ich fliege zu einem geheimen Himmel, um Samiullah zu treffen, meine Liebe.

Langsam entriegele ich die Tür und zucke zusammen, als sie beim Öffnen quietscht. Sobald ich eintrete, kann ich kaum noch etwas sehen, denn der Raum ist in Dunkelheit gehüllt und vor den Strahlen des Mondlichts verborgen. Hastig suche ich nach dem Sack, den ich unter einem Beutel mit *qurut* aus dem letzten Jahr versteckt habe. Als ich den klumpigen Beutel schließlich ertaste, zerre ich daran, um an meine Kleider zu gelangen, aber er rührt sich nicht vom Fleck. Das kann nicht sein. Nicht jetzt! Mit klopfendem Herzen zerre ich fester. Doch vor lauter Panik fällt mir der Beutel mit den getrockneten Joghurtbällchen polternd auf den gestampften Boden. In der stillen Nacht klingt es, als hätte ich ein Dutzend Glocken fallen lassen. Ich erstarre. Kann mich vor Angst nicht bewegen. Einen Moment lang stehe ich wie gelähmt da. Als sich nichts regt, schnappe ich mir mein Bündel und laufe los. Ich laufe, wie ich noch nie im Leben gelaufen bin. Nicht einmal als Kind im Wettlauf gegen meine Freunde, gegen Sami.

Meine schweißnassen Füße rutschen in den Sandalen, aber ich bleibe nicht stehen, um sie auszuziehen. Erst jetzt frage ich mich, ob Sami da sein wird. Was ist, wenn er nicht auftaucht? Ich beschließe, nicht weiter darüber nachzudenken. Er hat gesagt, dass er da sein wird. Und Sami hat mir gegenüber noch nie ein Versprechen gebrochen.

Als ich mich dem Felsen nähere, drehe ich mich um und sehe, dass ich immer noch allein bin. Niemand verfolgt mich. Niemand kann mich sehen. Es ist nichts zu hören als mein eigenes Keuchen. Wahrscheinlich schläft meine Familie noch, ohne zu ahnen, dass ich fort bin.

Mein armer *baba*, es wird ihm das Herz brechen. Ich weiß, dass er mich liebt, auch wenn er noch so wütend und enttäuscht ist. Meine Mutter hingegen wird sich wünschen, mich umgebracht zu haben, als sie die Gelegenheit dazu hatte. Und meine Geschwister werden verwirrt sein. Die Jungen werden begreifen, dass ich fort bin, aber nicht wissen, warum. Doch ich glaube nicht, dass Afo mein Fehlen wirklich verstehen wird. Wahrscheinlich rechnet sie damit, dass ich vor Sonnenuntergang zurück bin – sie wird dasitzen und auf mich warten, wie sie es immer tut.

Ich schüttele den Kopf. Ich darf jetzt nicht darüber nachdenken, sonst kann ich das hier nicht zu Ende führen. Ich habe mich entschieden, es zu tun. Lieber fürchte ich mich vor einer Zukunft voller Ungewissheit als vor einer voller Schläge und Isolation. Die letzten Tage waren schlimmer, als ich es mir je hätte vorstellen können. Von meinem Vater war ich völlig ignoriert und von meiner Mutter geschlagen und eine Hure genannt worden. Als ich sah, in welche Richtung sich mein Leben entwickelte, beschloss ich, dass mein Überleben wichtiger sei als die Ehre meiner Familie. Ich weiß, dass es egoistisch ist, aber ich hoffe, wenn ich erst einmal fort bin, wird die Sache in Vergessenheit geraten und meine Familie ohne mich besser dastehen. Wahrscheinlich werden die meisten Dorfbewohner genug Mitleid haben, um sie in Ruhe zu lassen.

Als ich beim Felsen ankomme, liegt Sami mit dem Kopf auf dem harten Stein und schläft. Er hat die Arme um den Leib geschlungen, um sich in den kühlen Morgenstunden warm zu halten, und sieht so zufrieden aus, als wäre er in der Sicherheit seines Zuhauses, frei von allen Sorgen. Ihm gegenüber lehnt ein Fahrrad, an dem vorn eine Tasche befestigt ist und hinten eine Art Verlängerung.

Je mehr ich ihn anstarre, desto realer wird alles für mich. Wir gehen für immer von hier fort. Ich spüre einen Knoten im Hals.

»Fatima …«, sagt Sami sanft. »Bist du es wirklich?«

»Ja, ich bin es.« Ich sehe zu, wie er sich aus dem Schlaf windet.

»Dann träume ich also nicht? Es ist wirklich wahr?«, fragt er.

»Ich habe Angst, Sami. Große Angst«, ist alles, was ich sagen kann, während mir die Tränen in die Augen steigen.

»Ich weiß. Ich auch. Aber ich bin froh, dass du gekommen bist.« Er lächelt und das von mir so lange vermisste Funkeln kehrt in seine Augen zurück. »Außerdem habe ich einen perfekten Plan. Aber wir sollten aufbrechen, bevor die Sonne herauskommt und unsere Familien merken, dass wir fort sind.« Er schaut auf sein Handgelenk, an dem er jetzt eine Uhr trägt, die ich noch nie gesehen habe.

»Du hast eine Uhr?«

»Ich habe meinem Vetter Daoud meine Angel dafür gegeben«, sagt er lächelnd und immer noch mit verschlafenem Blick. »Gefällt sie dir?« Er hebt die Hand, um sie mir zu zeigen.

»Sieht aus wie ein Plastikarmband«, sage ich mit einem Grinsen, das Sami erwidert.

Er steht auf und geht zum Fahrrad, wo er den vorderen Reißverschluss der blauen Tasche öffnet und einen *chadari* herauszieht. »Für den ersten Teil des Plans habe ich dir den Tschador meiner Schwester mitgebracht. Ihr seid beide etwa gleich groß und ich dachte mir, dass du in dem hier besser laufen kannst als in den anderen, die wir zu Hause haben.«

Ich habe diese Schleier schon immer gehasst, aber mir ist klar, dass wir uns verstecken müssen, und wie könnte ich mich besser verbergen als unter dem blauen Tuch, das die meisten Frauen in unserem Dorf tragen, vor allem wenn sie größere Reisen unternehmen. Dann zieht er eine *pakol* heraus, die flache, runde Mütze mit der aufgerollten Wulst, die die meisten Männer tragen, wenn sie keinen Turban aufhaben.

»Das hier ist mein *chadari*.« Er setzt die Mütze auf und zieht sie bis über die Augenbrauen herab.

Ich streife den Tschador über und verstecke meinen Körper darunter.

Ich kann kaum atmen. Es ist, als hätte ich mir eine schwere

Tasche übergestülpt, die bis zu den Füßen reicht. Japsend schnappe ich nach Luft, um nicht ohnmächtig zu werden.

Wir brechen auf. Sami schiebt das Fahrrad neben sich her. Je weiter wir gehen, desto schwerer fällt mir das Atmen unter dem Tuch. Die brütende Hitze macht alles noch schlimmer. Es ist, als wären meine Füße von Kohlen umgeben, die die Luft rund um meinen Körper aufheizen. Schweiß sickert durch meine Kleider, verdunstet in der Abgeschlossenheit des *chadari* und vermischt sich mit der ohnehin bereits stickigen Luft. Die kleinen Löcher im Tuch sind die einzige Art von Belüftung. Eigentlich sollen sie mir das Sehen ermöglichen, doch in Wirklichkeit sind sie keine große Hilfe. Der dunkle Stoff nimmt mir die Sicht und es gibt nichts, was ich dagegen tun kann. Ich muss ihn anbehalten.

Die Sorgen, die mir der *chadari* bereitet, sind nichts gegen die Sorgen, die mir durch den Kopf gehen. Ich kann nicht aufhören, an meine Familie zu denken.

»Wie geht es dir?«, fragt Sami nach einer Weile.

»Ganz gut«, schwindle ich, weil ich weiß, dass ich einknicken und es mir anders überlegen würde, wenn ich zugäbe, wie es mir geht. »Und dir?«

»Mir auch«, sagt er und hält weiter seinen Lenker fest. Er läuft neben dem Fahrrad und ich trotte hinterher. Wir verstummen wieder; die einzigen Geräusche stammen von den Reifen, die über die Steine holpern, dem Knirschen unserer Füße und einem gelegentlich aufschreckenden Wüstentier, das wir in die Flucht treiben.

Das Pochen meines Herzens klingt leise im Vergleich zu dem ohrenbetäubenden Dröhnen heute Morgen, trotzdem rast es immer noch, wenn ich an all das denke, was geschehen ist und noch geschehen wird.

Seit dem Morgen haben wir kaum ein Wort geredet, außer wenn es bergab geht und Sami mich auffordert, mich auf den angebauten Gepäckträger des Fahrrades zu setzen, damit wir schneller ans Ziel gelangen. Die meiste Zeit gehen wir zu Fuß, weil es die einfachere Lösung ist. Uns beide mit dem Fahrrad zu transportieren, wäre zu schwer für ihn. Bislang haben wir nur einmal angehalten, um etwas Wasser aus der Flasche zu trinken, die er in dem Korb am Lenker verstaut hat, und etwas von dem alten Brot zu essen, das er in einer Plastiktüte daneben aufbewahrt.

Er hat mir erklärt, dass wir zu einem Mann unterwegs seien, von dem er sicher ist, dass er uns helfen wird. Einem Mann, der ihn gerettet habe, wie er sagt, und der ihm den Glauben an die wahre Größe Gottes zurückgegeben habe. Einem Mann, der uns verheiraten werde.

Je mehr Sami erzählt, desto schwerer fällt mir das Sprechen. Es geht alles so schnell, dass ich einfach nicht Schritt halten kann. Ich muss immer wieder an meine Familie denken, was mir jedes Mal die Tränen in die Augen treibt. Ich spüre das Schluchzen in mir aufsteigen und versuche, es so gut es geht zu unterdrücken, damit Sami nicht merkt, dass ich weine. Es macht mich fast dankbar für den widerlichen Tschador, der beides verbirgt, meinen Körper und mein Herz.

Wir laufen so lange, dass meine Waden taub werden und meine Fersen Risse bekommen und brennen. Ich schwitze so sehr, dass die Wunden auf meinen Armen zu jucken beginnen. Ich konzentriere mich auf den Schmerz: das unbezähmbare Jucken, das brennende Stechen und das Reißen der Haut. Es lenkt mich von den Ereignissen der letzten Tage ab und von der unkalkulierbaren Zukunft, die uns am Ende dieser Straße erwartet.

Wir passieren einen felsigen Berg nach dem anderen und ich frage mich, woher Sami weiß, in welche Richtung wir gehen müssen. Doch wir laufen immer weiter. Noch ist uns keine Menschenseele begegnet und ich bin dankbar dafür.

»Wir sind fast da«, bricht Sami das Schweigen. »Vielleicht noch eine halbe Stunde. Wir müssen noch an einer kleinen Ortschaft im Osten vorbei, ehe wir zu seinem Dorf kommen. Aber mach dir keine Gedanken, wahrscheinlich werden wir keine Bewohner zu sehen bekommen; sie kommen meist nur dann auf den Hauptweg, wenn sie in die Stadt wollen.«

»Taschakur.« Ich bedanke mich bei ihm und bekomme es plötzlich wieder mit der Angst zu tun. Die Konzentration auf die körperlichen Auswirkungen hat mich meine Ängste fast vergessen lassen. Aber ich will keinen Fremden begegnen – ich habe Angst, in der Menge meinen Vater zu erblicken oder Angehörige von Samis Familie oder, noch schlimmer, jemanden, der herausfindet, dass wir nicht verheiratet sind und zusammen reisen. Selbst einen Moment dazusitzen und mit Sami zu reden, macht mir Angst. Ich habe Angst vor dem, was ich sagen und tun werde, wenn wir erst verheiratet sind. Ich bin durcheinander, als würde die Welt auf dem Kopf stehen, und ich weiß nicht, ob ich mich jemals wieder gefestigt fühlen werde.

Als wir in den Ort kommen, passieren wir einige Läden. Männer sitzen davor, trinken Tee oder lassen Gebetsketten kreisen. Doch selbst durch mein Stofffenster fällt mir auf, dass uns alle ansehen.

»Sami. Sami, glaubst du, sie wissen Bescheid?«, frage ich, bemüht, ganz leise zu sprechen.

»Nein, sie wissen nichts«, wispert er zurück. »Sie starren jeden an, der hierher kommt. Das ist nicht böse gemeint. Aber wenn es dir hilft, kannst du dich hinten aufs Fahrrad setzen und ich fahre. Hier ist es flach. Da geht es leichter und wir sind schneller da.«

Ich setze mich auf den metallenen Träger und halte mich an den Griffen fest, die er für mich angebracht hat. Dann raffe ich meinen *chadari* zusammen, damit er sich nicht in den Speichen verfängt, und Sami tritt in die Pedale. Vom Ort kann ich kaum etwas erkennen, aber ich staune über seine Größe und wie dicht die Häuser und Läden beieinanderstehen. Es gibt sogar schwarze Straßen, die flach und glatt sind, sodass man leicht auf ihnen fahren kann. Der Ort ist riesig; ich frage mich, wie viele Menschen hier leben. Es müssen Hunderte sein!

Wir schlängeln uns durch einige Nebenstraßen, dann wird Sami langsamer. Die Gegend wirkt ruhiger als jene, durch die wir zuerst gefahren sind. Schließlich bleibt er stehen. »Wir sind da.«

Ich steige ab und warte, während er das Fahrrad zu einem Gebäude schiebt und gegen die Wand lehnt. Er klopft an die Eingangstür, ehe er sie öffnet, sich umschaut und mich dann hereinruft. Hastig trete ich in die künstliche Sicherheit eines

Raumes mit Wänden und einer Decke, die mich vor der Außenwelt schützen.

»Du kannst den *chadari* ausziehen und dich entspannen.« Sami bringt die Tasche mit dem restlichen Brot und dem Wasser herein. »Ich komme gleich zurück.«

»Warte! Wohin gehst du?« Ich will nicht, dass er mich an diesem seltsamen Ort allein lässt.

»Mach dir keine Sorgen. Ich bin ganz in der Nähe. Du bist gut aufgehoben, das verspreche ich dir«, sagt er und ich glaube ihm, aber das löst die Anspannung nicht, die in meinem Körper vibriert.

»Also gut«, sage ich. Er lächelt mich an, ehe er die Tür hinter sich zuzieht. Ich schäle mich auf der Stelle aus dem schweißgetränkten Umhang und lasse ihn neben mir auf den Boden fallen. Ich hatte erwartet, dass es sich befreiend anfühlen würde, ihn auszuziehen, aber ich fühle mich nicht frei, nur verwundbar. Auch wenn ich wieder atmen kann, vermisse ich den Schutz. Wenn ich den *chadari* trage, weiß niemand, wer ich bin, jetzt hingegen kann jeder mein Gesicht erkennen, meine Züge und meine ethnische Herkunft. Zu wem auch immer Sami mich gebracht hat, er wird wissen, dass er es mit einem paschtunischen Jungen und einem Hazara-Mädchen zu tun hat, was er nicht gutheißen wird. Wie könnte er, wenn unsere eigenen Familien es auch nicht tun?

Plötzlich verspüre ich den Wunsch, den schrecklichen blauen *chadari* wieder über Gesicht und Körper zu ziehen.

Ich will mich erneut sicher fühlen. Und ich frage mich, ob das jemals wieder der Fall sein wird.

Zwanzig

RASHID

»WO SIE IST, hab ich gefragt!«, brüllt Mullah Latif den alten Bauern wieder an. Die Kinder schreien: »Baba, Baba!«, sie warten darauf, dass ihr Beschützer etwas unternimmt. Doch er kann nicht. Er ist von uns umstellt. Hilflos.

»Mossuma, bring die Kinder ins Schlafquartier«, sagt er. Die Frau sieht selbst aus wie ein verängstigtes Kind und starrt ihn nur an. »Schnell!«, ruft er ihr zu. Schließlich macht sie Anstalten, die weinenden Kinder zu einem der schmutzigen Räume zu drängen, doch Latif hält sie auf.

»Nein. Sie gehen nirgendwohin«, brüllt er, während er Mohammad die Mündung seiner Pistole auf die Nase schlägt. Der alte Mann zuckt zusammen, als ihn der Stahl im Gesicht trifft. Latif ist im Augenblick komplett irre. Man kann ihm ansehen, dass er jede Sekunde genießt. »Sie sollen hierbleiben, wenn ich mit ihrem *baba* rede.« Seine Stimme trieft vor Sarkasmus. Seine Bande drängt die weinenden Kinder und die Frau zusammen und lässt sie im Dreck niederknien, die Gesichter Mohammad zugewandt.

»Bitte tut es nicht vor meinen Kindern. Ich flehe euch an, bitte«, sagt Mohammad leise.

»Wie war das? Ich kann dich nicht verstehen! Was hat Baba gesagt?« Latif hält sich die Hand ans Ohr. »Kannst du lauter reden, Baba, damit wir dich alle hören können?« Er beginnt herumzulaufen, betrachtet die Gebäude und kickt trockene Erdbrocken davon, dass es nur so staubt, ehe er sich wieder Mohammad zuwendet. »Du hast also keine Mauer, um deine Frauen vor den Augen von Fremden zu schützen, wie? Könnte das ein Grund sein, warum es deine Tochter so danach verlangt, Männer auf sich aufmerksam zu machen? Es kann keine große Überraschung sein, dass derjenige, dem sie sich hingegeben hat, dein Nachbar ist.«

»Meine Tochter hat sich niemandem hingegeben«, sagt Mohammad mit zusammengebissenen Zähnen. Ich kann ihm ansehen, dass sein Blut kocht, doch im Augenblick ist er machtlos und schwach, Latifs Männern und Waffen zahlenmäßig unterlegen.

»Wo ist sie dann?« Latif schlägt Mohammad so fest ins Gesicht, dass die Spucke davonfliegt. Das Weinen der Kinder nimmt zu.

»Ich habe doch gesagt, dass ich es nicht weiß!«, erwidert Mohammad. »Ich bin nur froh, dass Ihre abscheulichen Männer sie nicht haben!«

Wieder schlägt ihn Latif. »Wo kann sie hingegangen sein, wenn sie nicht bei *meinen* abscheulichen Männern ist? Gibt es noch andere Männer, mit denen sie sich gern regelmäßig trifft?«, fragt er mit einem dreckigen Grinsen. Mohammad macht einen Schritt auf ihn zu, der Wunsch, Latif zu schlagen, steht ihm ins Gesicht geschrieben. Latif lacht nur und schwenkt seine Pistole wie eine Mutter, die einem Kind mit dem Finger droht. »Nein, nein, nein … das wäre keine gute Idee«, sagt er lachend.

»Was wollen Sie von uns? Wir haben nichts. Dieses Land gehört uns nicht einmal –«

»Ich weiß, wer deine Herren sind«, brüllt Latif von Neuem. »Ich weiß alles über dich und deine dreckige Familie!«

»Was wollen Sie dann von uns?«

»Es geht nicht um das, was ich WILL. Es geht um das, was ich TUN MUSS.« Er senkt die Stimme. »Ich muss an deiner Tochter ein Exempel statuieren, sonst gibt es bald noch mehr Mädchen, die glauben, es wäre in Ordnung, unverheiratet mit einem Jungen zusammen zu sein. Ich muss dem Dorf zeigen, was mit Abschaum passiert. Ich muss dein dreckiges kleines Mädchen öffentlich hinrichten, damit es alle sehen und sich freuen können, dass der Gerechtigkeit Genüge getan wird. Es geht nicht darum, dass ich das tun will, verstehst du, ich muss es tun«, sagt er, wobei er mit höhnischem Schnauben die schiefen gelben Zähne bleckt. Es widert selbst mich an. Der Gedanke an Tod scheint ihm mehr zu behagen als der Gedanke an Gerechtigkeit. Ich bin ein wenig durcheinander, ich hatte nicht damit gerechnet, dass er sie wirklich umbringen will. Vielleicht ist es gut, dass sie im Augenblick nicht hier ist.

»Bitte lassen Sie meine Tochter in Ruhe«, fleht Mohammad. »Sie ist kein schlechtes Mädchen, egal, was Sie gehört haben. Sie soll bald heiraten. Sie fügt niemandem Schaden zu. Bitte … bitte … lasst sie in Ruhe.«

»Kein schlechtes Mädchen? Da habe ich aber etwas anderes gehört.« Latif dreht sich um und starrt mich an. Obwohl mein Gesicht von meinem Schal verhüllt wird, fühle ich mich plötzlich bloßgestellt. »*Rashid, rasa!* Komm her, mein Junge!« Vorsichtig und ohne Mohammad anzusehen, nähere ich mich Latif. »Nimm den blöden Schal ab«, befiehlt er mir. Ich schüttle den Kopf. Ich will nicht, dass Mohammad und seine Familie mich sehen. »Sei kein *qussi*!« Fluchend reißt Latif mir den Schal herunter und gibt mich preis.

»Rashid?«, sagt Mohammad ungläubig. Ein leises Schuldgefühl beschleicht mich.

»Rashid hat uns alles erzählt«, sagt Latif. »Er war sichtlich besorgt um das Dorf und die Frauen in seiner Familie. Das Beispiel, das deine Tochter abgibt, ist eine Gefahr für alle, das müssen wir in Ordnung bringen. Ist es nicht so, Rashid?«

Ich nicke, bringe es aber nicht über mich, den Kopf zu heben.

»Rashid, mein Junge, sag ihnen, dass das nicht wahr ist. Sag ihnen die Wahrheit über meine Tochter. Du kennst sie seit eurer Kindheit. Bitte!«, fleht Mohammad nun mich an. Ich wende den Kopf noch weiter zur Seite. »Rashid, du weißt, dass das nicht recht ist. Du weißt es. Es ist nicht Gottes Wille.«

»Gottes Wille?« Seine Worte machen mich zornig. »Was weißt du über Gottes Willen?« Wie kann er es wagen, *mir* zu sagen, was Gott will. Ein Mann vom gleichen Blut wie die Monster, die meine Familie umgebracht haben. »Was deine Tochter und mein Vetter getan haben, war falsch, eine Beleidigung unserer Religion und unserer Kultur. Sie haben es verdient, bestraft zu werden!«

»Sie haben es nicht verdient zu sterben«, fleht er weiter. Ich schaue fort. »Du verurteilst beide zum Tode, meine Tochter und deinen Vetter. Willst du mir sagen, dass das Gottes Wille ist?«

Ehrlich gesagt, weiß ich nicht, ob Gott will, dass sie sterben. Aber ich weiß, dass ich keine Sekunde länger mit diesem alten Mann darüber streiten will. »Anscheinend ist sie nicht hier. Können wir gehen?«, frage ich Latif.

»Noch gehen wir nirgendwohin«, erwidert dieser. »Erst wenn wir haben, wofür wir gekommen sind.«

»Aber sie ist nicht da. Was sollen wir denn sonst tun?« Jetzt richtet sich meine Frustration gegen Latif.

»Na … wenn wir die eine Tochter nicht kriegen können, nehmen wir eben die andere.« Latif wendet sich zu Fatimas kleiner Schwester um, die nicht älter als drei sein kann. Sie ist richtig niedlich für ein hazarisches Kleinkind. Ängstlich und mit schreckensweiten Augen klammert sich das kleine Mädchen an seine Mutter. Sein Blick ist auf einen Bewaffneten gerichtet, der in der Nähe an einer Lehmwand lehnt und mit schmutzigen Fingernägeln in seinen Zähnen pult.

»Nein! Bitte tun Sie das nicht!« Unfähig, sich noch länger zu beherrschen, sinkt Mohammad auf die Knie. Genauso wie in meiner Erinnerung mein Vater auf die Knie sank, im Versuch, uns zu retten. Plötzlich flackern Erinnerungsblitze an diesen schrecklichen Tag in mir auf. Die Schreie meiner Mutter, das Flehen meines Vaters, ich, der ich im Blut meiner Schwester auf dem Boden liege und mich tot stelle.

»Bitte, sie ist ein unschuldiges Kind!«, ruft Mohammad und holt mich in die Gegenwart zurück.

»Dann sollten wir vielleicht dafür sorgen, dass sie unschuldig bleibt.« Latif geht zu dem kleinen Mädchen hinüber, das augenblicklich zu weinen anfängt, als es ihn näher kommen sieht. »Ist schon gut, mein Schätzchen. Komm zu deinem *kaka*. Ich will dich zu deinem *baba* bringen.« Sie presst das Gesicht an den Schenkel ihrer Mutter. Latif drückt der Mutter die Pistole an den Kopf, ehe er fortfährt. »Ist schon gut, kleiner Engel. Deine Mutter will auch, dass du mit mir gehst, nicht wahr, Madar Jan? Ist es nicht so?« Er schlägt der Frau gegen den Kopf. Sie blickt Hilfe suchend zu ihrem Mann hinüber, der nicht mehr tun kann, als gelähmt vor Angst dazusitzen.

Ich habe keine Ahnung, was Latif gerade vorhat. Vielleicht benutzt er das Mädchen, um Mohammad zu zwingen, ihm zu sagen, wo seine verdorbene andere Tochter steckt.

»Ja«, sagt die Frau schließlich. »Es ist gut, mein *azizam*. Geh mit Kaka, damit er dich zu deinem *baba* bringt.« Das Kind wischt sich am Rock der Mutter das Gesicht ab und nimmt Latifs Hand. Ich habe ein ungutes Gefühl. Er sollte dieses Baby nicht anfassen, das bei jedem Schritt, mit dem es auf uns zukommt, schaukelt, die Augen vom Weinen geschwollen und das Gesicht immer noch nass von Tränen.

Das Mädchen will zu seinem Vater laufen, doch Latif zerrt an seinem Arm, dass es vor Schmerz zusammenzuckt, ohne einen Laut von sich zu geben. »Nein, nein, mein Liebes. Noch nicht.« Er kniet sich hin, um dem Kind ins Gesicht zu schauen. Es sieht verwirrt und ängstlich aus. »Weißt du, dein *baba* muss jetzt eine Entscheidung treffen. Es ist eine schwere Entscheidung, aber er muss sie treffen.«

Dann wendet sich Latif wieder Mohammad zu und spricht ihn auf Paschtu an statt auf Dari. »*Pakhto ghagaigai?*«, fragt er den alten Mann, ob er die Sprache spricht. Mohammad nickt. »Was ist mit dem Rest?«

»Nein, ich bin der Einzige in unserer Familie, der Paschtu kann«, sagt er, ohne den Blick von dem kleinen Mädchen abzuwenden, dessen Augen zwischen seinem Vater, Latif und der Mutter, die leise vor sich hin weint, hin und her huschen.

»Gut«, sagt Latif. »Dann können wir die Entscheidung ganz dir überlassen. Du hast drei Möglichkeiten. Möglichkeit Nummer eins: Du sagst mir, wo diese Hure von einer Tochter steckt.«

»Ich habe Ihnen gesagt, dass sie keine Hure ist und dass ich nicht weiß, wohin Fatima gegangen ist!«, ruft Mohammad erschöpft und geschlagen.

»Na schön, bleiben noch Nummer zwei und drei. Die zweite Möglichkeit: Wir nehmen diese Kleine hier mit uns, bis du uns deine andere Tochter übergibst. Und keine Sorge, wir werden uns gut um sie kümmern.« Er streichelt dem Mädchen über die feuchten Wangen und küsst es dann. »Oh, salzig! Ihre Tränen schmecken so salzig.« Mit einem feisten Grinsen sieht Latif zu seinen Männern hinüber, die anfangen zu lachen. Anscheinend bin ich der Einzige, der das nicht komisch findet. Und diese widerwärtige Kreatur bezeichnet sich selbst als Mullah?

Latif richtet seine Aufmerksamkeit wieder auf das kleine Mädchen, das er auf Dari anspricht: »Hab keine Angst, mein kleiner Zuckerwürfel. Kaka Latif und dein *baba* werden das bald regeln. Hör auf zu weinen, ja?« Sie nickt, dass ihre kurzen roten Haare fliegen.

Wieder spricht Latif Mohammad auf Paschtu an. »Bist du bereit für Möglichkeit Nummer drei?« Er wartet auf eine Antwort. Es kommt keine. »Gut, dann sage ich dir, ob du bereit bist oder nicht. Möglichkeit Nummer drei ist, dass wir statt deiner anderen Hure die Kleine hier töten. Das ist nur gerecht, findest du nicht?«

»Bitte hört auf! Bitte!«, fleht Mohammad und schlägt die Hände vors Gesicht, als wolle er sein Kind davor bewahren, seine Tränen zu sehen. Seine Frau ist außer sich, sie schreit und will immer wieder wissen, was vor sich geht. Doch er nimmt die Hände nicht vom Gesicht und schluchzt weiter still vor sich hin.

Das kann nicht Latifs Ernst sein. Er wird kein unschuldiges Kleinkind umbringen. Dafür gibt es in den Augen Gottes keine Rechtfertigung.

»Was ist los? Du hast doch gesagt, sie wäre unschuldig. Wir würden ihr einen Gefallen tun, wenn wir sie sterben ließen, bevor sie in die Fußstapfen deiner anderen Tochter tritt. Wenn wir nur alle das Glück hätten, so unschuldig und rein ins Grab zu fahren.«

»Bitte. Bitte!«, beginnt Mohammad zu schreien. Das verstärkt das Weinen seiner Familie und das Gelächter von Latifs Männern, die jetzt allen eine Pistole an den Kopf drücken. Ich kann nicht glauben, was ich da sehe. Diese Kerle sind schlimmer als Verbrecher – es sind Tiere. Aber ich fürchte mich zu sehr, um etwas zu sagen. Die Kleine keucht und schluckt ihre Tränen vor Angst hinunter. Ohne zu ahnen, was vor sich geht, hält sie immer noch Latifs dreckige Hand umklammert.

»Rashid, mein Junge. Komm her«, ruft Latif mir zu. Ich will nicht zu ihm gehen, aber ich fürchte mich vor dem, was er tun wird, wenn ich es nicht tue. Also schiebe ich mich zögerlich näher.

»Rashid, bitte hilf uns! Bitte, Rashid!«, schreit Mohammad. Hoffnung leuchtet in seinen Augen, als er mich ansieht.

»Rashid, wie es scheint, hat dein Nachbar etwas dagegen, dass wir sein kleines Mädchen mitnehmen. Ich glaube, er traut uns nicht«, sagt Latif, den Blick auf mich gerichtet. »Und da du so aufrichtig warst, uns von der Sache in Kenntnis zu setzen, möchte ich dir die Ehre zukommen lassen, zum Ruhme Gottes zu handeln und uns zu helfen, Gerechtigkeit walten zu lassen.«

Was! Nein. Das kann ich nicht. Das tue ich nicht. »Aber … aber … sie ist ein Baby. Sie ist nicht diejenige, die das Verbrechen begangen hat.« Ich schaue zu Mohammad, der mich durch seine Tränen weiter anstarrt.

»Willst du mich infrage stellen?«, sagt Latif. Ich drehe mich um und sehe die Wut in seinem Gesicht.

»Nein … nein … das will ich nicht.« Ich habe Angst vor dem, was er mir antun wird, wenn ich ihm nicht gehorche. Als ich mich umschaue, sehe ich, dass alle Männer die Waffen und Augen auf mich gerichtet haben.

»Gut. Dann nimm sie und tu es.« Er reicht mir eine Pistole. Meine Hände zittern so sehr, dass ich das kalte Stück Metall kaum festhalten kann. »Jetzt setz sie ihr an die Stirn und drück ab!«

»Bitte … bitte … oh Gott, bitte …«, höre ich Mohammad murmeln. »Das kann nicht wahr sein … das kann nicht wahr sein.«

Ich versuche, auf das kleine Mädchen zuzugehen. Meine Füße stolpern erst vor und dann zurück. Ich sehe ihre braunen Augen, voller Angst und Verwirrung. Sie sind groß und rund, wie die Augen meiner Schwester es waren. Meine Hand beginnt so unkontrollierbar zu zittern, dass ich fürchte, die Pistole jeden Moment fallen zu lassen.

»Gib mir das Ding.« Latif nimmt mir die Pistole wieder weg. »So, wie du es hältst, bringst du uns noch alle um.« Er steckt die Waffe zurück in seinen Gurt. »Außerdem habe ich es mir anders überlegt.«

Oh Gott sei Dank. Ich beginne wieder normal zu atmen und schaue zu Mohammad, der lächelt und sagt: »Danke, Danke!«

Dann hockt Latif sich hinter die Kleine. Er streichelt ihre leuchtend roten Haare und sieht aus, als wolle er sie gleich von hinten umarmen. Im nächsten Augenblick hat er wieder diese irren Augen. Die Augen des Satans. Und ehe ich begreife, was geschieht, verdreht er ihr den Nacken und ihr kleiner Körper sackt leblos zu Boden. »Ich kann doch keine kostbaren Kugeln an sie verschwenden, oder?« Lachend wendet er sich zu seinen Männern um. Ich hingegen sehe nur das kleine Mädchen, das daliegt, als würde es schlafen.

Einundzwanzig

RASHID

Als wir auf die Motorräder steigen, höre ich ihre Schreie. Ihr Wehklagen brennt sich in meine Ohren und meinen Magen ein. Ich will mich gerade hinter Azizullah schwingen, einen von Latifs Gangstern, der die Vorstellung genossen hat, als ich wieder abspringen muss. Ich beuge mich vor und spüre, wie mir die brennende Gallenflüssigkeit die Kehle hinaufsteigt. Das Erbrochene schmeckt nach dem Brot von heute Morgen. Die Hände auf die Knie gepresst, würge ich immer weiter und ringe keuchend nach Luft. Irgendetwas will aus meinem Körper heraus, aber es steckt fest.

Azizullah sitzt auf dem Motorrad und lacht mich aus. »Das erste Mal ist immer am schlimmsten. Aber du gewöhnst dich daran.«

Ich achte nicht auf ihn, während mein Körper immer weiter krampft und etwas hinauszubefördern versucht. Aber alles, was kommt, ist brennende Gallenflüssigkeit.

»Mach schon, wir müssen los. Hör auf, dich deswegen verrückt zu machen. Es war doch bloß ein kleines Schiitenkind. Sie wäre sowieso in die Hölle gekommen, weil ihre Eltern sie nicht den wahren Islam lehren. Niemand wird sie vermissen.«

Ich schaue auf und sehe Mohammad sein Kind in den Armen wiegen. Er kniet auf dem Erdboden, hält den kleinen Körper und schaukelt vor und zurück.

»Wach auf, Afo. Wach auf, meine Kleine!«, ruft er und schaut zum Himmel auf. »Warum, Gott? Warum? Sie ist unschuldig! Warum?«

Ihre Mutter lehnt an einer Lehmmauer und starrt mit leerem Blick und vor Entsetzen aufgerissenem Mund vor sich hin. Die beiden kleinen Jungen hocken hinter ihrem Vater und klammern sich weinend aneinander. Je mehr ihr *baba* schreit, desto heftiger fließen die Tränen. Der Anblick lässt mich weitere Gallenflüssigkeit aushusten, ehe ich mich schließlich zwinge, auf das Motorrad zu steigen. Ich sitze hinten auf und halte mich seitlich fest, als wir auch schon zum Haus meines Onkels davonrasen. Der kalte Wind, der mir ins Gesicht weht, hilft meinem Magen, sich zu beruhigen, doch mein Gehirn wird von dem Geholper über die steinigen Felder so durchgeschüttelt, dass ich noch weniger begreife, was gerade geschehen ist. Ehe es mir gelingt, sind wir beim Haus meiner Familie.

»Komm hier rüber, Rashid«, ruft Latif mir zu, ehe er auf den Boden spuckt. »Hol die Männer deiner Familie aus dem Haus, damit wir reden können. Sag ihnen, sie sollen Samiullah mitbringen.« Ich signalisiere mit einem Nicken, dass ich verstanden habe.

Ich gehe zu unserer Eingangstür und klopfe an das kühle Metall. Am Nachmittag, wenn die Sonne nach Osten wandert, heizt sich die Außenseite so sehr auf, dass man sie fast nicht mehr anfassen kann, aber im Moment hat das

Metall fast etwas Beruhigendes, als ich mit der Hand dagegendrücke. Vergeblich hoffe ich, dass meine Familie das Klopfen nicht hört, niemand zur Tür kommt und wir abrücken können.

Nach dem, was bei Mohammad geschehen ist, habe ich genug gesehen, jedenfalls für heute. Ich hatte nicht damit gerechnet, dass jemand getötet werden würde, geschweige denn jemand, der unschuldig ist. Ich suche unentwegt nach einer Rechtfertigung. Vielleicht hat Latif recht. Vielleicht musste das Kind sterben, damit es nicht so wird wie seine Schwester. Eine Sünderin haben sie bereits großgezogen – wer kann schon sagen, ob die nächste Tochter nicht genauso oder womöglich noch schlimmer geworden wäre? Vielleicht haben wir ihr tatsächlich einen Gefallen getan, indem wir sie unschuldig sterben ließen. Aber wenn es so ist, warum wird mir dann schon wieder übel?

»Rashid!«, reißt Latif mich aus meinen Gedanken.

»Es öffnet niemand. Ich versuche es noch mal«, sage ich und poche mit den Fingerknöcheln ein weiteres Mal gegen die Tür, ein bisschen lauter diesmal, damit Latif es hören kann. Ich lausche, während sich knirschende Schritte nähern, die rasch zur Tür kommen. Vor gar nicht langer Zeit war mir bei diesem Geräusch ganz leicht ums Herz geworden, heute jedoch wird es schwer. Ich höre, wie der Sehschlitz aufgeht und erkenne die Augen meiner Tante Gul Babo.

»Rashid! Mein Sohn! Du bist es!« Ihre Augen leuchten auf, als sie mich sieht, was mich mit Scham erfüllt.

»Salam, liebe Tante –« Sie schließt den Sehschlitz und

öffnet die Tür, um mich einzulassen. Sie umarmt mich, ehe ich auch nur versuchen kann, ihr die Hand zu küssen.

»Ich bin so froh, dass du da bist. Wir brauchen deine Hilfe.« Ihre Augen füllen sich mit Tränen.

»Was ist los? Ist alles in Ordnung mit dir? Ist jemand verletzt?« Ein Schauer durchläuft mich.

»Niemand ist verletzt, aber Samiullah ist verschwunden.« Sie beginnt zu schluchzen. »Wir wissen nicht, wo er ist.« Sie stürzt sich in meine Arme und ich halte sie fest. Ich brauche ihre Umarmung im Augenblick ebenso sehr wie sie meine. So lange wie möglich klammere ich mich an sie, ehe ich mich von ihr löse.

»Ich muss jetzt gehen, Gul Babo.«

»Aber du bist doch gerade erst gekommen. Du musst uns helfen, ihn zu finden!« Sie hält mich fest, will mich mit sich ziehen, doch ich bleibe vor dem Haus.

»Ich kann euch am besten helfen, wenn ich jetzt gehe.«

»Rashid –«

Ich reiße meinen Arm fort. »Schnell, verschließe die Tür«, sage ich zu ihr. »Du musst auf mich hören. Verschließe sie auf der Stelle.«

»Du machst mir Angst, Rashid.« Wieder fließen ihre Augen über.

»Bitte tu es einfach«, sage ich im Umdrehen. Als ich höre, wie die Tür zufällt und das Schloss einrastet, stoße ich die Luft aus, die ich bis dahin angehalten habe.

Ich gehe dorthin zurück, wo Latif und die anderen Männer warten. Latif sieht mich an und hebt die Schultern. »Und, wo sind sie?«

»Samiullah ist nicht da. Anscheinend ist er ebenfalls weggelaufen. Vermutlich mit dem Mädchen.« Ich schaue mich um. »Ich schlage vor, wir verschwenden hier keine Zeit mehr und machen uns auf die Suche nach ihnen. Sie können noch nicht weit sein.«

Latif beginnt zu kichern und kommt auf mich zu. »So, das sollten wir deiner Meinung nach also tun?«

»Ich finde, wir sollten jetzt gehen, damit wir ihre Spur nicht verlieren und –«

Latif packt mich am Hemd und zieht mich zu sich. Er bringt sein Gesicht ganz dicht heran. »Es interessiert mich nicht, was DU denkst«, sagt er. Ich fühle seine Spucke im Gesicht, schmecke seinen sauren Atem. »Du hast hier nicht das Kommando. Sondern ich!«

Er schleudert mich zu Boden, ehe er mir in den Bauch tritt, dass mir die Luft wegbleibt. »Wir gehen rein. Du kannst mitkommen oder hier liegen bleiben. Was ist dir lieber?«

Ich nehme meine Kraft zusammen und richte mich auf.

»Braver Junge.« Er klopft mir auf den Rücken. »Komm mit.«

Ehe wir die Tür erreichen, geht sie quietschend auf. Dann höre ich die Stimme meines Onkels Ismail. »Rashid? Rashid, du bist es wirklich!«, sagt er und schaut sich dann um. »*As-salamu alaikum* …«, begrüßt er Latif und die anderen Männer. Er mustert die Gruppe.

»Und Friede sei mit dir!«, erwidert Latif. »Bitte entschuldigen Sie die Störung. Ich bin Latif –«

»Ich weiß, wer Sie sind«, sagt mein Onkel mit einer Spur Geringschätzung in der Stimme. Ich glaube nicht, dass er

Latif je begegnet ist, doch er weiß von ihm und verachtet ihn. Latifs Männer haben im Laden meines Onkels im Ort schon viele Male Schutzgelder eingetrieben und mein Onkel hat nie leichten Herzens eingewilligt.

»Oh, gut. Sie müssen Ismail Khan sei. Nicht wahr?« Mein Onkel nickt. »Nun, wir sind auf der Suche nach Ihrem Sohn, Samiullah.«

Die Augen meines Onkels weiten sich und er blickt zu mir herüber. Ich wende schnell die Augen ab; ich ertrage es nicht, ihn jetzt anzusehen.

»Was wollt ihr von meinem Sohn?« Mein Onkel hat die Tür hinter sich zugezogen.

»Nun, wir haben gehört, dass er Schande über seine Familie gebracht hat … über Ihre Familie. Wir wollen bloß helfen, die Sache wieder in Ordnung zu bringen.«

»Das ist eine Familienangelegenheit, darum kümmern wir uns selbst. Ihr könnt wieder gehen.« Mein Onkel gibt ihnen mit einer Handbewegung zu verstehen, dass sie verschwinden sollen.

»Sehen Sie, Ismail Khan, das können wir nicht. So einfach ist das nicht.«

»Es ist sehr einfach. Steigen Sie auf Ihre Motorräder und fahren Sie. Hier geht es um unsere Familie und unseren Stamm; wir regeln das unter uns.« Ich glaube nicht eine Sekunde lang, dass mein Onkel seinen Sohn bestrafen wird. Aber nach dem, was sich vorhin abgespielt hat, kann ich es ihm nicht verdenken, dass er Latif nicht im Spiel haben will.

»Das wäre allen anderen gegenüber nicht gerecht. Ihr Sohn und die Tochter Ihres Nachbarn haben das ganze Dorf entehrt. Und sosehr ich es respektiere, dass Sie die Sache innerhalb Ihrer Familie und Ihres Stamms regeln wollen: Das geht nicht«, sagt Latif mit gespielter Ernsthaftigkeit. »Die Sache liegt jetzt in unseren Händen und es ist unsere Aufgabe, uns darum zu kümmern.«

Mein Onkel hebt die rechte Augenbraue, eine Geste, die mir in der Zeit, in der ich bei ihm aufwuchs, sehr vertraut geworden ist. Er weiß, dass er mit seinem schwarzen Bart, den dunklen Augen und dem großen, grauen Turban sehr einschüchternd wirken kann, deshalb gibt er sich immer besondere Mühe, Menschen ihre Befangenheit zu nehmen. Doch Latif hat es geschafft, seinen normalerweise freundlichen Blick zu verhärten.

»Und wie soll das vonstattengehen?«, erkundigt sich mein Onkel.

»So wie es sich gehört. Wir wissen beide, dass die Kabuler Regierung hier nutzlos ist. Wir bringen die Sache vor den Schattengouverneur und lassen ihn über die Strafe entscheiden. Und wenn wir ihn nicht erreichen, entscheiden *wir* über die Strafe und vollziehen sie im Dorf, damit alle aus den Fehlern Ihres Sohnes lernen können.« Latif rückt die Waffe zurecht, die er sich über die Schulter gehängt hat.

»Sie wollen mir also sagen, dass Sie meinen Sohn *umbringen* wollen?«

Latif schnaubt. »Hören Sie, da Ihr Sohn einer von uns ist, werden wir versuchen, ein wenig nachsichtiger zu sein. Vielleicht finden wir einen Weg, sein Leben zu verschonen. Es hat schon Gelegenheiten geben, bei denen der Tod zwar die rechtmäßige Strafe darstellte, aber durch eine Geldbuße oder Landabtretungen in Peitschenhiebe abgemildert wurde, damit die Öffentlichkeit auf jeden Fall einer irgendwie gearteten Züchtigung beiwohnen konnte. Das Mädchen wird natürlich sterben. Das muss sein, um Ihre und die Ehre unseres Volkes zu retten, wie Sie wissen. Einer Familie, die solchen Abschaum großzieht, kann nicht vergeben werden.«

Die Augenbrauen meines Onkels haben sich nicht einen Millimeter bewegt. Er starrt Latif an. »Verschwindet von meinem Land.« Dann sieht er zu mir herüber. »Ihr alle! Und lasst euch hier nicht mehr blicken.«

»Es tut mir leid, dass es dazu gekommen ist. Ich wollte Sie nicht verärgern und bin sicher, Sie wollten mich nicht beleidigen.« Latif blickt meinen Onkel an, erfährt aber keine Reaktion. »Aber Sie müssen verstehen, dass wir nicht gehen können. Ich habe das merkwürdige Gefühl, dass Sie Ihren Sohn im Haus verstecken. Was bedeutet, dass wir uns dort umsehen müssen.«

Auf ein Fingerschnippen von Latif beginnt einer seiner Männer in einer Tasche zu kramen, ehe er zu Latif läuft und ihm ein Paar Handschellen übergibt. Die anderen beiden Kerle packen meinen Onkel und werfen ihn auf den Anbindebalken für die Esel. Sie legen seine Arme um den Balken und Latif bindet ihn mit den Handschellen daran fest.

»Rashid, lass nicht zu, dass sie uns und unsere Frauen entehren!«, schreit mein Onkel mir zu. Dabei ist es offensichtlich, dass sie ihn und unseren gesamten Stamm mit ihrem Verhalten bereits entehrt haben. Doch auch mein Onkel weiß, dass es im Moment nur um die Frauen geht.

Ich laufe zu Latif. »Bitte tut das nicht. Unsere Frauen

sind dort drinnen. Es ist doch klar, dass Samiullah nicht da ist. Bitte!«

»Woher soll ich wissen, dass er dort nicht ist? Für mich hört es sich an, als würde dieser *khan* seinen Sohn decken. Uns bleibt gar nichts anderes übrig, als reinzugehen«, erwidert Latif. In seinen Augen ist etwas, das mir zu schaffen macht. Ich will ihn nicht in der Nähe meiner Tanten und Kusinen haben.

»Lass mich es tun. Ich suche drinnen nach ihm. Wir können in unserem Haus keine fremden Männer dulden. Unsere Frauen sind dort drinnen.«

»Und du glaubst, ich würde dir vertrauen?«, schnaubt er. »Ich kenne dich doch kaum. Außerdem hast du gezeigt, wie schwach du bist, als du das dumme kleine *kafir*-Balg nicht töten konntest. Ich gestatte dir, mit uns zu kommen, aber mehr nicht. Oder du bleibst hier bei deinem lieben Onkel.« Er kickt Erde in Richtung meines Onkels.

Ich schäme mich zu sehr, um ihn auch nur anzusehen. Ohne Latif aus den Augen zu lassen, nehme ich sein Angebot an.

»Rashid!«, schreit mein Onkel vergeblich, als ich die Männer in unser Heim führe. Ich habe mich noch nie so schäbig gefühlt. Ich hätte es niemals für möglich gehalten, dass ich einmal eine Gruppe fremder Männer in das Haus meiner Familie führen würde, wo sich unsere Frauen aufhalten, ohne anständig verhüllt zu sein.

Ich fühle mich beschmutzt bei der Vorstellung, dass diese Männer unsere Frauen anschauen. Die Blicke der fremden Männer werden sie besudeln. Als wir durch das Haupttor in den Hof treten, sehe ich dort zwei meiner Tanten und drei meiner Cousinen stehen, die zu ergründen versuchen, was vor sich geht. Als sie uns sehen, geraten sie in Panik und bedecken ihre Gesichter. Sie flüchten in den nächstbesten Raum, den Raum mit dem *tandour*. Latif kichert mit schriller Stimme, die mir durch Mark und Bein geht.

Kurz darauf ertönt Gul Bashros Stimme aus dem Lehmbau, in den sie sich gerade geflüchtet haben. »Rashid! Wer sind diese Leute?«, schreit sie. Dann stürzen meine Vettern und Onkel mit hasserfülltem Blick aus verschiedenen Teilen des Gebäudes, bleiben jedoch wie angewurzelt stehen, als Latifs Männer die Gewehre heben.

»Bitte habt keine Angst. Ich bin der, den sie Mullah Latif nennen, und ich suche nach eurem Neffen und Sohn Samiullah.« Latif blickt sich im grasbedeckten Hof um, in dem unsere Hühner und Hähne herumlaufen. Er mustert die Männer, die immer noch angriffsbereit, aber angesichts der auf sie gerichteten Waffen wie erstarrt am Rand stehen. Latif legt die Hand aufs Herz und verbeugt sich in ihre Richtung. Die Männer erwidern seinen Gruß nicht, sondern warten weiter auf den richtigen Moment, um loszustürmen. »Wir entschuldigen uns für unser Eindringen, aber es musste sein. Bitte stellt euch alle aufs Gras, damit wir das Haus durchsuchen können.«

Wir warten schweigend, und gerade als ich denke, dass sich niemand rühren wird, tritt Samiullahs Mutter, meine liebe Gul Bibi, aus dem Raum, in den sich die Frauen geflüchtet haben. Ihr Gesicht wird teilweise von einem weißen, spitzenbesetzten Kopftuch verdeckt, dessen Farbe in starkem Kontrast zum Scharlachrot ihres Oberteils steht. Es ist das Erste, was mir auffällt, ehe ich den Zorn in ihren Augen sehe. »Was wollt ihr von meinem *zoy*?« Sie kommt näher, bis sie direkt vor uns steht.

»As-salamu alaikum«, begrüßt Latif meine Tante, doch sein Gruß wird nicht erwidert. Gul Bibi lässt keinen Zweifel daran, dass sie nichts zu tun haben will mit ihm … oder uns. »Wir müssen einfach nur mit Ihrem Sohn reden, liebe Tante.«

»Ich bin nicht deine Tante. Du!« Sie wendet sich an mich. »Was bist du nur für ein Mann, dass du Fremde in unser Heim führst und deine Cousinen und Tanten zur Schau stellst? Was stimmt nicht mit dir?« Sie schlägt mir ins Gesicht. So fest, dass es im Ohr sticht. Ich kann hören, wie das Blut unter der Haut zusammenströmt. »Haben wir dir nicht beigebracht, ein Mann zu sein? Wie es aussieht, haben wir einen Esel großgezogen!« Sie schlägt mich erneut. Latif fängt an zu kichern. »Findest du das lustig? Hast du keine Ehre im Leib? Kein anständiger Paschtune würde einfach so in das Haus eines Fremden marschieren.« Es sieht aus, als wolle meine Tante ihn ebenfalls ohrfeigen, doch sie beherrscht sich. Was Latif nicht davon abhält, abwehrend die Arme zu heben. Ich habe nicht den leisesten Zweifel, dass er nicht zum ersten Mal in ein Heim eingedrungen ist, aber ich vermute, dass er dabei zum ersten Mal von einer Frau zur Rede gestellt wird. Er wirkt erschüttert.

»Wir wollen nur Ihren Sohn finden, damit wir mit ihm reden können. Wir sind hier, um ihm zu helfen … um Ihnen zu helfen«, sagt er, bemüht, die Fassung wiederzuerlangen.

»Wir wollen eure Hilfe nicht. Lasst uns in Ruhe und meinen Sohn auch. Geht!«, sagt sie, als sie sich umdreht und den Arm in die Luft streckt. »Geht jetzt!«

Latif sieht mich an, als könnte ich die Sache richten. In diesem Moment wird mir klar, dass es meine Chance ist, bei Latif und seinen Männern wieder Eindruck zu schinden. Ich kann nichts daran ändern, dass ich meine Familie entehrt habe, aber daran, wie ich vor Latifs Männern dastehe, kann ich etwas ändern. Außerdem bin ich Qadirs Sohn, das Kind des geliebten Bruders meiner Tante. Sie wird mir später verzeihen.

»Lass uns die Sache nicht unnötig in die Länge ziehen, liebes Tantchen. Lass die Männer schnell das Haus durchsuchen, dann gehen sie wieder.« Meine Tante dreht sich mit vorquellenden Augen zu mir um und kommt zurück. Ich recke den Kopf und versuche, keine Furcht zu zeigen, spanne sämtliche Muskeln an, weil ich mit weiteren Ohrfeigen rechne. Sie mag eine kleine alte Dame sein, aber ihre knochigen Hände sind wie scharfe Messer, wenn sie zuschlagen.

»Du bist eine Schande für deine toten Eltern!«, sagt sie mit blitzenden grünen Augen – den Augen von Sami, den Augen meines Vaters. Ich weiche einen Schritt zurück. Es fühlt sich an wie ein Schlag, dabei hat sie mir kein Härchen gekrümmt. »Wenn dein Vater gewusst hätte, was aus dir wird – dass du deine eigene Familie verkaufst, dich mit Halunken herumtreibst und deinen Vetter diesen Hunden auslieferst –, dann hätte er seine Mörder gebeten, dich ebenfalls umzubringen!« Es verschlägt mir dermaßen den Atem, dass ich sie nur schweigend anstarren kann. In meinem ganzen Leben habe ich nie ein böses Wort von ihr gehört. Und jetzt das. Ich will etwas erwidern, aber ich kann nicht. Wie soll ich sprechen, wenn ich vergessen habe, wie man atmet?

Ich höre sie den Familien zurufen, ihre Zimmer zu verlassen und in den Hof zu kommen. Ein unablässiger Strom von Kindern und Männern quillt als Erstes heraus. Ihnen folgen die Frauen in ihren bunten Kleidern. Einige halten sich mit beiden Händen ihr Kopftuch vor das Gesicht; andere drücken mit der einen Hand einen Säugling an sich und bedecken sich mit der anderen. Ich spüre, wie sie mich anstarren, doch ich kann mich nicht konzentrieren. Erinnerungen an die Ermordung meiner Familie blockieren ihre Gesichter. Ich höre die Schreie meines Vaters, sehe meine Mutter auf dem Boden liegen, sehe den leblosen Körper meiner kleinen Schwester in den toten Armen meiner Mutter, und plötzlich verändert sich die Szenerie und da ist Mohammad mit seiner kleinen Afifa.

Ich sacke auf dem gestampften Boden zusammen. Die Welt um mich herum ist unscharf. Ich sehe Körper, die sich bewegen. Sehe Männer, die Kissen und Decken aus Fenstern und Türen werfen. Sehe Plastiktöpfe vom Dach fallen, als Latifs Männer ganz nach oben stürmen. Ich höre die Kinder und Frauen weinen. Höre die Männer meiner Familie schreien. Doch ich kann mich nicht bewegen. Alle Stimmen sind gedämpft; nichts ergibt einen Sinn. Das Einzige, was so klar ist wie ein frisch geputztes Fenster, ist die verzweifelte Stimme meines Vaters, der seine Mörder anfleht, uns zu verschonen, seinen Sohn, seine Tochter und seine Frau.

»Rashid! Rashid!« Ich glaube, meinen Vater nach mir rufen zu hören, bis mir jemand ins Gesicht schlägt und ich Azizullah erblicke. »Los komm, Rashid, wir sind hier fertig. Lass uns gehen.« Ich habe keine Ahnung, wie viel Zeit vergangen und was geschehen ist, aber ich kann wieder sehen und werde gewahr, was wir zurücklassen. Das Haus sieht aus wie nach einer Plünderung, im ganzen Hof liegen Kleider und Möbel verstreut. Einige Fenster wurden aus den Rahmen gerissen, um Platz zu machen für das, was Latifs Männer hinauswerfen wollten.

»Ich hoffe, es macht dir nichts aus, dass wir für die Sache ein paar Dinge mitgenommen haben.« Azizullah grinst, als er mir eine Tasche mit Batterien, einer Taschenlampe und einem kleinen Radio zeigt – dem einzigen Radio meiner Familie. Ich schaue niemanden an, als ich mich zum Gehen wende, trotzdem höre ich die schwache Stimme meines Großonkels Jan Baba, der etwas zu schreien versucht.

»Für uns bist du tot, tot!« Seine Stimme ist schrill. »Du hast größere Schande über uns gebracht als dein Vetter. Komm nie wieder her.«

Im Hintergrund höre ich Frauen weinen, und ich drehe mich um, um ihre Gesichter zu sehen. Da entdecke ich sie. Meine wunderschöne Cousine Nur, in einem rubinroten Kleid mit einem grünen Kopftuch von der Farbe ihrer Augen, die eines der Kinder an sich drückt. Sie ist atemberaubend, selbst mit gesenkten Augen, aus denen Tränen tropfen.

Ich merke, dass auch mir Tränen über das Gesicht laufen. Ich wische sie fort, kehre meiner Familie den Rücken zu und verlasse mein Heim.

Sami wird dafür büßen, mich von meinen Lieben fortgerissen zu haben.

Zweiundzwanzig

RASHID

Ich spritze mir das Flusswasser ins Gesicht und spüre das eisige Brennen auf meiner verbrannten Haut. Es ist ein heißer Tag, dennoch kann ich nicht aufhören zu zittern. Erst vor wenigen Tagen war ich mit einem von Latifs Männern am gleichen Fluss und habe im Vorbeifahren etwas vom Wasser unseres Dorfes auf dem Motorrad mitgenommen; heute frage ich mich, ob ich mich im Dorf jemals wieder blicken lassen kann. In meinem Kopf überschlagen sich die Gedanken an die Ereignisse des heutigen Morgens. Zuerst beim Bauernhaus und dann in meinem eigenen. Ich höre die Worte meiner Tante und Mohammads Schreie. Erinnerungen an die Stimmen meiner eigenen Eltern schießen mir durch den Kopf. Ich halte mir die Ohren zu und wende das Gesicht ab, damit die anderen Männer nicht sehen, welchen Kampf ich in mir austrage. Ich hoffe, dass die Geräusche verstummen werden, wenn ich nur fest genug drücke.

Als mir jemand in den Rücken boxt, wirbele ich mit erhobener Faust herum und schlage blindlings zu. Doch ich verfehle das Ziel.

»Immer mit der Ruhe!«, sagt Zaman, der meine Hand abfängt. »Alles in Ordnung mit dir?« Ich kenne Zaman kaum, aber er wirkt anders als die übrigen Kerle in Latifs Bande. Mir war nicht entgangen, dass er einer der wenigen war, die nicht gelacht hatten, als Latif Fatimas Schwester tötete.

»Mir geht's gut«, sage ich und wende den Blick ab, weil ich keinen von ihnen ansehen will. Teils aus Wut und teils aus Scham.

»Tut es nicht. Aber du musst dich stärker geben, sonst quälen sie dich auch«, sagt Zaman.

»Was geht dich das an?«, fauche ich. Ich kenne den Kerl nicht, und es gefällt mir nicht, dass er seine Nase in meine Angelegenheiten steckt.

»Es kümmert mich nicht, was mit dir geschieht!«, sagt Zaman mit zusammengebissenen Zähnen. »Aber ich will mich heute nicht mit noch mehr verrücktem Schwachsinn abgeben müssen. Also steh auf und benimm dich wie ein Mann, damit sie keinen Grund haben, dich wie einen Jungen zu behandeln!«

Ich erhebe mich aus meiner Hockstellung und schaue den Fluss hinab zu den Männern. Einige räkeln sich auf den Felsen in der Sonne, andere trinken und baden die Füße im eiskalten Wasser. Latif ist unter denen, die auf den Felsen liegen und lachen. Ich spüre, wie sich meine Hände zu Fäusten ballen, und presse die Fingernägel ins Fleisch. Er hat meine Familie entehrt!

»Nimm es hin«, sagt Zaman, als habe er meine Gedanken gelesen. »Du kannst nichts tun, um es ungeschehen zu machen. Also nimm es einfach hin.«

Verblüfft schaue ich ihn an. »Was meinst du mit ›nimm es hin‹? Jetzt habe ich nichts mehr!«

»Dich an ihm zu rächen, ändert nichts.« Zaman späht zu Latif hinüber.

»Du würdest mich wohl umbringen, wenn ich mich an ihm räche?« Am liebsten würde ich jetzt auf Zaman losgehen, doch ich starre ihn nur an.

»Es wäre mir völlig egal, wenn er ums Leben käme«, sagt Zaman.

Ich bin sprachlos.

»Mach den Mund wieder zu.« Zaman schüttelt den Kopf. »Es kann dich doch nicht überraschen, dass nicht jeder auf den Schwindler hereinfällt.«

»Aber … dann … warum …«, versuche ich, einen Satz hervorzubringen, doch ich bin zu verwirrt von Zamans Bemerkung.

»Hör zu, der Halunke hilft mir, ein bisschen Geld zu verdienen, das ich meiner Familie geben kann«, sagt er, ehe ich den Satz beenden kann. »Es gefällt mir nicht, was ich tue, aber wenigstens kann ich meinen Eltern und Geschwistern genug Geld geben, um sich zu ernähren. Ich habe keine Wahl.«

»Und du findest es in Ordnung, andere Familien zu zerstören und Kinder umzubringen?« Ich spüre, wie mir bei der Erinnerung an den Tod des kleinen Mädchens die Galle wieder hochkommt.

»Nein, das finde ich nicht. Aber ich sehe lieber die Familie eines anderen zerstört als meine eigene. Das ist Überleben«, sagt Zaman ohne jede Scham. »Was hast du denn erwartet, was passieren würde, als du dich bei einem Gangster wie ihm über deine Familie beschwert hast?« Ich könnte versinken bei seinen Worten. Wir schauen beide zu Latif hinüber, der jetzt über einen der Männer lacht, der seine Füße keine zehn Sekunden ins Wasser halten kann, weil es zu kalt ist.

»Aber ... ich dachte, es wäre ... Ich dachte ...«, stammele ich, während Zaman sich eine Zigarette in den Mund steckt. »Ich dachte, es würde auf anständige Weise nach islamischem Recht geregelt werden.« Bei diesen Worten bricht Zaman in grunzendes Gelächter aus.

»Glaubst du wirklich, dass dieser Mann auch nur die leiseste Ahnung von islamischem Recht hat?« Latif ist der Dummkopf im Wasser langweilig geworden und richtet sich jetzt in der Spiegelung seiner Sonnenbrille die Haare. Zaman nimmt ein Streichholz und zündet seine Zigarette an. »Er hat in unseren Dörfern nur deshalb etwas zu sagen, weil sein Onkel in der Provinzhauptstadt ein mächtiger Warlord ist. Und er hat Verbindungen zu irgendwelchen Ganoven in Kabul und ein paar Afghanen, die sich jenseits der Grenze in Pakistan verstecken. Sie sind alle Abschaum – aber es ist der Abschaum, der mich füttert, auch wenn sie es von den Tellern anderer Leute stehlen.« Zaman bläst Rauch aus und schaut wieder zu Boden. »Sie reden von Paschtunen hier und Paschtunen da. Wusstest du, dass wir Tadschiken und Usbeken in der Gruppe haben? Es heißt, Latifs Mutter komme aus Panjshir, wo fast nur Tadschiken leben. Hauptsache, es geht um Geld oder Blut oder beides. *So* sieht unser Afghanistan aus«, sagt er kopfschüttelnd. »Wie bist du überhaupt bei uns gelandet? Es sah nicht so aus, als bräuchte deine Familie Geld.«

Ich frage mich, warum Zaman mir das alles erzählt. Er scheint nicht die geringste Angst vor Latif zu haben. »Der Mullah in meiner Schule meinte, es würde mir guttun, Latif zu treffen und mich seinen Männern anzuschließen. Er hat gesagt, sie wären Taliban, die helfen würden, unser Land von den Ungläubigen zu befreien und wieder einen islamischen Staat zu errichten. Deshalb war ich mit der Erlaubnis meines Mullahs die letzten Monate bei ihnen.«

»Das war nicht zufällig Mullah Rafi, oder?« Zaman schnaubt abermals. Diesmal quillt ihm der Rauch aus Mund und Nase.

»Ja, kennst du ihn?«, frage ich.

»Er ist Latifs Bruder. Sie sind beide Schwachköpfe«, sagt Zaman mit einem kurzen Lachen. »Das sind alles Idioten mit Macht – ich glaube nicht, dass die echten Taliban sie jemals aufnehmen würden.«

»Aber Mullah Rafi ist ein weiser Mann, der uns viel beigebracht hat über das, was unser Land plagt!« Es ärgert mich, dass er einen Religionsgelehrten als Idioten bezeichnet.

»Er ist ein Heuchler, und das bist du auch, wenn du sowohl an den Islam als auch an ihn glaubst.« Zaman bläst den Rauch in meine Richtung.

»Wie kannst du so etwas sagen –«, brause ich auf, doch er unterbricht mich.

»Ich kann es behaupten, weil er Kinder vergewaltigt, sie auf Selbstmordkommandos schickt und ihnen einredet, sie würden alles überleben, weil sie einen Talisman tragen«, sagt Zaman mit grimmigem Blick. »Und wenn du sie für große Männer hältst, dann solltest du dich darauf einstellen, dass du der Nächste bist, der für sie den Esel spielt.« Zaman zieht an seiner Zigarette.

»Anscheinend hat er mit dir nicht herumgemacht. Dafür solltest du Gott jeden Tag auf Knien danken. Vielleicht warst du ihm zu hässlich.« Zaman schnaubt, ehe er den nächsten Zug nimmt.

Ist es möglich, dass er die Wahrheit sagt? Missbraucht Mullah Rafi seine Macht, indem er sich an Kindern vergeht? Nein, das kann nicht sein. Aber warum sollte Zaman mich anlügen?

»He, ihr beiden! Kommt her!« Unser Gespräch wird von einem Schläger unterbrochen, der uns zu Latif hinüberwinkt. Zaman lässt seine Zigarette fallen und tritt sie aus, ehe wir hingehen.

»Was habt ihr beiden da drüben gemacht? Es miteinander getrieben?«, fragt Latif. Seine Anhänger lachen. Dieser kranke Hurensohn! Ich will ihm gerade die Meinung sagen, als Zaman mir zuvorkommt.

»Wir mussten pinkeln und haben uns zum Pissen flussaufwärts gestellt, damit es euch in den Mund läuft.«

Die Männer hören auf zu lachen und fangen an, sich den Mund abzuwischen und an den Händen zu riechen. Latif antwortet mit Gelächter und wendet sich dann an mich. »Also, wo sind sie?«, fragt er.

»Sami und das Mädchen?« Ich schaue ihn an. »Ich weiß es nicht. Sie müssen zusammen weggelaufen sein.« Beim

Gedanken an diese Schlange von einem Vetter, den meine Familie mir vorgezogen hat, kocht abermals die Wut in mir hoch.

»Ja, das weiß ich«, erwidert Latif, »aber wir müssen rausfinden, wohin sie gegangen sind. Bei wem würden sie Hilfe suchen? Wo haben sie noch Verwandte? Welche Mitglieder deines Stammes würden sie aufnehmen? Haben sie Freunde, bei denen sie Unterschlupf finden können?«

Familie. Stamm. Freunde. Ist dieses Tier noch bei Trost? Glaubt er, ich würde ihm verraten, wo weitere Bekannte von mir zu finden sind, damit er noch mehr Schande über mich bringen kann als ohnehin schon?

»Ich glaube nicht, dass er ein Mädchen zu irgendwelchen Angehörigen unserer Familie oder unseres Stammes bringen kann. Das würden sie nicht dulden«, erwidere ich schnell.

»Wohin dann?« Latif klingt gereizt. »Hat er außer im Dorf und der *madrasa* noch woanders gelebt? Kennt er andere Orte?«

»Bevor wir auf die Schule gingen, war er viel mit seinem Vater unterwegs, aber die Leute, die er getroffen hat, waren alles Bekannte seines Vaters. Sie würden ihm nicht helfen«, erkläre ich. Sie würden ihn abweisen, wenn sie ihn nicht auf der Stelle dafür erschießen, dass er unsere Leute entehrt. Ich denke an unsere Freunde an der *madrasa* und frage mich, ob einer von ihnen Sami helfen würde, doch mir fällt niemand ein, der auch nur den Mut dazu hätte. Dann erinnere ich mich daran, dass Sami nicht direkt nach Hause zurückgekehrt war, nachdem er die Schule verlassen hatte. Er verbrachte einen Monat ein paar Dörfer weiter bei einem alten

Mullah, ehe er zu unserem Stamm zurückkehrte. Mullah Sarwar! So heißt er!

Ich schaue Latif an, der mich immer noch anstarrt, und frage mich, ob ich diesem Tier, das so erpicht darauf ist, meinen Vetter und seine Hure umzubringen, davon erzählen soll oder ob ich es besser für mich behalte und mir meine eigene Strafe für die beiden ausdenke.

Oh, Samiullah, dein Leben liegt jetzt nicht mehr in Gottes Hand, sondern in meiner.

Dreiundzwanzig

FATIMA

»Bist du sicher, dass du das willst?«, fragt Mullah Sarwar.

»Ja«, antwortet Sami auf der Stelle.

»Ich hatte eigentlich Fatima gemeint.« Mullah Sarwar blickt von Samiullah zurück zu mir. »Ich will sicher sein, dass es wirklich das ist, was du willst, mein Kind. Ich möchte nicht, dass du dich zu irgendetwas gezwungen fühlst. Ich weiß, du glaubst, es gebe kein Zurück, und womöglich hast du recht. Aber man kann auf verschiedenen Wegen vorwärtsgehen, und dies hier ist nur einer davon. Für was du dich auch entscheidest, ich werde dir dabei helfen.«

Ich schaue zu Sami, der mich mit den Augen einer verängstigten Katze anstarrt und auf meine Antwort wartet. Wir haben die letzte Stunde damit verbracht, Mullah Sarwar zu erklären, warum wir es für gerechtfertigt hielten, zusammen wegzulaufen. Er hatte uns mit freundlichen Augen und geduldigen Ohren zugehört. Ohne zu urteilen. Anfangs war ich den Augen des Mullahs ausgewichen, aus Angst vor missbilligenden Blicken. Doch dieser sanfte alte Mann hat mir nicht ein Mal das Gefühl gegeben, eine Hure zu sein, wie meine Mutter mich jetzt wohl nennt. Stattdessen hat sich der Mullah bemüht, aus meinen abgehackten, leisen Antworten herauszuhören, was ich wirklich will. Als er von meinen Verbrennungen erfuhr, ging er aus dem Zimmer, um kurz darauf mit Arznei zurückzukommen. Wieder weiche ich seinem Blick aus, diesmal aus Angst, das Mitleid darin zu sehen, von dem ich weiß, dass es mich zum Weinen bringen wird.

»Höre nicht auf das, was man dir vielleicht erzählt hat, während du aufgewachsen bist«, fährt Mullah Sarwar fort. »Unsere Kultur und unsere Traditionen sind nicht unsere Religion. Als Muslimin hast du ein Recht darauf, nicht in eine Ehe gezwungen zu werden. Und ich kann niemanden verheiraten, von dem ich nicht weiß, dass er aus freien Stücken zu mir gekommen ist. Versteht ihr das? Ich wünschte, eure Familien wären hier, um diesen Bund zu akzeptieren, aber ich verstehe, dass sie das in diesem Fall nicht tun würden. Trotzdem ist es eure Entscheidung – nicht meine und nicht ihre.«

Ich nicke und schaue Sami an, der nervös wirkt. Er hat den Blick auf den Teppich gerichtet. Der Mann, mit dem ich weggelaufen bin, sieht jetzt aus wie der Junge, den ich einmal gekannt habe. Der Junge, der sich immer um mich gekümmert hat. Der mich glücklich gemacht hat. Und wie der Mann, ohne den ich mir ein Leben nicht vorstellen kann. Ich bin mir sicherer als je zuvor.

»Ich will es«, flüstere ich schließlich.

Sami hebt den Kopf und mit einem Lächeln im Gesicht sieht er mich an. Ich erwidere es unwillkürlich, wende aber verlegen das Gesicht ab.

»Es gibt nichts, wofür du dich schämen musst, meine

Liebe«, sagt Mullah Sarwar zu mir. »Liebe ist ein Geschenk. Und dieses Geschenk wird euch Kraft geben für das, was vor euch liegt. Denn es wird nicht leicht werden. Es wird nicht ein Tag vergehen, an dem ihr euch nicht nach euren Familien sehnen werdet.« Beim Gedanken an meine Eltern, meine Brüder und meine kleine Schwester kommen mir erneut die Tränen. »Aber ihr habt eure Entscheidung getroffen. Und ihr werdet bei uns bleiben, bis wir sicher sein können, dass euch nichts geschieht.«

»Vielen Dank, Mullah Saib.« Sami will ihm die Hand küssen. Mullah Sarwar zieht die Hand fort und tätschelt ihm den Kopf.

»Du musst dich nicht bei mir bedanken, mein Sohn.« Das Lächeln, mit dem er Sami anblickt, ist so überwältigend, dass mir das Herz aufgeht. »Die Familie wird euch beide unterbringen.«

»Es tut mir leid«, höre ich mich sagen. »Es tut mir leid, dass wir Ihnen solche Umstände machen.«

Wieder ist der Blick des Mullahs so mitfühlend, dass es mir die Tränen in die Augen treibt. »Ich bin nicht hier, um über euch zu urteilen, sondern um zu helfen. Ich weiß, dass Sami ein guter Junge ist. Und ich sehe die Liebe, die euch vereint.« Es ist mir peinlich, das Wort *Liebe* zu hören. Sami und ich haben diese oder ähnliche Worte nie benutzt, auch wenn ich im Herzen so empfinde. »Über eines müsst ihr euch im Klaren sein: Selbst wenn wir eure Verbindung nach islamischer Sitte anerkennen, wird es Leute geben, die sie niemals billigen werden. Darauf müsst ihr gefasst sein.«

Ich sehe Sami an und weiß, dass ich es bin.

Mullah Sarwar bittet seinen Enkelsohn Walid und einen älteren Sohn namens Ahmad, unsere Trauzeugen zu sein. Normalerweise übernähmen die Familienmitglieder von Braut und Bräutigam diese Rolle, doch in unserem Fall, meint Mullah Sarwar, sei Sami für ihn bereits wie ein eigener Sohn und jetzt sei ich wie eine eigene Tochter, was uns zu einer Familie mache. Ich kann immer noch nicht glauben, dass das wirklich geschieht. Ich bin im Begriff, Sami zu heiraten. Es ist nicht so, wie ich es mir vorgestellt habe. Ich hatte davon geträumt, dass unsere Familien bei uns sein würden. Dass sie uns unterstützen oder sich gar freuen würden. Stattdessen sind wir heute zu fünft, darunter drei Männer, die ich gerade erst kennengelernt habe. Trotzdem fühle ich mich weder traurig noch allein wie in so vielen Nächten in meinem Elternhaus.

»Diese *nikah* wird euer Leben vereinen. Nach dem Eheversprechen werdet ihr keine zwei getrennten Leben mehr haben, sondern eins werden«, sagt Mullah Sarwar. Ich muss unwillkürlich lächeln. Ich werde Sami heiraten und wir werden zusammen ein neues Leben anfangen. Ich werde mich nie wieder allein fühlen.

»Ich weiß, dass du nichts besitzt, was du Fatima als *mahr* anbieten kannst, aber als mein Sohn sollst du dies hier bekommen.« Der Mullah zieht seinen eigenen Ehering vom Finger, ehe er aus einem kleinen Lederbeutel einen mit kleinen Smaragden und Rubinen verzierten Ring herausholt. Ich traue meinen Augen nicht. Ich habe noch nie im Leben Schmuck besessen, abgesehen von den Armbändern, die ich getragen habe, als ich so alt war wie Afifa – und die eines nach dem anderen abfielen, als meine Handgelenke größer wurden.

»Mullah Saib, ich kann nicht … wir …«, setzt Sami an, kann seinen Satz aber nicht beenden.

»Bitte nehmt es an, meine Kinder. Meine Frau und ich haben unsere Ringe jede Sekunde unseres gemeinsamen Lebens getragen.« Mullah Sarwar betrachtet den funkelnden Ring und atmet tief durch. »Ich hoffe, das Band, das euch verbindet, ist noch stärker als das Band zwischen Aziza und mir. Möge Gott euch tausendfach segnen.« Er legt die Ringe auf den Teppich und schiebt sie zu Sami hinüber.

»Vielen Dank, Mullah Saib, aber das können wir nicht annehmen«, sagt Sami. »Sie enthalten Ihre Erinnerungen.«

»Sei nicht albern, mein Junge. Die Erinnerungen sind hier«, erwidert der Mullah und tippt sich an den Kopf. »Diese Ringe sind von jetzt an ein Zeichen unserer Liebe, die wir an euch weitergegeben haben. Und vielleicht werdet ihr sie eines Tages an eure Kinder weitergeben. Außerdem braucht es eine *mahr*. Das alles kann nicht stattfinden, ohne dass die Braut vom Bräutigam eine Brautgabe erhält. Und da du mein Sohn bist, ist das unser Geschenk an Fatima.« Mullah Sarwar lächelt mich an.

»Aber Mullah Sahib –«, wage ich schließlich zu widersprechen, doch der Mullah hält mich mit einer Handbewegung auf.

»Bitte lehne es nicht ab, liebe Fatima. Du würdest mich damit kränken.« Sein Blick ist so aufrichtig, dass ich mich nicht länger widersetze und ihm stattdessen danke.

»Also gut, dann fangen wir an«, sagt er und lächelt uns an.

Ich rechne damit, nervös zu werden, doch es kommt keine Anspannung auf. Ich bin ruhig und zuversichtlich – Gefühle, die mir in den letzten Tagen völlig fremd waren.

»*Bismillah Rahman al Rahim*«, sagt der Mullah.

»Im Namen des gnädigen und barmherzigen Gottes«, wiederholen Sami und ich.

»Seid ihr beide aus freiem Willen hier erschienen, um einander zu ehelichen?«, fragt er.

»Das sind wir«, sagen Sami und ich zusammen. Ich lächle und sehe, dass auch Sami lächelt.

»Es hat euch niemand gezwungen, in diese Ehe einzuwilligen?« Mullah Sarwar sieht uns abwartend an.

»Nein«, erwidern wir erneut wie aus einem Mund.

»Nimmst du, Fatima, Samiullah zu deinem Ehemann?«, fragt er mich.

Bevor ich antworte, schaue ich Sami an, der plötzlich nervös wirkt.

»Das tue ich«, antworte ich und sehe die Erleichterung auf Samis Gesicht.

»Nimmst du, Samiullah, Fatima zu deiner Ehefrau?«

»Das tue ich«, sagt Sami, ohne mit der Wimper zu zucken. In diesem Moment spüre ich seine Liebe mehr als je zuvor.

Die Frage und unsere Antworten werden noch zwei weitere Male wiederholt.

Dann zieht Mullah Sarwar ein Blatt Papier und einen Stift heraus.

»Das ist euer *nikah khat*. Fatima, du unterschreibst hier«, sagt er, reicht mir den Stift und den Ehevertrag. Ich unterschreibe über meinem Namen und reiche den Stift dann an den grinsenden Sami weiter. Ich grinse ebenso breit wie er.

»Im Namen des gnädigen und barmherzigen Gottes. Bitte segne die Ehe von Samiullah und Fatima mit Liebe, Glück und Frömmigkeit. Dir allein gilt unser Vertrauen und unser Glaube.« Mullah Sarwar beendet das Gebet, indem er sich mit den Händen über das Gesicht streicht.

»Herzlichen Glückwunsch«, sagt er dann mit einem Lächeln. »Möge Gott euch segnen und in Güte vereinen.«

»War's das?«, fragt Sami.

»Ja, das war's.« Mullah Sarwar, sein Sohn und sein Enkel grinsen uns an. »Jetzt seid ihr verheiratet.«

»Ich dachte, es würde noch mehr passieren«, spricht Sami aus, was auch ich denke.

»Was denn zum Beispiel? Möchtet ihr, dass wir noch irgendetwas tun?«, fragt Mullah Sarwar lachend.

»Nein, es ist bloß …« Sami sieht mich an. »Ich meine, sind wir wirklich … verheiratet?«

»Ja, mein Sohn und meine Tochter, ihr seid verheiratet«, erwidert der Mullah, während Walid und Ahmad gezuckerte Mandeln über unsere Köpfe werfen.

Ich kann es nicht glauben, ebenso wenig wie Sami. Und genau wie er erröte ich. Wir haben es geschafft. Er ist mein Mann. Und ich bin seine Frau. Was immer als Nächstes kommt, wird Gottes Segen erhalten.

Vierundzwanzig

RASHID

Im Zickzack fegen wir über die unbefestigte Straße in den Ort. Der Anblick unserer Motorräder verängstigt die Ladenbesitzer; einige schließen die Türen, Väter ziehen ihre Kinder enger an sich. Die Angst in ihren Augen ist erhebend. Ich weiß, dass ich es nicht genießen sollte, doch ich tue es. Auch wenn ich Latif nicht ausstehen kann, ist mir klar, dass ich an seiner Seite die Autorität genieße, die mir meiner Meinung nach schon immer zustand. Deshalb habe ich es ihm gesagt. Deshalb habe ich beschlossen, dass *er* Samiullah bestrafen soll.

Die Sonne ist gerade dabei, den spätnachmittäglichen Himmel orange zu färben. Wir biegen in die Straße ein, in der Mullah Sarwars *masjid* steht, und stellen unsere Motorräder davor ab. Noch nie habe ich Männer so schnell in ihre Sandalen schlüpfen sehen, um von einem Ort zu verschwinden. Drüben an der Mauer flüstert der alte Mullah einem Jungen etwas ins Ohr. Der Teenager steigt auf sein Fahrrad und verschwindet. Der Mullah sieht uns an und geht dann in die Moschee, sodass wir ihm folgen müssen.

Als wir im Eingang stehen, spricht er uns schließlich an.

»As-salamu alaikum«, begrüßt er uns. »Bitte zieht eure Schuhe aus, ehe ihr eintretet.« Mullah Sarwar lächelt, als er die Hand hebt, um die Männer davon abzuhalten, mit ihren schmutzigen Sandalen und Stiefeln hineinzugehen. »Danke.«

Latif und seine Männer starren sich an. Die Idioten bilden sich ein, sie hätten sogar in einer *masjid* das Sagen.

»Warum wartet ihr nicht draußen?«, schlage ich Latif vor. »Ich rede mit dem alten Mann und schaue, ob er irgendetwas weiß.« Ich will diese Schwachköpfe nicht hier drinnen haben. Ich fühle mich schmutzig dabei, sie auch nur in der Nähe der *masjid* zu sehen.

»Schön. Ich brauche sowieso eine Zigarette«, sagt Latif, ehe sie zu den Motorrädern zurückkehren.

»Wa aleikum as-salam«, erwidere ich den Gruß des Mullahs, während ich die Sandalen ausziehe.

»Möchtest du mit mir beten?«, fragt der Mullah. Plötzlich fällt mir ein, dass ich das seit dem Morgen nicht mehr getan habe.

»Hmm … ja, bitte.« Ich gehe noch einmal hinaus zum Brunnen im Hof, um die rituelle Gebetswaschung vorzunehmen. Dabei schaue ich zu den Männern bei den Motorrädern hinüber, von denen die meisten die Augen verdrehen. Diese Ungläubigen! Sie sollten sich lieber zu mir gesellen! Sie sind die erbärmlichsten Moslems, die mir je begegnet sind. Ich kann kaum glauben, dass sie das Einzige sind, was mir auf der Welt geblieben ist.

Nach der rituellen Reinigung kehre ich in die Moschee zurück und betete Seite an Seite mit dem Mullah. Im Anschluss an die Rezitationen bitte ich Gott, sich meiner Eltern und meiner Schwester anzunehmen und ihnen einen Platz im Himmel zu gewähren, wie ich es immer tue. Dann flehe ich Gott an, mir mein Verhalten gegenüber meiner Familie zu verzeihen und dass ich der Hazara-Familie den gleichen Schmerz zugefügt habe wie den, den ich durchlitten habe. Es ist mir unangenehm, für sie zu beten, aber ich kann das Grauen nicht abschütteln, das mich befällt, sobald ich daran denke, wie der kleine Körper zu Boden fiel. Sie war ein Kind, genau wie meine Schwester.

Als ich mir am Ende der Gebete mit den Händen über das Gesicht fahre, merke ich, dass es nass ist. Hastig wische ich die Tränen fort, ehe der Mullah meine Schwachheit bemerkt.

»Möge Gott deine Gebete erhören«, höre ich ihn sagen.

»Danke und die Ihren«, murmele ich, noch während ich mir über das Gesicht fahre.

»Alles in Ordnung mit dir, mein Sohn?« Die Augen des Mullahs sind voller Aufrichtigkeit.

»Ja, ich habe auf der Fahrt nur ein bisschen Staub abbekommen«, sage ich, während ich mir demonstrativ die Augen reibe. »Ich bin hier, weil ich meinen Vetter suche. Und ich glaube, dass Sie ihn kennen.«

»Ach? Wie heißt er denn?«, fragt der Mullah mit hochgezogenen Augenbrauen.

»Samiullah Ismailzai«, erwidere ich. Ich suche in seinen Augen nach einem Erkennen, doch sein Blick ist so sanft wie zuvor. »Ich glaube, er hat bei Ihnen gewohnt, nachdem er unehrenhaft von der *madrasa* abgegangen ist, die wir besucht haben.«

»Ja, ich kenne Sami Jan sehr gut. Du musst Rashid Jana sein«, sagt er. Gott weiß, was Sami diesem alten Mann über mich erzählt hat. »Sami hat sehr lobend von dir gesprochen. Du bedeutest ihm viel.« Ich glaube ihm kein Wort. Wie es aussieht, bin ich an den nächsten Mullah geraten, der lügt!

»Wir sind hier, um ihn zu verhaften, weil er Gottes Gebote gebrochen hat«, sage ich, ohne auf seine Worte zu achten.

»Welche Art Gebote hat er denn gebrochen?« Der alte Mann sieht mich neugierig an.

»Er hat mit einem Mädchen Unzucht getrieben, mit dem er nicht verheiratet ist, noch dazu mit einer Hazara.« Inzwischen stimme ich mit Latifs Schluss überein, dass sie mehr getan haben müssen. Es muss mehr gewesen sein oder warum hätten wir sonst all das auf uns genommen?

»Gibt es Zeugen für dieses vermeintliche Verbrechen?«, fragt der Mullah und zieht seine hölzerne Gebetskette heraus, die er Perle für Perle dreht.

»Ja, ich habe sie zusammen im Wald reden hören und sie sind wie Verbrecher davongelaufen«, sage ich würdevoll.

»Aber sie haben geredet?« Er fährt fort, in aller Ruhe seine Kette zu drehen.

»Ja. Allein.« Hört dieser Kerl mir eigentlich zu? Sie waren allein im Wald! Das hätte ihn auf der Stelle hellhörig machen müssen. Aber er macht immer weiter *schnick, schnick, schnick*.

»Es tut mir leid, mein Sohn, aber das beweist überhaupt nichts.«

»Wollen Sie dieses unanständige Verhalten etwa verteidigen?« Ich schlage mit der Hand auf den Boden, auf dem wir gerade noch gebetet haben. Was für eine Art Glaubensmann ist er? Und was für ein *Afghane*?

»Ich will damit nur sagen, dass hinter ihrem Treffen anderes stecken könnte«, sagt er. »Vielleicht haben sie ein freundschaftliches Gespräch geführt. Und ich möchte nicht, dass Unschuld fälschlicherweise bestraft wird. Das würde Gott nicht wollen. Und Gott ist der Richter, nicht wir.«

Ich weiß, dass Gott der einzige Richter ist, aber als Religionsgelehrter müsste er mich verstehen. Er sollte Gottes Gebote durchsetzen! Wir sind hier, um Gott zu helfen!

»Ich mache mir Sorgen, was dem jungen Mann und der jungen Frau für etwas so Harmloses wie eine Unterhaltung widerfahren könnte«, fährt er fort. »Vertraust du den Männern da draußen?« Er hebt die Augen zur Eingangstür. »Willst du, dass sie deinem Vetter wehtun?«

»Er ist eine Schande! Er gehört nicht mehr zu meiner Familie«, fauche ich. »Und sie ist eine Hure, weil sie sich mit ihm getroffen hat! Egal, ob sie sich unterhalten oder mehr getan haben, es ist ein Verstoß gegen den Islam!«

»Nimm dich in Acht, mein Sohn«, sagt er. »Es gibt nur einen Gott. Und nur Gott weiß, was am besten ist. Nicht wir.« Er schaut mich an. Sein Blick ist nicht herablassend, sondern tatsächlich besorgt. »Es scheinen mir nicht genügend Beweise vorzuliegen, um diesen beiden vorzuwerfen, sie hätten gegen den Islam verstoßen.«

»Wer sind Sie, um mir etwas über den Islam zu erzählen?«, entgegne ich. Es ist mir egal, ob er ein Mullah ist und irgendwelche Augentricks beherrscht. Ich lasse mich nicht noch einmal von einem falschen »heiligen« Mann hereinlegen! »Sami hat den Tod verdient für das, was er mir und meiner Familie angetan hat! Wegen seiner Sünde habe ich keine Familie mehr!« Meine Stimme bricht vor Trauer über meinen Verlust. Was mich nur noch wütender macht. »Ich muss dafür sorgen, dass er seine Strafe erhält!« Ich spüre, wie mir die Tränen in die Augen steigen, und schaue auf in der Hoffnung, dass sie trocknen, ehe sie überlaufen können.

»Rashid Jana, egal, wie weit du in die Welt hinausgehst, dein Herz bleibt bei deinen Lieben«, sagt der alte Mann zu mir. »Aber wenn du die, die du liebst, aus deinem Herzen verbannst, stürzt du in einen gefährlichen Wahnsinn, aus dem du vielleicht nicht mehr herauskommst.«

Seine Worte klingen in mir nach, doch ich versuche, sie zum Schweigen zu bringen.

»Aber was ist, wenn man von seinen Lieben fortgerissen wird? Oder sie einem entrissen werden?«, frage ich, auch wenn ich ihm immer noch nicht in die Augen sehen kann.

»Mein Sohn, selbst wenn du deine Familie niemals wiedersiehst, haben sie dich mit genug Liebe erfüllt, um zu überleben. Aber du musst daran festhalten. Wenn wir solche Liebe erhalten, müssen wir dafür sorgen, dass sie fest in unserem Herzen verschlossen ist, wo niemand sie anrühren kann; denn sie ist das Einzige, was uns und nur uns allein gehört.«

Ich versuche zu verstehen, was mir der alte Mann damit sagen will. Bedeutet es, dass ich die Liebe meiner Familie nicht verloren habe? »Aber was ist, wenn wir schreckliche Dinge getan und sie weggestoßen oder verletzt haben?«, frage ich, bestrebt, mehr zu erfahren.

»Manchmal«, fährt der Mullah fort, »tun wir aus guter oder schlechter Absicht Dinge im Leben, die wir später bereuen. Taten, für die uns vergeben werden muss, von anderen, von uns selbst und, am allerwichtigsten, von Gott. Wenn du aufrichtig bereust, wird Gott dir vergeben. Gott ist gnädig und mitfühlend. Zu wissen, dass Gott uns vergeben kann, macht es leichter, uns selbst zu vergeben. Und wenn wir Glück haben, vergeben uns auch unsere Lieben. Aber es muss von Herzen kommen und wir müssen unsere Ernsthaftigkeit beweisen.«

»Aber was ist, wenn sie schon tot sind?« Ich spüre einen Kloß im Hals, als ich an den Tag zurückdenke, an dem ich auf dem Boden lag und mich tot stellte, unfähig, meiner Familie zu helfen, die um mich herum massakriert wurde. Alles, woran ich denken konnte, war mein eigenes Überleben. Ein Charakterzug, den ich anscheinend nicht ablegen kann.

»Du kannst immer noch in deinen Gebeten zu ihnen sprechen«, erwidert der Mullah, ohne zu zögern. »Das hilft, deine Seele zu reinigen.«

Ich habe versucht, in meinen Träumen zu ihnen zu sprechen, aber die Worte bleiben mir jedes Mal im Hals stecken. Je mehr Tage und Jahre vergehen, desto unwürdiger fühle ich mich.

Ich räuspere mich und verdränge die Gedanken mit einem Kopfschütteln. Dann sehe ich den Mullah an und begreife, dass der Mann mich zum Narren hält. Er versucht, mich dazu zu bringen, meinen Vetter und dessen Sünden zu vergessen. Das wird nicht funktionieren. Ich lasse mich nicht hereinlegen!

»Ich muss Sami finden. Wissen Sie, wo er ist?« So streng wie möglich schaue ich Mullah Sarwar an.

»Willst du ihn wirklich finden, mit Männern wie diesen an deiner Seite?«, fragt er zurück und weist mit dem Kopf zum Ausgang der Moschee.

»Ich muss dafür sorgen, dass er bestraft wird und andere Leute aus seinen Sünden lernen!« Ich werde lauter. Und ich muss meiner Familie beweisen, dass ich der Gute bin. Sie werden es begreifen. Das weiß ich.

»Was du deinem Vetter und diesem armen Mädchen antun willst, wird dich nicht zum Helden machen«, sagt der Mullah. »Es wird dich nur tiefer in die Dunkelheit treiben und diese Sache zu einer weiteren tragischen Geschichte in unserem trostlosen Land machen.«

»Sie irren sich«, widerspreche ich dem Mann. »Es wird unser Land stärker und die Menschen klüger machen. Ich helfe ihnen zu lernen, was falsch und was richtig ist.« Auch wenn meine Familie es jetzt noch nicht erkennen kann, wird sie es eines Tages tun und wieder stolz auf mich sein. »Wenn Sie uns nicht sagen, wo er ist, kann ich für Ihre Sicherheit und die Ihrer Familie nicht garantieren.« Ich fühle mich mächtig bei diesen Worten, aber auch ein wenig schäbig. Wenigstens werden sie dem alten Mann mehr Respekt vor mir einflößen. Doch seine Augen zeigen keine Furcht, sondern Mitleid.

»Es wird allmählich spät«, erwidert er. »Warum bleibst du mit deinen Männern heute Nacht nicht hier in der *masjid*? Wir können morgen weiterreden und schauen, ob sich etwas geändert hat.« Er wendet den Kopf ab und atmet tief aus.

»Was? Ich habe gesagt, wenn Sie uns nicht verraten, wo er ist, dann könnten … diese Männer … sie werden … Sie umbringen«, entgegne ich. Diesmal ist es weniger Macht als Scham, was ich empfinde. Und ich habe Angst, dass meine Worte keine Drohung, sondern eine Tatsache sind.

»Ich habe gehört, was du gesagt hast, mein Sohn«, sagt Mullah Sarwar, ohne mit der Wimper zu zucken. Er wirkt ebenso ruhig und freundlich wie zuvor, dann hört er für einen Moment auf, seine Gebetskette durch die Finger gleiten zu lassen, und schaut mich an. »Ich verstehe, dass du sehr zornig bist. Aber du solltest wissen, dass dein Zorn nichts mit Sami oder diesem armen Mädchen zu tun hat. Er ist Teil der Dunkelheit, die du in dir festhältst. Du musst diese Dunkelheit loslassen. Niemand außer dir selbst kann dein Herz heilen. Nicht die Männer dort draußen, nicht einmal deine Familie. Wenn du es nicht tust, wird deine Qual mit jeder Sünde, die du begehst, nur schlimmer werden.« Ich kann ihn nur anstarren, während ich jedes seiner Worte in mir aufnehme.

»Ich …«, versuche ich zu erwidern, ohne zu wissen, was ich sagen soll. Wortlos schaue ich ihn weiter an, während mein Kopf erfüllt ist von Gedanken an das kleine Mädchen, das heute Morgen gestorben ist. Das Wehklagen ihrer Familie klingt mir wieder in den Ohren. Meine Wut auf meinen Vetter hat dazu geführt. Auch wenn es nicht meine Hände waren, die ihr das Genick gebrochen haben, bin ich dennoch für ihren Tod verantwortlich. Für ihre Ermordung. Ich war es. Ich bin der Mörder. Ich bin der Sünder.

»Was ist los?«, dringt Latifs Stimme in meine Gedanken.

»Wir warten schon so lange, dass der Himmel schwarz geworden ist!« Er kommt mit seinen staubigen Stiefeln hereinmarschiert, dass auf dem kalkweißen Teppich Dreckspuren zurückbleiben. Er zeigt mit dem Finger auf Mullah Sarwar. »Weiß er, wo sie sind?«

»Ich … äh … nein. Er weiß es nicht«, stoße ich schließlich hervor, im Versuch, dem Mullah weiteren Ärger zu ersparen. Ich habe ihm genug Schaden zugefügt, indem ich diese Männer hergebracht habe.

»Warum hat es dann so lange gedauert?«, schimpft Latif, der immer wütender wird. Er wendet sich dem Mullah zu. »Weißt du, wo die beiden Turteltäubchen sind, alter Mann?«

»Selbst wenn ich es wüsste, würde ich es dir nicht sagen«, erwidert Mullah Sarwar. Schockiert starre ich ihn an. Was tut er da? Latif ist verrückt. Er reagiert nicht gut darauf, wenn man so mit ihm spricht.

»Ach … wirklich? Ist das wahr?« Latif kommt näher. »Weißt du es oder weißt du es nicht? Du solltest es mir lieber sagen.« Er zieht seine Pistole und fängt an, auf Taillenhöhe damit herumzuwedeln.

»Er weiß es nicht.« Ich stehe auf und wende mich zu Latif um. »Lass uns verschwinden. Ich habe noch eine Idee, wo sie sein können.« In der Hoffnung, dass er mir folgen wird, mache ich Anstalten, hinauszugehen.

»Ich will mich noch ein bisschen mit diesem alten Mann unterhalten«, sagt Latif, holt mit der Pistole aus und schlägt mir so fest ins Gesicht, dass ich wieder zu Boden falle.

»Was machst du da?«, schreit Mullah Sarwar Latif an,

während er zu mir eilt. »Geht es dir gut, mein Sohn?«, fragt er. Ich nicke.

»Wie süß! Der alte Mann sorgt sich um dich«, sagt Latif spöttisch. »Aber sorgt er sich auch um sein eigenes Leben?« Wieder hat er diesen teuflischen Ausdruck im Gesicht. Die gleichen irren Augen wie heute Morgen. Er nimmt seine Pistole und schlägt Mullah Sarwar so fest ins Gesicht, dass dieser niederstürzt. Blut läuft ihm aus dem Mund. In dem roten Schwall blitzt etwas Weißes auf, das wie ein Zahn aussieht. Latif packt den Mullah an seinen langen weißen Haaren, sodass dessen blutgetränkter Bart in die Luft ragt. Die tiefrote Farbe ist wie ein Glühen im Kontrast zu den hellen Haaren. »Sag mir, wo sie sind!« Latif spuckt dem Mullah die Worte ins Gesicht, doch dieser antwortet nicht. Stattdessen beginnt er, ein Gebet aus dem Koran zu rezitieren:

Im Namen des gnädigen und barmherzigen Gottes.
Gelobt sei Gott, der Herr der Welten.
Der Gnädige und Barmherzige,
der am Tag des Gerichts regiert!
Dir allein dienen wir und Dich bitten wir um Hilfe.
Führe uns den geraden Weg,
den Weg derer, denen Du Gnade erwiesen hast,
nicht den Weg jener, die dem Zorn verfallen sind und irregehen!
Amen

Latif starrt den Mullah an, der weiter Gebete rezitiert. »Antworte mir!«, übertönt er den alten Mann. »Du sollst antworten, hab ich gesagt!« Noch wütender als zuvor, zerrt Latif ihn an den Haaren. Mullah Sarwar verzieht keine Miene. Das Rezitieren scheint ihn in Trance versetzt zu haben.

In seinem blutigen Gesicht ist nicht die leiseste Spur von Angst zu erkennen. Ich könnte schwören, dass ich ihn lächeln sehe, während er weiterbetet und Latif weiter herumschreit und an seinen Haaren zerrt. Das Beten scheint Latif zu verwirren und zu beunruhigen. Wahrscheinlich, weil er einen echten Mullah vor sich hat und keinen falschen, wie er selbst einer ist. Dann passiert es. Latif richtet die Pistole auf die Brust des Mullahs und drückt ab. Blut und Fleisch spritzen mir ins Gesicht, doch ich kann die Augen nicht zumachen. Mullah Sarwar sackt in sich zusammen. Als ich aufschaue, starrt Latif den zuckenden Körper an, die Pistole immer noch in die Richtung gerichtet, in die er gefeuert hat. Selbst er wirkt bestürzt über das, was gerade geschehen ist.

Trotz des Klingelns in meinen Ohren kann ich Gepolter hören, das sich der *masjid* nähert. Latifs Männer drängen herein. Viele bleiben wie angewurzelt stehen, als sie die Gestalt auf dem Boden sehen. Ihre Gegenwart hilft Latif, sich zu beruhigen.

»Hängt ihn draußen auf.« Ich kann die Worte kaum verstehen, die aus seinem Mund dringen. »Und steckt ihm einen Zettel in die Tasche, auf dem *Verräter* steht.«

Doch es fühlt sich an, als wäre ich der Verräter und nicht Sarwar.

Fünfundzwanzig

SAMIULLAH

Seit Stunden sitzen wir schweigend da, abgesehen von gelegentlichen Fragen wie: Ist dir kalt? Wie geht es dir? Hast du Hunger? Mullah Sarwars Enkel Walid hatte uns fortgebracht, als sich die Gangster der Moschee näherten. Er hatte uns mit Vorräten versorgt und in einer weit vom Ort entfernten Höhle zurückgelassen.

»Ich komme euch holen, wenn mein Großvater es für sicher hält«, sagte Walid, bevor er ging.

Ich wollte Fatima gegenüber ehrlich sein, also erzählte ich ihr von den Männern auf Motorrädern, die Walid gesehen hatte. Aber vielleicht war es gerade meine Offenheit gewesen, die sie vor Angst verstummen ließ. Ich bin sicher, dass sie alles bereut: mit mir fortgegangen zu sein, mich geheiratet und für mich ihr Leben aufs Spiel gesetzt zu haben. Ich kann nicht glauben, dass ich sie in diese Lage gebraucht habe. Jetzt könnte sie sterben und alles wäre meine Schuld!

»Es tut mir leid!« Endlich bringe ich den Mut auf, laut auszusprechen, was ich im Geiste ständig vor mir hersage.

»Was?« Sie hebt den Kopf, drüben an der schmutzigen Steinwand, an der sie kauert.

»Ich habe gesagt, dass es mir leidtut …« Ich kann sie nicht einmal ansehen. Sie ist meine Frau und ich wage es nicht, ihr in die Augen zu schauen. Ich habe Angst, das Vertrauen darin zu sehen, habe das Gefühl, sie jetzt schon verraten zu haben. »Ich hätte nicht … ich hätte dich nicht bitten sollen, mich damals im Wald zu treffen. Oder den Nachmittag mit mir am Fluss zu verbringen. Das war falsch. Und jetzt sitzen wir hier, in einer kalten, dunklen Höhle, weit weg von deiner Familie. Das tut mir leid.«

Fatima antwortet nicht, aber ich höre ihr Wimmern. Als ich schließlich aufblicke, sehe ich ihre Tränen. Ich will sie trösten, doch ich zögere. Ich habe Angst, sie zu berühren. Ich weiß, dass die Wunden an ihren Armen noch nicht verheilt sind, und ich weiß nicht, ob sie von mir überhaupt angefasst werden will.

»Du hast mich gerettet, Sami«, sagt sie unter Tränen. »Meine Familie wollte mich weggeben, um das Problem loszuwerden. Sie wollten mich nicht mehr haben.« Sie lässt den Kopf sinken und beginnt wieder leise zu schluchzen.

»Aber ich habe dich in diese Lage gebracht.« Ich fühle mich ebenso niedergeschlagen wie sie. Ich hasse es, ihr das eingebrockt zu haben. Dieses Leid heraufbeschworen zu haben. »Wenn ich deinen Vater im Ort nicht gefragt hätte … wenn ich ihn nicht in Verlegenheit gebracht hätte … Wenn …«

»Warum hast du ihn gefragt?« Mit tränennassem Gesicht blickt Fatima zu mir auf. Sie wirkt eher neugierig als zornig. »Wie kamst du darauf, ihn an Ort und Stelle zu fragen?« Ihre Stimme zittert, was mir abermals das Herz abdrückt.

»Ich wollte es nicht auf die Weise tun. Ich wollte warten und es so machen, wie es sich gehört. Es tut mir so leid. Aber dann hat Rashid unsere Treffen verraten und mir keine Wahl gelassen.«

Sie nickt und scheint über etwas nachzudenken. »Erinnerst du dich an den Tag, als wir vor Latifs Männern geflüchtet sind?«, fragt sie, während sie sich die Stirn reibt. Ich höre ihr einfach weiter zu.

»Ich hatte das Gefühl, dass mir eine der Stimmen bekannt vorkommt.« Sie verstummt. Dann hebt sie den Kopf und sieht mich wieder an. »Kann es sein, dass … Nein, ich muss mich getäuscht haben. Rashid würde sich doch niemals mit solchen Gangstern einlassen.« Fatima schüttelt den Kopf, der Gedanke ist ihr unvorstellbar. Aber ich weiß, dass es denkbar wäre.

Rashid hat sich durch diese schreckliche *madrasa* sehr verändert. Hatte *er* womöglich Latifs Männer zu Mullah Sarwar geschickt, um uns zu suchen? Könnten das die Männer gewesen sein, die zur *masjid* gekommen waren, sodass Fatima und ich in einer Höhle Zuflucht suchen mussten?

»Sami?« Fatima unterbricht meinen Gedankengang. »Es war nicht seine Stimme, die ich gehört habe, oder?«

Ich zögere, bevor ich antworte. Auch wenn er uns verraten hat, ist er immer noch mein Vetter, aber Fatima muss Bescheid wissen.

Ich kann es nicht vor ihr geheim halten. Sie muss es erfahren. Wir stecken gemeinsam in dieser Sache.

»Durch diese verfluchte *madrasa* hat sich vieles verändert, Fatima. Sie war nicht das, was wir erwartet hatten. Es war nicht die gleiche Art von Schule, die mein Vater besucht hat«, erkläre ich ihr.

Verwirrt starrt sie mich an. »Wie meinst du das? Ich dachte, du lernst dort mehr über den Koran und den Islam?«

»Das hat mein Vater auch gedacht, als er Rashid und mich dorthin schickte«, erwidere ich. »Aber das, was sie uns beibringen wollten, hatte nichts mit dem zu tun, was wir früher gelernt haben.« Ich nehme einen Stein und betrachte ihn, ehe ich ihn über den Boden zur Höhlenöffnung rollen lasse. Seit unserem Gespräch im Wald war mir klar, dass ich ihr irgendwann würde erzählen müssen, wie düster diese Schule war. »Am Anfang war alles neu und faszinierend. Obwohl es mich betrübte und ängstigte, von meiner Familie getrennt zu sein, dachte ich, es würde Spaß machen, mit Rashid und einem Haufen anderer Jungen zusammenzuleben. Wir würden im nahen Fluss baden, über die Felder laufen und wie Brüder miteinander leben. Und, was noch wichtiger war, ich würde mehr über den Islam lernen und nach Hause kommen und von allen respektiert werden. Sie würden mich Qari Saib nennen, weil ich einer der wenigen im Ort wäre, der das Heilige Buch rezitieren kann und die Bedeutung hinter den Worten kennt. Obwohl auch Rashid dort war, war ich arrogant genug, anzunehmen, dass ich besser sein würde als er, weil ich schon immer der Strebsamere von uns beiden war.« Ich schäme mich, das zuzugeben, fahre aber dennoch fort. »Die Leute würden zu mir kommen, damit ich ihnen helfe, ihre Probleme zu lösen. Sie würden zu uns nach Hause kommen. Und ich stellte mir vor, wie stolz meine Eltern sein würden, denn ich wusste, dass es auch ihr Traum war. Ich dachte, ich würde die Leute beeindrucken können. Auch dich.« Ich will sie ansehen, habe aber Angst vor ihrer Reaktion. »Um ehrlich zu sein, ist es mir peinlich, dass ich darauf reingefallen bin.«

»Dass du worauf reingefallen bist?«, fragt sie. Der einzige andere Mensch, dem ich die Wahrheit erzählt habe, ist Mullah Sarwar. Es fällt mir schwer, darüber zu reden. Immer wenn ich an diese Tage denke, habe ich das Gefühl, ein schlechter Mensch zu sein.

»Ich dachte, sie hätten recht«, sage ich schließlich. »Ich dachte, was sie mich lehren, sei der wahre Islam. Sie ließen alles und jeden, den ich kannte, so einfältig und dumm wirken. ›Wir haben recht – sie unrecht.‹ Das wurde uns eingetrichtert und so empfand ich es auch. Ich wurde dort einer Gehirnwäsche unterzogen. Sie lehrten mich mehr zu hassen als zu lieben. Die Angst vor Gott floss durch meine Adern. Aber gleichzeitig wurde meine Seele von teuflischer Arroganz erfasst.«

Ich nehme einen Erdklumpen in die Hand, den ich in kleine Brocken breche und zu Staub zerreibe, ehe ich weiterspreche.

»Ich glaubte ihnen. Ich betete jeden Tag und rezitierte den Heiligen Koran. Es war uns verboten, im Fluss zu baden; wir durften nicht in den Feldern spielen. Und man untersagte uns, mit irgendwelchen anderen Kindern im Ort zu sprechen, die keine Schüler der *madrasa* waren, weil sie uns mit ihrem teuflischen Verhalten und ihrem sündigen Tun in Versuchung führen würden. Ich befolgte alle ihre Regeln und wurde trotzdem ausgepeitscht, wenn ich bei einer Rezitation auch nur ein Wort falsch aussprach. Also strengte ich mich noch mehr an. Aber die Auspeitschungen gingen weiter.«

»Auspeitschungen?«, flüsterte Fatima.

Ich wende ihr den Rücken zu und ziehe mein *payron* hoch, sodass meine vernarbte Haut zum Vorschein kommt.

»Sami …«, haucht sie, während sie die Narben betrachtet, die ich manchmal stundenlang im Spiegel anstarre. Fleischwülste, die ich nachts unwillkürlich berühren muss; sie fühlen sich an wie geschwollene Schlangen, die sich über meinen Rücken winden – manche sind rot, die frischesten noch Wunden. Andere bereits weiße Linien, ältere Verletzungen, die meine ersten Tage in der Schule markieren. Narben, die geheilt sind, aber niemals verschwinden werden. Ich bin so angewidert von ihnen, dass ich mich davor fürchte, was Fatima jetzt denkt.

Ich höre das Knirschen ihrer Sandalen näher kommen und lasse mein *payron* wieder fallen. Als ich mich umdrehe, steht sie mit feuchten Augen neben mir.

»Es tut mir leid«, sage ich und wende den Kopf ab. »Ich hätte mein Hemd nicht hochziehen sollen. Das war respektlos. Bitte entschuldige.«

»Mir tut es leid, Sami«, sagt sie. »Ich hatte ja keine Ahnung. Was sie dir angetan haben, ist furchtbar.«

»Aber ich hatte es verdient. Und ich verdiene noch mehr«, sage ich und bin abermals wütend. Ich habe weder ihr Mitleid noch das von jemand anderem verdient.

»Wie kommst du darauf, dass du das verdient hast?« Sie zeigt auf meinen jetzt wieder bekleideten Körper. »Niemand hat so etwas verdient!«

»Ich sage es, weil ich noch Schlimmeres getan habe«, erkläre ich, während ich ein paar Schritte fortgehe. Ich kann kaum glauben, dass ich ihr von meiner verabscheuungswürdigsten Seite erzähle, aber verschweigen kann ich es auch nicht. Nicht mehr. Daher hole ich tief Luft und fahre fort. »Ein paar von uns sind jeden Morgen in den Ort gegangen, um Brot zu kaufen. Dort gab es einen Jungen namens Sardar. Er grüßte uns jedes Mal und versuchte, mit uns ins Gespräch zu kommen. Er muss in meinem Alter gewesen sein, vielleicht ein bisschen jünger. Sardar folgte uns und bat uns, mit ihm zu spielen, aber wir beachteten ihn gar nicht. Mir ist immer noch nicht klar, ob wir einfach nur folgsam waren oder ob wir Angst hatten, einer aus der Gruppe würde uns beim Schulleiter verpetzen. Wir wussten alle, welche Konsequenzen es haben würde, wenn wir mit ihm spielten, und das war es nicht wert. Aber er versuchte es jeden Morgen. Er hatte leuchtend rote Wangen, die ganz schmutzig und von der Sonne rissig waren. Und er hatte so ein freundliches Lächeln.« Ich muss selbst lächeln bei der Erinnerung, wische es aber schnell wieder fort.

Fatima sieht aus, als wolle sie einen Schritt auf mich zu machen, hält aber inne, und ich frage mich, ob sie bereut, mich geheiratet zu haben. Trotzdem rede ich weiter. Ich muss ihr alles erzählen.

»Manchmal brachte er ein Spielzeug mit, um uns zu locken. Ich weiß noch, wie versucht wir waren, an Tagen, an denen er seinen Fußball mitbrachte und ihn in unsere Richtung kickte. Irgendwann war ich es leid und schrie ihn an. Ich war furchtbar wütend, weil ich ihn für einen Versucher des Teufels hielt, der uns vom rechten Weg abbringen wollte, genau wie es die Lehrer gesagt hatten. Ich weiß noch, dass ich ihn anbrüllte: ›Lass uns in Ruhe! Wir werden niemals mit dir spielen. Wir sind Gottesschüler und spielen nicht mit dummen Dorfjungen!‹ Er wäre unsere Zeit nicht wert, habe ich zu ihm gesagt. Und das Schlimmste daran ist, dass ich tatsächlich glaubte, was ich da sagte. Die Worte erfüllten mich mit solchem Stolz.«

Ich lasse den Kopf hängen, damit Fatima mein Gesicht nicht sehen kann. Ich ertrage es nicht, ihr die Scham zu zeigen, von der ich weiß, dass man sie mir ansehen kann.

»Am nächsten Tag bekamen wir Sardar auf dem Weg zum Brotholen nicht zu Gesicht. Ich hatte ein schlechtes Gewissen, ignorierte es aber. Wir kauften Brot, brachten es zurück, frühstückten und begannen unseren Unterricht – wie an jedem anderen Tag. Als wir dann später zum Mittagessen gehen wollten, bemerkte ich eine Gruppe Jungen, die sich zusammendrängten und etwas beobachteten. Einige kicherten, andere schwiegen. Meine Neugierde wurde zu groß, also gesellte ich mich zu ihnen. Da sah ich ihn. Zwischen den Büschen, hinter denen sich die Jungen versteckten, durch das trockene Gestrüpp und das Bürofenster des Schulleiters sah ich Sardar. Er stand vornübergebeugt und weinte, die Hose um die Knöchel und der Direktor hinter ihm.«

»Was meinst du damit?«, fragt Fatima. Ich schaue auf und begegne ihrem Blick. Als sie die Hände vor den Mund schlägt und einen Schritt zurückweicht, weiß ich, dass sie verstanden hat.

»Später habe ich herausgefunden, dass Sardar in die

madrasa gekommen ist, um Mullah Rafi zu fragen, ob er mit uns zur Schule gehen darf«, erzähle ich, blind vor Tränen. »Ich bin schuld daran, dass er in die Schule gekommen ist, und ich bin schuld daran, dass er nicht mehr der Junge mit dem freundlichen Lächeln war, als er ging.«

Fatima kommt und setzt sich neben mich. Wortlos nimmt sie meine Hand. Ich drücke sie sanft, dankbar dafür, sie bei mir zu haben. Es tröstet mich, sie so dicht neben mir zu spüren. Ich lege ihre Hand an meine Wange. Als ich aufschaue, begegnen sich unsere Blicke. Mein Herz pocht und ich erstarre. Ihre rosafarbenen Lippen sind so vollkommen und ihre Augen so beruhigend. Ich atme tief ein. Ich habe das noch nie getan, obwohl ich schon oft davon geträumt habe. Aber jetzt ist sie meine Frau. Jetzt ist es in Ordnung. Langsam neige ich ihr das Gesicht zu. Als ich sehe, dass sie nicht zurückweicht, rücke ich noch näher, lege sanft die Lippen auf ihren Mund und schmecke ihre Süße. Schauer durchlaufen mich. Es ist noch schöner, als ich es mir vorgestellt habe. Ich will gar nicht aufhören, sie zu küssen, aber ich weiß, dass es sein muss, sonst würde ich die Kontrolle verlieren. Als ich mich langsam zurückziehe, höre ich Fatima schwer atmen. Empfindet sie das Gleiche wie ich?

»Ich liebe dich sehr«, sage ich zu ihr.

»Ich dich auch«, erwidert sie und wird ein wenig rot, während sich das schüchterne Lächeln in ihr Gesicht stiehlt, ohne das ich nicht mehr sein kann.

Ich lege die Arme um sie und ziehe sie an mich. Sie liegt an meine Brust geschmiegt und für eine Weile sitzen wir schweigend da.

Schließlich sieht Fatima zu mir auf und bricht die Stille. »Warum ist Rashid nicht mit dir fortgegangen?«

»Ich habe ihn gefragt, aber er hat sich geweigert«, antworte ich. »Die Schule hat ihn verändert. Er hat sich vom Stolz übermannen lassen. Er war nicht mehr der Rashid, mit dem wir aufgewachsen sind.«

Ich zögere kurz, ehe ich Fatima erzähle, dass ich vermute, Rashid sei mit Latifs Männern hinter uns her.

»So sehr hat er sich verändert, glaubst du?« Ich kann ihr nur stumm in die ängstlichen braunen Augen sehen. »Wenn sie uns finden, werden sie uns umbringen! Wie kann Rashid das nur tun? Wir waren doch Freunde. Warum verändern sich bloß alle? Warum sind sie alle so schrecklich?« Sie fängt wieder an zu schluchzen.

Ich halte sie fest an mich gedrückt, ehe ich aufstehe und zu den Vorräten hinübergehe, die Walid für uns dagelassen hat. Ich finde eine Schachtel mit Datteln, etwas Wasser und eine Decke. Das Wasser nehme ich unter den Arm, dann öffne ich die Schachtel mit den Datteln und bringe sie zu Fatima. »Hier, nimm dir ein paar.«

»Nein, danke. Ich habe keinen Hunger.« Schniefend versucht sie sich zu beruhigen.

Ich stelle die Flasche auf den Boden und setze mich wieder neben sie. Dann falte ich die Decke auseinander und breite sie über uns. Fatima hört auf zu weinen und schaut mich an.

»Du solltest etwas essen«, rate ich ihr. »Wir brauchen unsere Kraft.« Ich hole die größte Dattel aus der Schachtel und halte sie ihr an die Lippen. Fatima macht den Mund auf und beißt ein Stück ab. Ich tue das Gleiche und ziehe den Kern heraus, ehe ich ihr den Rest gebe. »Sehr gut. Schmeckt wunderbar, nicht?« Sie nickt. »Siehst du? Schon bist du eine gute Ehefrau, die auf ihren Ehemann hört«, necke ich sie mit einem kleinen Lachen. Fatima boxt mich sanft gegen die Schulter und lächelt. Da ist sie wieder. Meine verspielte, fröhliche Fatima.

Wir essen noch ein paar Datteln und trinken etwas Wasser. Doch die Früchte tragen nicht dazu bei, uns aufzuwärmen, in dieser kalten Nacht in der trostlosen Höhle, in der sich die eisige Luft zu fangen scheint. Was gäbe ich dafür, uns mit einem Glas heißen grünen Tee wärmen zu können. Ich wickle die Decke fester um uns und ziehe Fatima an mich. Sie legt den Kopf an meine Schulter, was meinen Puls erneut in die Höhe treibt, sodass mir im Nu warm wird. Kurz darauf hört auch Fatima auf zu zittern und schläft ein. Ich lege die Wange an ihren Kopf. Ich kann immer noch nicht glauben, dass ich jetzt hier bin, mit ihr als meiner Frau. Egal, was dort draußen ist, in diesem Moment fühlt es sich an, als wäre ich im Himmel.

Sechsundzwanzig

FATIMA

Die Morgensonne geht über den Bergen auf und schickt ihre Strahlen in die Höhle. Die blendende Helle dringt mir in die Augen und weckt mich auf. Mein Kopf liegt immer noch an Samis Brust, die sich fest und warm anfühlt. Als ich aufschaue, sehe ich, dass er noch schläft. Seine makellosen Lippen sind leicht geöffnet und sein Atem verwandelt sich in Nebelwölkchen, sobald er sich mit der kalten Höhlenluft vermischt. Ich höre sein Herz klopfen, schließe die Augen und nehme den gleichmäßigen Rhythmus in mich auf.

Dum-dum … dum-dum … dum-dum …

Es ist das schönste Geräusch, das ich je gehört habe. Ich kann gar nicht glauben, dass ich hier in Samis Armen liege, als seine Frau. Einen Moment lang erlaube ich mir zu vergessen, dass wir in einer Höhle sind, mitten im Nirgendwo und auf der Flucht. Die Ängste und Zweifel von gestern sind fürs Erste verschwunden, und ich danke Gott dafür, dass ich hier sein und dem Schlagen seines Herzens lauschen darf. Es tröstet mich zu wissen, dass Mullah Sarwar uns durch die Hand Gottes verheiratet hat. Ich bin ihm dankbar für die Bestätigung, dass unsere Gefühle nicht falsch sind, dass ich die

Erinnerung an den Kuss der letzten Nacht in Ehren halten darf. Mein Herz erbebt bei dem Gedanken an Samis Lippen auf meinem Mund. Es macht mich glücklich, überglücklich zu wissen, dass Sami und nicht Karim mein Ehemann ist.

»Bist du wach, Fatima?«, flüstert Sami.

Ich schaue zu ihm auf und merke, dass ich die ganze Zeit über gelächelt habe. Die Freude darüber, ihn bei mir zu haben, macht mich nicht länger verlegen. Also lächle ich weiter. »Ja, bin ich.« Sami strahlt zurück und zieht mich sanft an sich.

»Guten Morgen, *azizam*«, sagt er und küsst mich auf den Kopf. Schweigend sitzen wir noch ein wenig da und genießen den Augenblick.

»Hast du Hunger?«

»Ja«, antworte ich und spüre das hohle Gefühl im Magen. Ich hätte Nein gesagt, um noch ein wenig länger so dazusitzen, wenn ich nicht Angst hätte, mein Bauch könnte bald lautstarke Geräusche von sich geben und mich in Verlegenheit bringen.

Sami steht auf und wickelt die Decke fest um mich, ehe er zu Walids Vorräten hinübergeht und sich die Hände reibt, um warm zu bleiben. Er schlägt ein Tuch zurück und holt ein wenig Brot und zwei Orangen heraus.

Wir lassen uns Brot, Obst und einige Datteln schmecken. Die Temperatur in der Höhle ist immer noch frostig, wird mit der höher steigenden Sonne aber erträglicher.

»Sieht aus, als bräuchten wir mehr Wasser«, sagt Sami und dreht die leere Plastikflasche auf den Kopf. »Ich werde losgehen und welches suchen.«

»Nein, geh nicht. Das ist zu gefährlich. Was ist, wenn dich jemand sieht?« Der Gedanke, in dieser trostlosen Höhle allein zu bleiben, macht mir Angst.

»Ich bleibe nicht lange weg, versprochen«, sagt er. »Ich glaube, ich habe auf dem Herweg nicht weit von hier eine kleine Quelle gesehen. Außerdem muss ich uns ein paar Äste oder trockenes Gras beschaffen, das wir verbrennen können, falls wir noch eine Nacht hier verbringen müssen. Ich will nicht, dass du erfrierst. Schließlich wollen wir zusammen ein neues Leben anfangen.« Lächelnd streicht er mit seiner warmen Hand über mein Gesicht, das anfängt zu kribbeln.

»Aber ich dachte, Walid würde heute kommen und uns holen«, sage ich.

»Das wird er hoffentlich. Aber sicher sein können wir nicht. Wenn man sie beobachtet, werden sie noch warten«, erwidert Sami. Die Sorgen von gestern pirschen sich wieder heran. »Mach dir keine Gedanken. Wir kommen schon klar. Ich passe auf dich auf.« Samis Lächeln beruhigt mich. »Versuch dich noch ein wenig auszuruhen. Ich beeile mich.« Er nimmt meine Hand und küsst sie, ehe er mich mit seinem schiefen Lächeln noch einmal ansieht. Mein Herz klopft wie wild. Es ist unglaublich, dass er wirklich mein Ehemann ist. Als er den Höhleneingang erreicht, dreht er sich noch einmal um. *»Dostit darom«*, sagt er, ehe er losläuft.

»Ich liebe dich auch«, sage ich, obwohl ich weiß, dass er bereits fort ist. »Ich liebe dich auch!« Diesmal schreie ich es und kann einfach nicht aufhören zu grinsen.

Nach Samis zweiter Liebeserklärung kann ich nicht mehr einschlafen. Ich wusste, dass ich ihm etwas bedeute. Und tief drinnen wusste ich auch, dass er mich liebt. Aber jetzt, wo er es ausgesprochen hat, fühlt es sich so viel größer an. Ich muss so oft lächeln beim Gedanken an gestern Nacht und heute Morgen, dass mir allmählich das Gesicht wehtut. Doch das kümmert mich nicht. Nach all dem Schmerz der vergangenen Tage tut es gut, wieder Freude zu empfinden. Auch wenn ich meine Familie vermissen werde, weiß ich, dass ich Sami habe, und das entschädigt mich für alles.

Um mir die Zeit zu vertreiben, stehe ich auf und schüttle den Staub des Höhlenbodens aus der Decke, ehe ich sie zusammenfalte und zu der Kiste hinüberbringe, die Walid für uns dagelassen hat. Er hat so viel wie möglich hinten auf unser Fahrrad geschnallt, ehe er uns hierherbrachte. Für den Marsch hatten wir am frühen Abend mindestens zwei Stunden gebraucht; das einzige Licht, das uns den Weg erhellte, war der sternenübersäte Himmel.

Ich schaue in dem Tuch nach, das Sami vorhin aufgeschlagen hat, und entdecke noch mehr Brot und Früchte – Äpfel, Orangen und ein paar Bananen. Ich knote den bestickten weißen Stoff wieder zusammen, um das Essen vor Schmutz zu schützen. Dann öffne ich die Kiste und finde Streichhölzer, ein Messer und ein wenig Papier. Ich verstaue das Essen in der Plastikkiste und schließe den Deckel. Die Decke lege ich auf den Fahrradsitz.

Dann gehe ich zur Höhlenöffnung, um nachzusehen, ob Sami in der Nähe ist. Ich trete hinaus und schaue in die wunderschöne Gebirgslandschaft. Von hier aus sieht es aus, als würden die atemberaubenden Berge kein Ende nehmen, die Gott in den prächtigsten Farben angemalt hat. Manche sind hellbraun und von der Sonne ausgetrocknet. Andere grün vom Gras, das auf fruchtbarer schwarzer Erde gedeiht. Wieder andere sind rostrot wie die Federn eines Hahns. Der Anblick der steinigen Gipfel erinnert mich an einen Witz, den mein Vater uns so gern erzählt hat: »Als Gott die Erde schuf, verteilte er seine Steine sorgfältig auf die verschiedenen Länder. Jedes erhielt genau die richtige Menge. Und dann ließ er das, was übrig war, in Afghanistan fallen.« Ich musste immer lächeln, wenn mein Vater uns diesen Witz erzählte, aber jetzt wird mir das Herz schwer, weil er mich daran erinnert, wie sehr ich ihn vermisse. Die Traurigkeit, die mich überfällt, erschwert es mir, die Schönheit weiter zu genießen. Ich schaue mich noch einmal nach Sami um, kann ihn aber nirgends entdecken.

Dann kehre ich in die Höhle zurück und versuche, an etwas anderes zu denken, irgendetwas, das mich von meiner Familie ablenkt. Der Familie, der ich Schande gemacht und die ich zurückgelassen habe. Ich entdecke einen kleinen Stein und hebe ihn auf. Als ich damit über die Felswand fahre, sehe ich, dass er eine weiße Spur hinterlässt. Also beschließe ich, das Alphabet aufzuschreiben und meine Lektionen zu üben. Falls Sami und ich es nach Kabul schaffen, kann ich dort vielleicht wirklich zur Schule gehen.

Buchstabe für Buchstabe kratze ich mit dem Stein an die harte Wand:

آ ا ب پ ت ث ج چ

ح خ د ذ ر ز ژ س ش

ص ض ط ظ ع غ ف ق

ک گ ل م ن و ه ی.

Ich schaffe das komplette Alphabet und bin sehr zufrieden mit meinem Werk. Dann hole ich die Plastikkiste, lege die Decke obenauf und schaffe mir so einen gepolsterten Sitz. Ich beschließe, die Buchstaben wieder und wieder zu lesen und sie zu Worten zusammenzufügen.

Während ich die Worte vor mir hersage, höre ich knirschende Schritte, die sich der Höhle nähern. Sami ist wieder da! Um mir keine Blöße zu geben, lese ich weiter. Ich weiß, dass Sami nicht wie die Männer ist, von denen Zohra gesprochen hat; er ist froh, dass seine Frau lesen kann. Als er näher kommt, vervielfachen sich die Schritte. Ich erstarre. Das Geräusch stammt von mehr als einem Paar Füße. Jetzt kann ich auch Stimmen hören. Männerstimmen. Ich springe auf und suche nach meinem *chadari*. Endlich finde ich ihn hinter der Kiste und ziehe ihn hastig über, damit er meinen Körper verbirgt. Dann schnappe ich mir die Kiste und laufe zum hintersten Ende der Höhle. Ich setze mich dorthin, wo das Fahrrad an der Wand lehnt.

Warum sollte Sami Leute mitbringen? Geht es ihm gut?

Hat man ihn entdeckt? Könnte es Walid sein oder jemand anderes, den Mullah Sarwar geschickt hat? Mein Herz pocht vor Angst. Plötzlich fühlt sich diese abgelegene Höhle ebenso exponiert an wie die Häuser in unserem Dorf. Ich wühle in der Kiste, ziehe das Messer heraus und umklammere den kalten Stahlgriff mit der Faust.

Durch die kleinen Löcher in meinem blauen Überwurf sehe ich die Männer hereinkommen. Ihre Gesichter kann ich nicht erkennen, weil ihre Gestalten jetzt den Höhleneingang blockieren. Ich suche in der Gruppe nach Sami, kann aber nicht sehen, ob er bei ihnen ist. Stattdessen sehe ich Männer, die lange Gewehre bei sich tragen. Die Angst, die ich heute Morgen so einfach losgelassen habe, kommt zurückgeströmt und umschließt mich.

Wo ist Sami?

Werde ich hier allein und ohne ihn sterben?

Siebenundzwanzig

SAMIULLAH

Ich nehme den Daumennagel zu Hilfe, um die letzte Blume zu pflücken, und lege sie auf den Strauß, den ich auf dem Boden angehäuft habe. Die weißen und lilafarbenen Wildblumen, die über das ganze Tal verstreut sind, sehen aus wie ein Gemälde, aber sie reichen trotzdem nicht an Fatima heran. Zu wissen, dass sie jetzt meine Frau ist und ich sie für den Rest meines Lebens bei mir haben werde, macht mich glücklicher, als ich es je war. Ich hoffe, die Blumen sind schön genug, um sie zum Lächeln zu bringen.

Es ist das Mindeste, was ich tun kann, nachdem ich sie von ihrer Familie fortgerissen habe. Mein Lächeln schwindet, als ich daran denke, wie enttäuscht ich darüber bin, dass mein Vater sich nicht auf meine Seite gestellt hat. Ich hatte mehr von ihm erwartet. Wenn er mit uns einverstanden gewesen wäre, hätte er Mohammad Aka überreden können, ebenfalls einzuwilligen. Fatimas Vater ist ein guter Mann – Ich weiß, dass er eingelenkt hätte, wenn mein Vater es getan hätte.

Ich schüttle den Kopf. Das ist Vergangenheit. Es hat keinen Sinn, länger darüber nachzudenken.

Ich hebe die Blumen auf, füge sie zu dem zuvor gepflückten Büschel hinzu und atme tief ein. Der Duft ist betörend. Er riecht nach meiner Kindheit, danach, mit Fatima über die Felder zu rennen. Ich hoffe, dass sie es ebenso empfindet. Dann packe ich das trockene Unkraut dazu, das ich zusammengesucht habe, um es zu verbrennen, wenn es nachher zu kalt wird. Holz habe ich auf diesem steinigen Terrain nicht finden können, also muss das Unkraut reichen. Mit der freien Hand nehme ich die Flasche, die ich mit Wasser aus der Quelle gefüllt habe, und gehe los.

Als ich in das Tal komme, in dem unsere Höhle liegt, sehe ich unterhalb unseres Verstecks einen grünen Pick-up stehen. Panik ergreift mich. Ich laufe näher hin, kann aber niemanden entdecken. Auf den Seitentüren steht POLIZEI. Durch die staubigen Fensterscheiben sehe ich leere Ledersitze. Hinten auf der Ladefläche befinden sich weitere Sitzplätze. Ich schaue mich in alle Richtungen um, suche die Hügel und Bergflanken ab, um herauszufinden, wohin die Polizisten gegangen sind. Aber abgesehen von diesem Wagen ist das Tal so leer wie zu dem Zeitpunkt, als ich es verlassen habe. Ich kann mein Herz pochen hören, als ich zur Höhle hinaufschaue. Haben sie Fatima gefunden?

Ich laufe los, rutsche durch den Schotter, wirbele Dreck und Kieselsteine auf. Mit knapper Not vermeide ich einen Sturz, stoße mich mit den Händen ab und sprinte weiter. *Bitte, Gott, lass es ihr gut gehen! Bitte lass sie sie noch nicht entdeckt haben!* Fremde Männer, die eine Frau allein vorfinden, bedeuten hier nie etwas Gutes. Dass es sich um Polizisten handelt, spielt keine Rolle. Oft macht das alles nur noch schlimmer! In meinem Kopf überschlagen sich Geschichten über Polizisten, die in verschiedenen Teilen des Landes Frauen und Kinder vergewaltigt haben und ihre Autorität missbrauchen, um sich Gesetzen und Moral straflos zu entziehen. In meiner Zeit in der *madrasa* habe ich in der Zeitung davon gelesen. Und unsere Religionslehrer schärften uns ein, niemals der Regierung zu trauen. Das ist das Einzige, was ich dort gelernt und mitgenommen habe. Mir ist hundeelend und ich renne schneller, als ich es je in meinem Leben getan habe.

In vollem Lauf und völlig außer Atem erreiche ich den Höhleneingang. Es dauert einen Moment, bis meine Augen sich vom hellen Tageslicht draußen auf die Düsterkeit der Höhle umstellen.

»*As salamu aleikum*«, höre ich eine Männerstimme sagen. Sobald ich etwas erkennen kann, sehe ich zwei Männer an der Wand sitzen. Der gleichen Wand, an der Fatima und ich letzte Nacht geschlafen haben. Meine Augen huschen zur gegenüberliegenden Seite, wo ich Fatima entdecke, die den blauen *chadari* trägt. Ich laufe zu ihr.

»Geht es dir gut?«, frage ich sie. Fatima nickt, obwohl ich durch den blauen Stoff hindurch erkennen kann, dass sie zittert. »Es wird alles gut«, versichere ich ihr, auch wenn ich nicht weiß, ob das eine Lüge ist.

»*Wah wa!* Was für wunderschöne Blumen er dir mitgebracht hat«, sagt einer der Männer. Ich fahre zu ihm herum und sehe, dass der Mann zu seiner Rechten lacht und seine perversen Augen nicht von Fatima abwendet. »Du kannst dich glücklich schätzen.«

»Wer seid ihr?«, frage ich aufgebracht.

»Ist das nicht offensichtlich?«, erwidert der stämmige Polizist zur Linken, während er eine halb aufgegessene Dattel in die Schachtel zurücklegt. Er greift an seine grüne Kappe, die er kurz anhebt und dann wieder aufsetzt. »Wir sind von der Polizei. Aber die eigentliche Frage ist, wer seid *ihr*?« Er wirft sich die Dattel in den Mund, der hinter seinem Schnurrbart kaum zu sehen ist, und schleudert die Schachtel beiseite.

»Meine Frau und ich sind nur auf der Durchreise«, antworte ich schnell und werfe Fatima einen Blick zu. »Und ich schätze es gar nicht, dass wildfremde Männer in meiner Abwesenheit an unserem Rastplatz auftauchen.« Voller Abneigung wende ich ihm wieder die Augen zu.

»Beruhige dich, mein lieber Bruder. Wir sind nicht hier, um dich oder unsere Schwester zu belästigen«, sagt er und weist auf Fatima. Ich stelle mich so hin, dass ich Fatima vor ihren fremden Blicken abschirme. »Wir haben geduldig auf dich gewartet. Deine Frau hat nicht viel gesagt, aber sie hat uns wissen lassen, dass du zurückkommen würdest. Wir wollten dich nicht beleidigen.« Der Polizist fährt sich mit dem Handrücken über Mund und Nase. »Wir sind Polizisten und nicht deine Feinde. In einem Dorf in der Nähe ist ein Mord geschehen und wir haben die Gegend nach dem Mörder abgesucht. Ich bin sicher, dass ihr nichts damit zu tun habt, aber wir würden unsere Arbeit vernachlässigen, wenn wir euch nicht ein paar Fragen stellen, meinst du nicht?«

Ich nicke, auch wenn ich den Dünneren, der Fatima mit

Schlangenaugen unentwegt anglotzt, nicht aus den Augen lasse. Sie sind blutunterlaufen und trüb, wie bei den Männern in der Stadt, die von morgens bis abends Haschisch rauchen. Das Einzige, was ich darin erkennen kann, ist Perversität.

Der Polizist, der mit mir gesprochen hat, bemerkt meinen abweisenden Blick und wendet sich an seinen Kollegen, dem er gegen den Hinterkopf schlägt. »*Boro berun*, Fahim!«, schreit er und befiehlt dem verkommenen Kerl zu verschwinden. »Warte beim Wagen, bis wir fertig sind!«

Der davonstolpernde Polizist kann nicht mehr als ein paar Jahre älter sein als ich. Im Gehen fällt ihm die Kappe vom Kopf, unter der ungepflegte, fettige Haare zum Vorschein kommen.

»*Ahmaq!*«, schickt ihm sein Vorgesetzter einen Fluch hinterher, während dieser seine Kappe aufhebt und die Höhle verlässt. »Ich entschuldige mich für sein Verhalten.«

»*Taschakur*«, schaffe ich es, mich bei dem Polizisten mit dem struppigen Schnurrbart zu bedanken.

»Nichts zu danken. Es tut mir leid«, sagt er und wirkt aufrichtig verlegen. »Sie schicken mir diese nutzlosen Rekruten und ich versuche sie auszubilden, aber es ist schwer, Männer wie ihn zu schulen.« Er seufzt. »Ich bin Polizeikommandeur Ahmadi.«

»Ich bin Samiullah«, erwidere ich. »Können Sie bitte Ihre Fragen stellen und uns dann in Ruhe lassen?« Mir bleibt keine andere Wahl, als brüsk zu sein. Offensichtlich ist es diesen Männern egal, dass sie die Privatsphäre meiner Frau verletzen.

»Ja, ja«, sagt Kommandeur Ahmadi. »Wo wart ihr gestern?«

»Wir haben uns von unserem Dorf auf den Weg gemacht und hier übernachtet. Wir wollen bald weiterziehen«, erkläre ich.

»Dann seid ihr also nicht durch die Dörfer der Umgegend gekommen?«, fragt er und hebt eine struppige Augenbraue, die exakt zu seinem Schnurrbart passt.

»Doch, wir haben einige passiert, aber wir konnten sie nicht auseinanderhalten«, lüge ich. »Wer wurde ermordet?«

»Ein Mullah. Mullah Sarwar«, berichtet der Mann und das Herz schlägt mir bis zum Hals. Der Kommandeur fixiert mich, während ich mein Bestes tue, um seinem Blick standzuhalten.

»Was hat man dem Mullah angetan?«, frage ich und wende die Augen ab.

»Er wurde erschossen und dann aufgehängt.« Ich spüre, wie sich mir vor Übelkeit der Magen zusammenzieht. »Sie haben ihm einen Zettel in die Tasche gesteckt, auf dem *Verräter* steht.« Der Kommandeur schüttelt den Kopf.

Das müssen Latif und seine Männer gewesen sein. Männer, zu denen jetzt auch mein Vetter Rashid gehört. Sie haben den Mullah unseretwegen getötet … Ich kämpfe gegen die Galle an, die mir in die Kehle steigt.

»Es ist eine Schande. Der Mullah war ein guter Mann. Ich kannte ihn. Wie es aussieht, stecken Kriminelle dahinter. Wir glauben nicht, dass es die Taliban waren. Selbst die mochten Mullah Sarwar – größtenteils jedenfalls. Wir untersuchen das noch.«

Ich höre Fatima schniefen. Ein Geräusch, das auch dem Kommandeur nicht entgeht.

»Kanntet ihr ihn?« Er schaut erst Fatima an und dann mich.

»Nein, wir kommen aus einem weit entfernten Dorf«, lüge ich wieder und bitte Gott, mir zu vergeben. Wir können es uns nicht leisten, länger aufgehalten zu werden. Sie haben Mullah Sarwar gefunden und umgebracht, weil er uns geholfen hat. Wenn diese Bastarde *ihn* töten können, werden sie uns mit Sicherheit ebenfalls umbringen. Ich kann nicht zulassen, dass Fatima stirbt. Ich werde es nicht zulassen.

Wieder schnieft Fatima.

»Bist du sicher, dass ihr ihn nicht kanntet?«, fragt der Kommandeur, der zwischen uns hin und her schaut. Zum Glück verbirgt der blaue Schleier Fatimas Trauer. Zum ersten Mal hätte ich selbst gern einen *chadari*, um meine Trauer nicht verstecken zu müssen.

»Wir kannten ihn wirklich nicht«, versichere ich und schaue ihm in die Augen. »Es tut mir leid. Meine Frau ist ziemlich krank, wir müssen bald weiter, um ein anständiges Krankenhaus für sie zu finden. Sind Sie fertig?«

»Vergebt mir, ich wusste nicht, dass sie krank ist«, sagt er. »Sie hat kaum ein Wort gesagt, seit wir hier angekommen sind. Wohin wollt ihr?«

»Wir wollen in die Großstadt, um ein gutes Krankenhaus zu finden.« Ich stehe auf, in der Hoffnung, dass der Polizist mir folgen wird. Und er tut es.

»Wir können euch in die Provinzhauptstadt bringen, wenn ihr wollt«, sagt er und sieht uns beide an. »Wir vermuten, dass der Mörder die Gegend verlassen hat und sich in Dörfern versteckt, in die wir nicht hineinkönnen, weil sie vom Feind kontrolliert werden.« Verlegen senkt er den Kopf.

Es würde unsere Reise sehr beschleunigen, wenn wir mit ihm mitfahren würden. Ich hatte geplant, nach Kabul zu gehen, aber jede große Stadt wäre besser, als hierzubleiben. Ich glaube nicht, dass Walid uns bald holen wird, und wir können nicht riskieren, von den gleichen Kriminellen gefasst zu werden, die Mullah Sarwar umgebracht haben. Beim Gedanken an seinen Tod übermannt mich abermals der Schmerz. Erschossen und dann aufgehängt. Diese Menschen sind krank. Doch dann fällt mir der berauschte Polizist mit den merkwürdigen Augen wieder ein, der Kommandeur Ahmadi begleitet. Seine finsteren Blicke erleichtern mir die Entscheidung. Ich will ihn nicht in Fatimas Nähe haben.

»Wir kommen schon zurecht, vielen Dank«, sage ich schließlich.

»Gut, wenn ihr es so wollt. Aber seid vorsichtig da draußen.« Kommandeur Ahmadi zwinkert mir zu und legt dann die Hand aufs Herz. »Danke für die wunderbaren Datteln. *Khuda hafiz.*«

»Auf Wiedersehen«, sage ich, während ich ebenfalls die Hand aufs Herz lege. Ich begleite ihn zum Höhleneingang und schaue ihm nach, als er den Hügel hinabsteigt. Ich vergewissere mich, dass er weit genug weg ist, ehe ich zu Fatima zurückkehre.

»Alles in Ordnung?«, frage ich, als ich ihren *chadari* anhebe. Ich sehe ihr tränenüberströmtes Gesicht. Sie hält das

Messer aus Walids Plastikkiste umklammert. »Jetzt ist alles gut, Fatima.«

»Ich … ich … habe nichts gesagt … Mein Akzent … Sie hätten gemerkt, … dass ich eine Hazara bin und du Paschtune«, kann sie unter weiteren Tränen hervorstoßen. »Sie haben … Mullah Sarwar … umgebracht.« Die verweinten Augen, mit denen sie mich immer noch ängstlich anstarrt, sind so groß, wie ich sie noch nie gesehen habe. Ich löse ihre Finger vom Messer und lasse es zu Boden fallen. Dann ziehe ich sie an mich. Sie schlingt die Arme um meinen Rücken und presst mich an sich. Ich küsse sie auf den Kopf.

»Ich weiß. Es tut mir so leid«, sage ich, während mir eine Träne seitlich über das Gesicht läuft. Schuldgefühle übermannen mich. Auch wenn ich nicht derjenige war, der abgedrückt hat, bin ich dennoch Mullah Sarwars Mörder. Er ist meinetwegen gestorben und meinetwegen wird seine Familie leiden.

»Ich liebe dich«, flüstere ich und küsse Fatima wieder auf den Kopf im Versuch, sie zu trösten.

»Ich liebe dich auch«, sagt sie unter Schluchzen. Und so weh mir im Moment zumute ist, scheinen ihre Worte den Schmerz zu lindern.

Achtundzwanzig

RASHID

Wir essen Kebab in Latifs Villa, aber ich bringe kaum einen Bissen hinunter, ohne an die blutige Spur und das Chaos zu denken, das wir hinter uns zurückgelassen haben. Es widert mich an, doch das darf ich mir nicht anmerken lassen. Ich habe Angst, der Nächste zu sein, wenn ich es tue, oder meine Familie könnte – abermals – den Preis dafür bezahlen. Die Familie, die ich schon einmal verraten und verlassen habe, um hier bei diesen Heiden zu sein. Ich weiß nicht, wie Gott mir jemals vergeben soll. Ich bete darum, dass er ihnen nie vergibt.

»Hier.« Zaman reicht mir etwas Brot. »Du musst mehr essen, sonst merken sie, dass du schwach bist.«

»Ich bin nicht schwach«, erwidere ich, als ich mir das Brot schnappe.

»Für sie«, sagt er und hebt den Kopf, »bedeutet anders zu sein Schwäche. Du musst so tun, als hätte dir das alles nichts ausgemacht.«

»Er hat gestern Abend einen Mullah umgebracht, und jetzt sitzt er hier und lacht, als wäre nichts geschehen«, sage ich voller unterdrückter Wut. Als ich aufschaue, sehe ich Latif mit einem der Männer scherzen, der sich in der Aufmerksamkeit sonnt. Der Anblick befeuert meinen Zorn noch. Ich kann nicht einmal sagen, warum ich so wütend bin. Ich bin Mullah Sarwar nur einmal begegnet. Ich habe ihm selbst gedroht. Trotzdem hat mich der alte Mann davon überzeugt, dass ich von meinen Sünden losgesprochen werden kann. Dass mir vergeben werden kann, von meiner lebenden Familie, meiner toten Familie und, am allerwichtigsten, von Gott.

»Nein – er sitzt da und lacht, *weil* es geschehen ist. Er ist stolz darauf«, sagt Zaman und macht sich über das Brot her. »Es hat ihn noch mächtiger gemacht. Er hat einen Mullah umgebracht. Einen Mullah, der Ketzereien verbreitet hat, wie er behaupten wird.«

Latif fängt meinen Blick auf, kommt herüber und setzt sich uns gegenüber. »Wie schmeckt euch das Mittagessen?«

»Es ist köstlich«, sage ich mit einem aufgesetzten Lächeln.

»Saftig, das Fleisch«, fügt Zaman hinzu, ohne mit dem Kauen aufzuhören.

»Gut«, sagt Latif und schaut sich um. »Wir sollten heute im Haus bleiben und morgen wieder rausfahren. Ich habe einen Anruf erhalten, dass sie Polizisten in verschiedene Regionen der Provinz geschickt haben, um nach dem Mörder des Mullahs zu suchen. Aber hierher werden sie niemanden schicken – dafür haben sie viel zu viel Angst.« Er grunzt.

»Okay«, sage ich und nehme den nächsten Bissen, um ein weiteres Gespräch zu verhindern. Ich habe Angst, dass das, was ich von mir geben könnte, ihm nicht gefallen würde. Latif fängt an, mit seinen dreckigen Händen an meinem Kebab herumzuzupfen, bis er ein saftiges Stück Lammfleisch mit einer zarten Speckschicht findet. Er steckt es in den Mund und beginnt zu kauen wie eine Kuh. Als er mich anlächelt, entblößt er seine schiefen, kurkumafarbenen Zähne, zwischen denen ich Fleischreste erkennen kann.

»Kann nicht behaupten, dass ich zum ersten Mal an einem Tag ein Baby und einen alten Mann erledigt habe.« Sein Kichern lässt mich vor Wut erstarren. »Dem kleinen Mädchen den Hals umzudrehen, war nicht schwerer als bei einem Huhn.« Der kranke Hurensohn.

»Latif! Latif!« Einer der Männer kommt auf ihn zu. Es ist Fawad, ein verlotterter Kerl, dick wie ein Fass, den ich amüsant fände, wenn die Umstände nicht so grässlich wären.

»Was ist?« Latif verdreht die Augen, während er weiter meinen Kebab kaut.

»Mein Bruder hat mich angerufen.« Fawad ist ganz außer Atem, als er bei Latif ankommt. Er stützt sich mit der Hand auf dem Tisch ab, der auf seiner Seite nach unten kippt, während er auf unserer Seite in die Luft schnellt. Schnell drücken Zaman und ich die Platte nieder, damit der Tisch nicht umkippt.

»Pass doch auf, du breitärschiger Idiot!«, fährt Latif ihn an.

»Tut mir leid, Kommandant!« Immer noch schnaufend richtet Fawad sich auf. »Aber mein Bruder hat angerufen. Der Polizist. Sie waren den ganzen Tag auf Patrouille, und er meint, sie hätten den Jungen und das Mädchen gesehen.« Offensichtlich stolz auf die Neuigkeit, die er Latif gerade überbracht hat, hält Fawad inne und lächelt. »Er war mit dem Polizeichef unterwegs und hat ein junges Paar entdeckt, das sich in einer Höhle versteckt hält, nicht weit von dem Dorf, in dem wir gestern waren.«

Konnte das sein? Hatte er wirklich Sami und Fatima entdeckt? Aber warum waren sie noch in der Nähe? Warum waren die Idioten nicht weitergezogen? Sie hatten so viel Zeit. Jetzt wird Latif sie mit Sicherheit erwischen! Sami, du Trottel!

»Was?« Latif erhebt sich von seinem Stuhl. »Was hat er noch gesagt?«

»Fahim hat erzählt, es wären ein paschtunischer Junge mit hellen Kleidern und einer *pakol* und ein Mädchen mit einem *chadari*, die sich in einer Höhle versteckt hätten. Ihren Akzent konnte er nicht erkennen, weil sie kaum etwas gesagt hat. Sie hatten ein Fahrrad und ein paar Vorräte dabei«, fährt Fawad fort. »Dem Kommandeur haben sie eingeredet, sie wären ein verheiratetes Paar auf der Durchreise und würden ein Krankenhaus suchen. Und ihr werdet es nicht glauben …« Fawad lächelt. »Der Junge hatte Blumen in der Hand, als er in die Höhle kam.«

Latif lacht. »Hast du das gehört, Rashid? Dein Vetter ist ein Romantiker!« Er schaut mich an und ich ringe mir ein Lächeln ab. Als wir noch klein waren, hat Sami für Fatima und ihre Mutter immer Blumen gepflückt. Aber wie konnte er so dumm sein, jetzt Blumen zu pflücken, statt davonzulaufen. Vor uns davonzulaufen.

»Der Polizeichef hat ihnen von der Ermordung des Mullahs erzählt, aber sie haben behauptet, sie würden ihn nicht kennen«, erzählt Fawad, während seine gierigen Augen beim Anblick unseres Essens aufleuchten.

»Seht ihr!« Latif schlägt mit der Hand auf den Tisch und sieht uns an. »Wir hatten doch recht. Der alte Mann wusste, wo sie sind. Warum sollten sie sich sonst in einer Höhle in der Nähe *seines* Dorfes verstecken?«

»Ja, du hattest recht«, ist alles, was ich zustande bringe, während ich überlege, wie ich ihn davon abhalten kann, sie zu finden. So wütend ich auf meinen Vetter auch gewesen bin, gehen mir Mullah Sarwars Worte seit gestern Abend nicht mehr aus dem Kopf. Zum ersten Mal seit langer Zeit ergibt für mich alles einen Sinn:

Dein Zorn hat nichts mit Sami oder diesem armen Mädchen zu tun. Er ist Teil der Dunkelheit, die du in dir festhältst. Du musst diese Dunkelheit loslassen. Niemand außer dir selbst kann dein Herz heilen. … Wenn du es nicht tust, wird deine Qual mit jeder Sünde, die du begehst, nur schlimmer werden.

Ich will nicht noch mehr Sünden begehen, als ich bereits begangen habe. Als Kind hat mir mein Vater erklärt, meine Seele sei so sauber wie ein strahlend weißes Hemd. Aber schon ein kleiner Fleck auf diesem Hemd könne den ganzen Stoff ruinieren. Ich müsse mich bemühen, ein anständiger und gottesfürchtender Mann zu sein, damit das Hemd sauber bleibe. Jetzt habe ich das Gefühl, meine Seele mit Flecken beschmutzt zu haben, die vielleicht nie mehr herausgehen. Trotzdem muss ich es versuchen.

Was mein Vetter getan hat, war falsch, aber ich finde nicht, dass er dafür sterben sollte. Und was Fatima angeht, kann ich für das, was ich ihr angetan habe, keine Vergebung erwarten. Sie darf gar nicht erst erfahren, dass ihre kleine Schwester ermordet wurde. Ich habe mir einzureden versucht, dass es gerechtfertigt sei, aber ich kann mir nicht länger etwas vormachen. Seit gestern Abend kriechen die Schuldgefühle in mir hoch und nagen an meiner Seele. Gott muss schrecklich zornig auf mich sein, dass ich seinen Namen missbraucht habe, um einen Mord zu verbrämen – so wie diese Verbrecher es tun. *Bitte vergib mir, Gott.*

Ich muss Vergebung erlangen und werde den ersten Schritt tun, indem ich Sami und Fatima helfe. Mullah Sarwar hat gesagt, es sei möglich, aber ich müsste meine Ernsthaftigkeit beweisen. Jetzt bin ich bereit dazu.

»Ich gehe und finde sie«, erkläre ich Latif.

Er starrt mich an. »Wir gehen *alle*.«

»Aber ist das nicht riskant?« Ich schaue zuerst ihn und dann Fawad an. »Du hast selbst gesagt, in der Provinz wären zu viele Polizisten unterwegs, die nach Kriminellen suchen. Außerdem kann ich sie überreden, mit mir zu kommen. Sie wissen nicht, dass ich zu dir gehöre.«

Latif mustert mich voller Skepsis. »Warum sollte ich dir über den Weg trauen?«, fragt er. »Du hast gestern Abend nicht mal den alten Mann zum Reden gebracht. Du warst zu weich.«

»Ich habe aus meinen Fehlern gelernt. Du kannst mir vertrauen. Ich bringe sie dir«, beteuere ich. »Ich kann vorausfahren und dich anrufen, wenn die Straßen frei sind. Mir liegt an dieser Sache mehr als allen anderen hier!«

Latif lässt sich meinen Vorschlag durch den Kopf gehen. »Schön«, stimmt er dann zu. »Aber du gehst mit Fawad.« Bei der Erwähnung seines Namens lässt der pummelige Kerl den Kopf hängen.

»Er hält mich nur auf.« Meine Bemerkung scheint Fawad nicht einmal zu kränken. Er wirkt eher froh. »Was ist mit Zaman?«, schlage ich vor, ehe Latif sich etwas anderes ausdenken kann.

»Schön, aber ihr nehmt nur ein Motorrad«, erwidert Latif. »Und ihr haltet mich auf dem Laufenden!«

»Wann immer wir Verbindung haben, rufen wir an«, verspreche ich ihm erleichtert, während ich zu dem verdrossen dreinblickenden Zaman hinabschaue.

»Gib ihm deine Waffe«, fordert Latif Fawad auf, dem fast die Augen aus dem Kopf fallen. Aber er wagt es nicht, sich dem Befehl zu widersetzen; er nimmt sein Sturmfeuergewehr von der Schulter und reicht es mir. Ich lege mir den Gurt so um, dass ich das Gewehr auf dem Rücken trage.

»Gehen wir«, sage ich zu Zaman, der die Augen verdreht, ehe er, immer noch an seinem Kebab kauend, sein eigenes Gewehr schnappt.

Während Zaman und ich das Motorrad besteigen, ruft Latif uns nach: »Und legt sie ja nicht ohne mich um!« Sein drohendes Grinsen gewährt uns einen weiteren Blick auf seine faulen Zähne.

Wir kommen in ein Tal. Es ist das dritte, in dem wir es versuchen. Der dicke Fawad hat uns aus zweiter Hand beschrieben, wo sein *charsy* Bruder das Versteck des Paares entdeckt hat. Allerdings hat er uns auch gewarnt, dass die Beschreibungen seines Bruders nicht besonders zuverlässig seien, weil die Drogen ihm den Verstand vernebelten, aber das hier ist lächerlich! Was für eine nutzlose Verwandtschaft. Das Tal liegt etwas weiter von der unasphaltierten Straße entfernt, verläuft aber dennoch in die gleiche Richtung. Beim Einfahren fallen mir die Reifenspuren eines Transporters auf – vielleicht stammen sie vom Wagen der Polizisten. Ich tippe Zaman auf die Schulter und zeige auf eine Höhle zu unserer Linken.

Zaman hält an und ich springe in den Schotter.

»Du siehst nach und ich mache eine Zigarettenpause«, sagt Zaman, während er mit dem Fuß den Seitenständer ausklappt. »Ruf mich, wenn sie da drinnen sind.«

Ich steige den flachen Hügel hinauf und gelange zur Höhle. Sie ist dunkel und leer. Es ist die vierte Höhle, in der ich nachschaue. Als ich mich gerade wieder umdrehen will, bemerke ich Buchstaben an der Wand. Ich gehe tiefer hinein, um sie mir genauer anzusehen, und steige über ein Büschel Wildblumen, die auf dem Boden liegen. Das müssen die Blumen sein, die Sami Fatima mitgebracht hat. Sie waren hier! Ich laufe hinaus und schaue durch das Tal, sehe aber niemanden außer Zaman.

»Wieder leer?«, fragt dieser, lässt seine Zigarette fallen und drückt sie mit dem Absatz in den Boden.

Ohne auf ihn zu achten, laufe ich den Hügel entlang. Ich rutsche im Schotter aus, falle aber nicht hin. Ich suche nach weiteren Hinweisen und entdecke Fußabdrücke im Staub.

»Was machst du da, *laiwanai*?«, fragt Zaman. Ich kann es ihm nicht verübeln. Ich muss im Augenblick wirklich verrückt aussehen.

»Schnell, steig auf!«, rufe ich ihm im Laufen zu. »Fahr in

diese Richtung!« Ich zeige geradeaus. Zaman schnaubt und steigt auf das Motorrad. Ich schwinge mich hinter ihn und halte mich fest. »Beeil dich!«

Mit aufheulendem Motor preschen wir davon. Auf jeder Kuppe suche ich die Pässe nach Sami und Fatima ab, kann aber nicht das Geringste entdecken. Nicht einmal Vögel. Alles wirkt völlig verlassen.

Doch als wir zu unserer Rechten einen hoch aufragenden Berg passieren, fällt mir an seinem Fuß ein Durchlass auf. Er ist so eng, dass wir uns mit dem Motorrad nicht hindurchquetschen können. Wenn ich versuchen würde, mich zu verstecken, würde ich diesen Weg wählen.

Ich tippe Zaman auf die Schulter und weise hinter uns. Er wendet, wobei er sich so stark in die Kurve legt, dass ich fürchte, wir könnten umkippen, bevor er die Maschine wieder aufrichtet. Vor der Öffnung halten wir an. Ich springe ab, schaue hinein und beschließe hindurchzuklettern. Dicke Steinbrocken liegen auf dem Boden, was die Fortbewegung in Sandalen schwierig macht. Ich rutsche und schlittere bei jedem Schritt. Vor mir tut sich ein Ausschnitt auf, der aussieht wie eine von Bergwänden umgebene Freifläche. Ich arbeite mich zu der Lichtung vor.

Sobald ich einen Fuß daraufsetze, springt mich etwas an und wirft mich zu Boden. Aus Angst, totgebissen zu werden, setze ich mich zur Wehr und schlage um mich, als ich plötzlich merke, dass es kein wildes Tier ist, sondern Sami.

»Sami! Sami!«, rufe ich, doch er schlägt immer weiter auf mich ein. »Ich bin's, Rashid!« Als er meinen Namen hört, hält er inne.

»Rashid?«, fragt er, während wir daliegen.

»Ja, ich bin's.«

Sami hebt den Kopf. Ich folge seinem Blick und sehe sie ebenfalls; sie trägt einen *chadari*, der sie verhüllt. Als ich den Blick abwende, prügelt Sami erneut auf mich ein.

»Genug!«, rufe ich. »Hör auf! Ich bin nicht hier, um dir wehzutun. Ich schwöre es! Also zwing mich nicht dazu!« Sami stellt die Schläge widerstrebend ein, bleibt aber weiter wachsam. »Ich bin hier, um euch zu helfen.«

»Warum sollten wir dir glauben?«, fragt er, als er von mir ablässt und sich zwischen mich und Fatima stellt. Ich stehe ebenfalls auf und warte, bis er anfängt, sich den Staub aus den Kleidern zu klopfen, aus Angst, er könnte wieder auf mich losgehen, sobald ich den Blick senke. Ohne uns gegenseitig aus den Augen zu lassen, klopfen wir uns den Staub ab.

»Ich weiß, dass ich dir keinen Anlass gegeben habe, mir zu glauben, aber ich sage die Wahrheit«, erkläre ich. »Ich schwöre es beim Heiligen Koran!« Sami beäugt mich weiter misstrauisch. »Hört zu, wir haben nicht viel Zeit. Ihr braucht meine Hilfe. Wenn ihr sie nicht annehmt, sterbt ihr. Und ich kann euch nicht meinetwegen sterben lassen.«

Von dem schmalen Pfad dringen Geräusche herüber. Ich lege den Finger auf den Mund, um Sami vom Sprechen abzuhalten. Dann spähe ich hinaus und sehe Zaman, der sein Gewehr in der Hand hält.

»Kein Grund zur Sorge. Es ist alles in Ordnung«, rufe ich Zaman entgegen, der weiter auf mich zukommt. Ich weiß, dass der Zeitpunkt gekommen ist, um ihm meine wahren

Absichten zu enthüllen, und ich hoffe, dass er es verstehen wird. Langsam ziehe ich mein Gewehr vom Rücken. Ich spüre Samis Blick, schaue ihn an und blinzle ihm beruhigend zu. »Wirklich, es ist alles in Ordnung.« Das sage ich zu Zaman.

»Was waren das dann für Geräusche?«, fragt er im Näherkommen. Sobald er auf die Lichtung tritt, entdeckt er Sami und hebt das Gewehr. Fatima schreit auf, was Zaman erschreckt, sodass er sich umdreht und nun auf sie zielt.

»Nimm das Gewehr runter«, sage ich zu Zaman. »Sie sind unbewaffnet.«

»Nein! Wir haben sie gefunden. Gib es durch«, sagt er, das Gewehr jetzt auf Fatima und Sami gerichtet, der vor sie getreten ist, um sie mit seinem Körper abzuschirmen.

»Bitte, lass meine Frau leben. Sie hat nichts getan!«, schreit Sami. »Bitte! Wir haben nichts Unrechtes getan. Wir sind jetzt verheiratet. Wir hatten eine richtige *nikah*. Bitte tu ihr nichts!« Seine Augen füllen sich mit Tränen. Ich habe kein Wort verstanden von dem, was er gerade gesagt hat, weil ich zu sehr mit Zaman beschäftigt bin.

»Bitte Zaman.«

Ohne sein Gewehr zu bewegen, sieht er mich an. »Aber ich dachte, du willst, dass sie bestraft werden?« Er mustert mich. »Weißt du, was mit uns passiert, wenn wir Latif nicht anrufen? Ich kann wegen dieser Sache nicht die Sicherheit meiner Familie aufs Spiel setzen«, sagt er mit angstvoller Stimme.

»Ich weiß. Und es tut mir leid, dass ich dich in diese Lage gebracht habe. Aber wir können uns etwas einfallen lassen«, flehe ich, während ich so langsam und unauffällig wie möglich nach meiner Waffe greife. »Ich wollte, dass sie bestraft werden«, erkläre ich, ohne sie anzusehen. »Aber nicht so. Sie haben genug durchgemacht. Sie müssen nicht auch noch sterben.«

Zaman zieht sein Handy heraus und beginnt zu wählen. Ich habe keine Wahl. Blitzschnell packe ich mein Gewehr und richte es auf ihn. Doch er wählt einfach weiter. Als ich den Finger auf den Abzug lege, wird mir klar, dass ich dieses Gewehr noch nie benutzt habe – oder überhaupt eine Waffe. Aber jetzt muss ich es tun; ich darf nicht versagen.

»Nicht!«, schreie ich Zaman an, in der Hoffnung, dass er das Handy sinken lässt. Wenn er es tut, muss ich nicht abdrücken.

»Latif? As salam alaikum«, sagt er und funkelt mich an. Mein Finger zuckt, doch ich spüre, dass ich nicht das Zeug dazu habe. Ich kann ihm nicht das Leben nehmen. Ich falle auf die Knie, lege das Gewehr hin und überlasse mich meiner Niederlage. Den Blick zum blauen Himmel gerichtet, bitte ich Gott und die unschuldigen Seelen, die ich mit meinem Gift angesteckt habe, um Vergebung. Tränen strömen mir über das Gesicht wie Regen vom Himmel.

Ich schaffe es nicht, Zaman kaltblütig umzubringen, aber jetzt bin ich für drei weitere Leben verantwortlich: Samis, Fatimas und mein eigenes.

Neunundzwanzig

FATIMA

Durch meinen *chadari* packe ich Sami von hinten am Hemd und halte es umklammert. Ich weiß nicht, was ich sonst tun soll. Schon das Wissen, dass er da ist, tröstet mich ein wenig. Und ich weiß, dass er mich genug liebt, um mich zu beschützen. Ich will ihn bitten, mich zu töten, bevor Latifs Männer Hand an mich legen können. Aber vielleicht ist das zu viel verlangt. Ich könnte ihn auch nicht töten, selbst wenn er mich darum bäte. Ich werde es selbst tun müssen.

Ich halte den Stahlgriff des Messers gepackt und presse es fester an den Leib. Ich muss nur wissen, wohin ich stechen muss, damit ich am schnellsten verblute. Ins Herz vielleicht oder in den Bauch? Das, was als Nächstes kommt, will ich nicht erleben müssen. Der Tod ist ein besseres Ende, als von fremden Männern gefasst zu werden, die mich vergewaltigen werden, bis mein Körper zerschunden und verstümmelt ist. Ich habe Geschichten über Latifs Männer gehört. Sie kennen keine Gnade. Die Messerklinge ist scharf genug, um mir ins Fleisch zu dringen und meine Organe zu zerfetzen. Ich habe beschlossen, es mir ins Herz zu treiben. Es ist zwar klein, aber das wichtigste Organ.

»Nicht!«, schreit Rashid dem Mann zu, der das Telefon betätigt. Ich verstehe nicht, warum Rashid uns jetzt hilft, wo er es doch war, der uns Latifs Männer auf den Hals gehetzt hat.

»Latif? *As salamu alaikum*«, sagt der Mann ins Telefon. Rashid sinkt zu Boden.

Ich betrachte das schwarze Gewehr, das neben ihm liegt. Dieser Tod wäre sogar noch schneller. Ich frage mich, was geschähe, wenn ich versuchen würde, es mir zu schnappen.

»Ja, ja«, sagt der Mann zu Latif. »Nein, die Straßen sind nicht frei. Ihr solltet noch nicht kommen. Nein, wir haben sie noch nicht gefunden.« Die Worte des Mannes überraschen mich. Auch Sami scheint verwirrt zu sein und drängt sich enger an mich. »Ja, ja. Wir sagen euch Bescheid, wenn uns irgendwas auffällt. *Khudai paman.*« Die Augen immer noch auf Rashid gerichtet, beendet der Mann das Gespräch. Dann steckt er das Handy wieder in die Tasche und sagt: »Du solltest dir besser schnell einen Plan zurechtlegen!« Rashid sieht zuerst den Mann an und dann uns. Er scheint ebenso perplex zu sein wie wir.

»Danke! Vielen Dank, Zaman *worora*!«, sagt er mit Erleichterung in der Stimme. Dann kommt er zu uns. »Ihr müsst mir vertrauen. Wir haben keine Zeit. Die Provinzhauptstadt ist nur eine halbe Stunde entfernt, Fatima. Ich kann dich zuerst hinbringen und bei einer Anlaufstelle absetzen, wo man sich um Menschen kümmert. Der Mullah in der *madrasa* hat sehr schlecht von ihr gesprochen, weil seine Frau hingegangen ist und man ihr geholfen hat, sich von ihm scheiden zu lassen und aus Kabul wegzugehen.« Dann wendet er sich an

Sami. »Dann komme ich zurück und hole dich. Sie können euch beiden helfen, nach Kabul zu gelangen. Dort könnt ihr euch ein neues Leben aufbauen.« Rashids Blick wirkt fanatisch, aber nicht auf finstere Art. Ich traue ihm immer noch nicht, das bringe ich einfach nicht fertig. Er war mit Latifs Männern zusammen, den gleichen Männern, die Mullah Sarwar umgebracht haben. Die gleichen Männer, die auch uns umbringen wollen. Ich verkrieche mich noch weiter hinter Sami.

»Fahrt einfach zurück und sagt, ihr hättet uns nicht gefunden«, weist Sami ihn ab. »Wir suchen unseren eigenen Weg.«

»Ihr versteht das nicht«, sagt Rashid verzweifelt. »Latif hat seine Männer überall. Wir haben euch nur deshalb gefunden, weil uns ein Polizist verraten hat, wo ihr seid. Einer von denen, die euch heute entdeckt haben.« Kann das sein? Warum haben sie uns dann nicht einfach mitgenommen? Dann geht mir auf, dass der mit Haschisch vollgepumpte junge Mann der Spion gewesen sein muss. Wahrscheinlich hat sein Vorgesetzter keine Ahnung davon. »Aber jetzt kann ich euch rausbringen. Und in der Anlaufstelle wird man euch helfen, Latif und seinen Männern zu entkommen.«

»Gib uns eine Minute«, sagt Sami zu Rashid, der nickt und zu Zaman hinübergeht. Sami dreht sich um und sieht mich an. Selbst durch das blaue Stoffgitter kann ich die Sorge in seinen Augen erkennen. Er kann doch nicht ernsthaft daran denken, Rashids Plan zu folgen.

»Nein«, ist alles, was ich sagen kann.

»Aber es ist vielleicht unsere einzige Chance«, erwidert er, während seine besorgten Augen durch das Stoffgitter meinen Blick suchen.

»Und wenn es eine Falle ist?«, spreche ich aus, was wir beide denken. Seine grünen Augen sind dunkler, als ich sie je zuvor gesehen habe. Und die Haut, die sie umgibt, wirkt angespannt.

»Das glaube ich nicht«, sagt Sami. »Ich glaube, mein Vetter bereut, was er getan hat.«

»Aber ich will dich nicht verlassen«, sage ich, ehe ich in Tränen ausbreche und es mir die Kehle abschnürt.

»Ich weiß, aber es musst sein. Ich schwöre, dass ich kommen und dich holen werde«, sagt er. »Du vertraust mir doch, oder?« Ich nicke und unterdrücke ein Schluchzen. »Dann geh mit Rashid.«

»Nein.« Ich fange an zu zittern. »Nein!«

»Wenn du mich von ganzem Herzen liebst –«

»Das tue ich!«, falle ich ihm ins Wort.

»Dann geh«, erwidert er mit einem gezwungenen Lächeln. Er blinzelt heftig; ich weiß, dass er furchtbar nervös ist.

Auf dem Rücksitz von Rashids Motorrad fliege ich die Straße entlang. Immer wieder sehe ich das Lächeln vor mir, mit dem Sami mir zum Abschied zugewinkt hat. Ich bete, dass ich seine warmen weichen Lippen und seine sanften grünen Augen nicht zum letzten Mal gesehen habe. Ich kann nicht aufhören zu weinen und es ist mir egal, was Rashid von mir denkt. Ich hasse es, mich an einem anderen Mann festhalten zu müssen, auch wenn er mich in Sicherheit bringt.

Erst als ich Autos hupen und Motorräder vorbeisausen

höre, merke ich, dass wir die Stadt erreicht haben. Sie ist noch größer als das Dorf von Mullah Sarwar. Jeder Häuserblock, den wir passieren, scheint Hunderte weitere Menschen zu beherbergen. Als wir in eine Seitenstraße einbiegen, wird das Motorrad langsamer. Rashid stoppt vor einem großen Gebäude, das von hohen Betonmauern mit Drahtgeflecht obendrauf umgeben ist. Ein Wachmann am Tor hält uns auf.

»Was wollt ihr hier?«, fragt er.

»Das ist ein Notfall«, sagt Rashid. »Ich will meine Schwägerin hier abliefern. Sie ist in Gefahr. Aber ich muss mich beeilen und auch meinen Bruder holen.«

»Wartet hier«, sagt der Wachmann und geht zurück in sein Häuschen. Obwohl ich durch die kleinen Löcher meines *chadari* nicht viel erkennen kann, sehe ich, dass er telefoniert. Dann kommt er zurück und öffnet das Tor, um uns hineinzulassen. »Geht dort hinüber zur Sicherheitskontrolle.« Rashid fährt ein und hilft mir dann vom Motorrad.

»Der Container dort scheint für die Kontrolle der Frauen da zu sein«, sagt er. »Ich warte hier auf dich.«

Als ich mich umschaue, fühle ich mich verletzlich und allein. Das Gebäude vor mir ist größer als alles, was ich jemals gesehen habe. Es müssen Dutzende von Menschen darin sein, von denen ich niemanden kenne. Und diese Fremden sollen Sami und mir helfen? Warum sollten sie das tun? Ich fürchte mich vor dem, was als Nächstes kommt, und wünsche mir mehr denn je, Sami wäre hier. Ich hebe den Vorhang, der den Eingang des Containers verdeckt. Drinnen sehe ich eine Frau sitzen und Tee trinken. Radiogeräusche sind zu hören. Als ich hereinkomme, stellt sie ihr Teeglas ab.

»*Salam*, Schwester«, sagt sie. »Hast du eine Handtasche?« Ich schüttle den Kopf. »Gut, dann untersuche ich nur deinen Körper. Es tut mir leid, aber das ist meine Aufgabe.« Nachdem sie mit der Hand meinen ganzen Körper abgefahren hat – vom Kopf bis auf die Schultern, über und unter meine Brüste, über den Hintern, zwischen die Beine und hinab zu meinen Füßen –, verstehe ich ihre Entschuldigung. Die Prozedur ist so demütigend, dass mir dieser Ort noch mehr Furcht einflößt. Die Menschen in unseren Dörfern tun so etwas nicht. Ich verstehe nicht, wie eine Sicherheitsüberprüfung gestatten kann, dass eine fremde Frau den Körper eines Mädchens abtastet. Erst als die Frau abermals etwas zu mir sagt, merke ich, dass ich wieder angefangen habe zu weinen. »Es tut mir leid, *khwarak*, aber ich muss das tun. Ich bin dafür verantwortlich, das Gebäude vor Angreifern zu schützen. Und in letzter Zeit hat man *chadaris* dazu benutzt, um Waffen und Schmuggelgut an bestimmte Orte zu schaffen. Vor allem an Orte wie diesen. Du kommst bestimmt aus einem Dorf, *neh*?« Sie tätschelt mir den Rücken und führt mich hinaus. »Siehst du, jetzt sind wir fertig. Du bist hier in guten Händen.«

Draußen wartet Rashid auf mich. Seine Überprüfung muss im Freien stattgefunden haben, bei den Männern, die vor uns am Tisch sitzen. Ich bin dankbar, dass meine wenigstens unter vier Augen vorgenommen wurde. Wir steigen einige Stufen hinauf, wo Rashid vor der Eingangstür stehen bleibt.

»Fatima?«, sagt er. Ich drehe mich um und schaue ihn an. »Ich muss dich um Verzeihung bitten.« Ich starre ihn einfach nur an. Ich habe den ganzen Tag noch kein Wort mit ihm gesprochen und fühle mich ein bisschen schuldig, dass ich so abweisend zu ihm war. »Ich habe dir und Sami Unrecht getan. Und ich habe deiner Familie Leid zugefügt.« Seine Stimme klingt erstickt. »Es gibt etwas, das du wissen musst. Etwas Schlimmes.«

Es ist, als würde mir jemand ein Messer in den Bauch rammen. Der Ausdruck in seinen Augen sagt mir, dass das, was ich gleich hören werde, schrecklich ist. O Gott! Hat er Sami da draußen etwa zum Sterben zurückgelassen?

»Sami?«, flüstere ich.

»Nein. Sami wird nichts geschehen. Das verspreche ich dir«, sagt er und ich atme erleichtert auf. Er zögert einen Moment, ehe er weiterspricht. »Latif … Latif … hat deine kleine Schwester umgebracht«, platzt es aus ihm heraus. Er sagt noch mehr, doch es kommt nicht mehr bei mir an. Afifa? Afo ist tot? Das kann nicht sein. Das ist unmöglich.

»Lügner!«, schreie ich ihn an. »Du bist ein Lügner!« Ich schreie immer lauter und trommle mit den Fäusten gegen seine Brust. »Lügner! Lügner! Lügner!«, schreie ich immer wieder, während ich pausenlos auf ihn einschlage, in der Hoffnung, sein Herz zu treffen.

Er wehrt meine Schläge nicht ab.

»Es tut mir leid. Es tut mir so leid.« Seine Stimme bricht.

In diesem Moment begreife ich, dass er nicht lügt. Ich sinke auf den Zementboden. »Afo …«

»Bitte verzeih mir«, stammelt Rashid unter Tränen. »Ich

wollte das nicht. Ich wollte nicht, dass es so weit geht. Es tut mir so leid …«

»Afo …« Ich falle in einen von Erinnerungen erfüllten Trancezustand. Sehe mich meiner Mutter helfen, sie auf die Welt zu bringen. Ihr lächelndes kleines Gesicht. Ihren schaukelnden Gang. Wie sie mir immer in die Arme sprang, wenn ich von Zohra zurückkam. Die Armbänder an ihrem kleinen Handgelenk. Ihr feuerrotes Haar in meinen Fingern, die weichen Strähnen, die ich so gern gestreichelt habe, während sie mit dem Gesicht eines Engels einschlief. Sie ist tot.

Baba! Welches Leid er gerade ertragen muss. Jetzt hat er Ali und Afifa verloren. Und mich … Sein schlimmster Albtraum ist wahr geworden.

Afifas Tod ist auch das Ende all meiner Träume davon, jemals zurückzukehren. Sie zu bitten, mir zu verzeihen und meine Entscheidung zu akzeptieren. Es war meine Entscheidung, die das hier herbeigeführt hat. Meine Entscheidung hat den Tod meiner Schwester verschuldet.

»Was kann ich tun?«, fragt Rashid unter Tränen. »Bitte sag mir, was ich tun kann.«

Ich bringe es nicht über mich, ihn anzusehen. Er soll gehen. Ich will Sami sehen.

»Hol Sami«, ist alles, was ich herausbringe, ehe ich von Schluchzen überwältigt werde.

Dreißig

RASHID

Während ich durch die Berge zurückfege, sehe ich die Sonne tiefer sinken. Die orange Kugel ist eine tickende Uhr. Ich muss Sami holen, und zwar schnell. Bei dieser Geschwindigkeit macht das Motorrad jedes Mal einen Satz, wenn ich auf einen Stein treffe. Doch ich habe keine Angst mehr davor zu stürzen, denn jetzt habe ich den Bogen heraus und fühle mich sicherer. Vielleicht kann ich Sami schneller in die Stadt bringen als Fatima.

Aber zuerst muss ich ihn holen.

Ich habe Angst, Zaman könnte es sich anders überlegen und Latif anrufen oder Latif jemanden schicken, um uns nachzuspionieren. Ich kann nicht riskieren, dass er uns erwischt. Ich werde mich erst wieder wohlfühlen, wenn ich weiß, dass Sami in der Stadt ist.

Mit einer scharfen Wende fege ich ins Tal. Ich kann sie sehen. Sami und Zaman verstecken sich nicht mehr in dem Spalt. Ich bin fast da! Umklammere den Gashebel, so fest ich kann. Der Motor dröhnt. Als ich nahe genug heran bin, lasse ich das Gas los und steige voll auf die Bremse. Unter dem Gewicht der sich zur Seite neigenden Maschine schlittere ich über die staubige Schotterstraße. Ich komme zum Stehen und gehe mit der Maschine zu Boden.

»Bist du verrückt?«, höre ich Zaman schreien, als er zu mir herüberrennt.

»Mir geht's gut«, sage ich.

»Du bist mir egal! Mir geht es um mein Motorrad!« Während ich mich aufrappele und einen leichten Schmerz im linken Oberschenkel verspüre, inspiziert er die Maschine.

»Tut mir leid«, sage ich zu Zaman, ehe ich Sami ansehe. »Bist du bereit?«

»Geht es ihr gut?«, fragt er mit eingesunkenen Augen.

»Ja, ihr geht es gut. Aber wir müssen jetzt los.« Ich wende mich ab, um wieder aufzusteigen, doch Sami rührt sich nicht. »Was ist, wir müssen los?«, rufe ich.

»Latif hat angerufen«, sagt Zaman. Ich drehe mich um und sehe ihn an. »Sie müssen jeden Moment hier sein. Ihr könnt ihnen nicht davonfahren.«

»Was? Und ob wir das können!« Ich wende mich an Sami. »Komm schon! *Rasa!*«

»Ich will nicht, dass sie erfahren, wohin du sie gebracht hast«, sagt Sami. »Wenn sie uns erwischen, wissen sie, dass sie in der Stadt suchen müssen. Sie werden sie finden. Ich muss sie beschützen.«

»Wie kannst du sie beschützen, wenn du tot bist?« Es macht mich wütend, dass mein Vetter so schnell aufgibt. »Sie haben ihre Leute nicht in jedem Gebäude der Stadt. Ich habe Fatima an einen Ort gebracht, wo er nicht hinkann.«

»Sie haben vor zwanzig Minuten angerufen, Rashid. Sie müssten längst da sein«, sagt Zaman. »Wir könnten sagen, wir hätten ihn gefunden, aber nicht das Mädchen.« Beide sehen wir Sami an, der die Augen wie im Gebet geschlossen hat.

»Nein!«, brülle ich die beiden an. »Nein! Nein! Nein!«

»Ich lasse mich deswegen nicht umbringen!«, brüllt Zaman zurück. Aber diesmal ignoriere ich ihn.

»Schnell, Sami, zieh deine Kleider aus«, fordere ich meinen Vetter auf. »Zieh sie aus!«, schreie ich ihn an, während ich mir mein schwarzes Ober- und das Unterkleid vom Leib reiße. Endlich tut er, was ich sage, und schlüpft aus seinen beigefarbenen Sachen. Ich werfe ihm meine hinüber. »Wirf mir deine Kleider zu und gib mir deine Mütze.« Sami tut, wie ihm geheißen.

»Was macht ihr da?«, fragt Zaman, der ebenso erregt wie wütend klingt.

»Ich muss dich noch mal um einen Gefallen bitten«, sage ich zu ihm.

»Ich kann dir nicht mehr helfen«, erwidert Zaman und winkt mit den Händen ab, als er vor mir zurückweicht.

»Ich brauche dein Motorrad«, fahre ich fort. »Ich zahle es dir zurück, du hast mein Wort.« Zaman ist offensichtlich nicht überzeugt. »Hör zu! Nach all dem Blut, das wir vergossen haben, ist ein unschuldiges Leben zu retten die einzige Möglichkeit, von Gott Vergebung zu erlangen! Willst du nicht auch ein paar gute Taten auf deiner Liste haben, wenn der Tag des Gerichts kommt?« Meine Worte scheinen zu wirken, denn Zaman macht ein besorgtes Gesicht. Ich starre ihn unverwandt an und sehe, wie sein Blick zu Sami hinüberwandert.

»Schön! Nehmt es!«, schreit er. »Aber wie sollen wir das

erklären? Dass der Kerl uns beraubt hat?« Er weist auf Sami, der geschlagen und wie ein Häufchen Elend dasteht. Zum ersten Mal fällt mir auf, dass er abgenommen hat und schwächer wirkt als bei unserem Fortgang aus dem Dorf.

In diesem Moment höre ich ein fernes Brummen. Auch Zaman und Sami hören es. Ich laufe los und springe auf das Motorrad. »Steig auf!«, brülle ich, Sami sitzt hinter mir auf. Ich kann Zaman ansehen, dass er seine Entscheidung bereits bereut, doch er hält uns nicht auf. »Sag ihnen, wir hätten ihn gefunden, aber er wäre durch irgendwelche Felsspalten davongeklettert. Und wir hätten uns getrennt, um ihn zu suchen.« Das Brummen wird lauter. Das Geräusch vieler Motorräder, die auf dem Weg zu uns sind. »Als du wieder rausgekommen bist«, fahre ich fort, während ich die Maschine anlasse, »konntest du mich nicht mehr finden und das Motorrad war weg.« Ich warte Zamans Antwort gar nicht erst ab, ehe wir davonschießen.

»Kannst du mich hören?«, schreie ich Sami zu, in dem Versuch, das Dröhnen des Motors zu übertönen.

»Ja!«, schreit er zurück.

»Wenn ich stehen bleibe, springe ich ab. Du musst allein in die Stadt weiterfahren. Schaffst du das?«

»Warum? Kommst du nicht mit? Sie werden dich umbringen«, schreit Sami.

»Mach dir keine Sorgen um mich. Denk an Fatima.« Ich glaube selbst nicht, was ich da gerade sage. »Sie ist im Menschenrechtsbüro in der Nähe der Blauen Moschee. Wenn du in die Stadt kommst, frag einfach nach dem Weg, sie werden dir sagen, wie du hinkommst.«

»Aber was ist mir dir? Was wirst du tun?«, fragt Sami zurück.

»Mach dir um mich keine Sorgen. Ich habe einen Plan«, antworte ich. »Schaffst du es dorthin?«

»Ja«, sagt Sami.

Wir verstummen.

In Wirklichkeit habe ich keinen Plan. Ich weiß nur, dass ich sie ablenken und Sami einen Vorsprung verschaffen muss.

Latif hat Männer ins Tal geschickt, aber er wird auch welche zur Hauptstraße beordern. So Gott will, werden sie mich sehen, bevor sie Sami entdecken, was ihm mehr Zeit gibt. Vielleicht stillt es ihren Blutdurst, wenn sie wenigstens einen von uns erwischen. Ich bete, dass es so kommt.

Als wir weit genug gefahren sind, halte ich an. Ich springe vom Motorrad und Sami rutscht nach vorn. »Du musst jetzt los! Fahr einfach weiter und schau nicht zurück!«

»Bist du sicher? Kommst du auch wirklich klar?«, will er wissen. Er hat sich schon immer schnell Sorgen gemacht. Etwas, das ich ihm als Schwäche ausgelegt habe, doch jetzt wird mir klar, dass es ihn stärker gemacht hat als mich.

»Mir passiert nichts. Fahr einfach! Fatima wartet auf dich.« Ich klopfe ihm auf die Schulter, doch er zieht mich an sich. Ich erwidere seine Umarmung und lasse ihn dann los. »Los jetzt!«

Ich sehe der Staubwolke nach, die hinter ihm kleiner und kleiner wird. Als er verschwunden ist, kann ich endlich ruhiger atmen. Dann setze ich mich in die gleiche Richtung in Bewegung. Jeder, der aus den Tälern kommt, muss zuerst an mir vorbei.

Minuten vergehen, ehe ich das Brummen anderer Motorräder höre. Ich rolle den Rand von Samiullahs *pakol* herunter und gehe schneller. Um meine Nerven zu beruhigen, rezitiere ich Gebete, die gleichen, die Mullah Sarwar gesprochen hat, ehe Latif ihn erschoss. Als die Männer näher kommen, geht das Brummen in ein Dröhnen über. Einige schießen in die Luft, damit ich mich umdrehe und ihnen das Gesicht zuwende. Doch das tue ich nicht. Ich laufe einfach weiter. Als sie mich überholen, werfe ich mich mit dem Gesicht nach unten auf den Boden. Ich schmecke den salzigen Staub. Die Motorräder kreisen mich ein, dann höre ich die Männer absteigen.

»Du!«, brüllt mich jemand an.

»Das ist er. Das muss unser Turteltäubchen sein«, sagt ein anderer. »Aber wo ist die Hure?«

»Steh auf!«, befiehlt der Brüller. Aber ich bewege mich nicht. Je länger ich unten bleibe, desto mehr Zeit gewinnt Samiullah. »Du sollst aufstehen, habe ich gesagt!« Ein heftiger Schlag trifft meine Seite. Dann noch einer und noch einer. So geht es weiter, bis er so fest zutritt, dass ich auf den Rücken rolle.

»Rashid?« Ich öffne die Augen und sehe, dass es Azizullah ist. »Was tust du hier? Bist du verrückt geworden?« Ich verziehe den Mund zu einem Grinsen und lache los. Kann mit dem Gackern gar nicht mehr aufhören. Vielleicht bin ich verrückt geworden. Doch das kümmert mich nicht mehr. »Hast du deinen Vetter und das Mädchen gefunden?«

Ich antworte ihm mit weiterem Gelächter.

»Er muss diese *kafirs* laufen gelassen haben!«, höre ich

eine andere Stimme rufen. »Er hat andere Kleider an. Seht nur!«

»Stimmt das?«, fragt mich Azizullah, doch ich höre nicht auf zu lachen. »Du elender Bastard!« Zwischen den Befehlen, die er den anderen Männern erteilt, tritt er weiter auf mich ein. »Ihr drei steigt auf die Motorräder und fahrt weiter in Richtung Stadt – seht zu, ob ihr sie dort findet. Ich kümmere mich um den Hund hier!«

Azizullah stellt die Tritte gerade lange genug ein, um sein Gewehr zu packen. Und ich habe in der Pause Gelegenheit, die wilden Schmerzen zu spüren, die er mir zugefügt hat. Ehe ich mich versehe, stößt er mir den Gewehrkolben auf die Brust, direkt über der Lunge. Der Stoß raubt mir den Atem und ich spucke Blut. Dann dreht er das Gewehr um und setzt mir die Mündung mitten auf die Stirn. Doch ich habe keine Angst.

»Wohin gehen sie?«, will Azizullah wissen, während er mir das Metall fester gegen den Schädel drückt.

»Komm her«, flüstere ich.

»Was?«, ruft er.

»Komm hier runter«, gurgele ich, mit dem Mund voller Blut.

Azizullah sieht seine Männer an und dann wieder zu mir, ehe er sich hinkniet. »Sag schon, du *khar quss*«, flucht er. »Wo sind sie?«

»Näher«, murmele ich. Ich lasse ihn so nahe wie möglich herankommen, ehe ich ihm mit aller Kraft, die ich aufbringen kann, eine Mischung aus Blut und Rotze in die hässliche Fratze spucke.

»Du Sohn einer –« Er springt auf und drückt ab.

Ich spüre den Druck, mit dem die Kugel in meine Brust fährt, doch ich empfinde keinen Schmerz. Vor meinen Augen wird es trüb, aber das spielt keine Rolle, weil ich nicht mehr die Kraft habe, die Augenlider offen zu halten.

Ich höre die Stimmen meiner Eltern, leise und angenehm.

Ich höre meine Mutter, die mich Gebete lehrt. Spüre, wie sie mir sanft über das Haar streicht. Ich höre meinen Vater, der mir erklärt, wie man ein richtiger Mann wird. Wie ich meine Mutter, meine Schwester, meine Familie beschützen kann. Und dann höre ich das Lachen meiner kleinen Schwester. Perlend und wunderschön. Das alles höre ich … und ich weiß, dass ich unbesorgt ein letztes Mal einatmen kann.

Einunddreißig

FATIMA

Ich habe meinen *chadari* nicht ausgezogen, seit ich angekommen bin, trotzdem schützt mich nicht einmal die Verhüllung vor gaffenden Blicken. Es sind nur drei weitere Personen, die in diesem Raum mit mir warten, der sich dennoch zu voll anfühlt. Zwei von ihnen sind Frauen, die beide keinen *chadari* tragen, sondern lediglich ein Kopftuch, das ihre Haare bedeckt und um Schultern und Brust geschlungen ist. Die dritte Person ist ein alter Mann mit weißem Bart und Turban. Er starrt uns an, vor allem aber die beiden anderen Frauen. Ehrlich gesagt, kann ich selbst nicht aufhören, sie anzustarren. Ihre Gesichter sind kalkweiß, nur auf Wangen und Lippen ist ein wenig Karminrot aufgetragen. Ich habe versucht, sie nicht anzustarren, weil mir dabei jedes Mal schlechte Gedanken durch den Kopf gehen und ich mich frage, welche Art Frauen sie wohl sein mögen. Dabei weiß ich, dass es falsch ist, über sie zu urteilen – ich kenne sie nicht einmal. Es ist nicht fair. Genau vor dieser Denkweise bin ich geflüchtet.

Aber ich brauche die Ablenkung.

Das Problem ist, dass sich, sobald ich die Augen abwende

und zu Boden blicke, mein Hirn mit quälenden Gedanken füllt. Ein kalter Schauer läuft mir über den Rücken, als ich an den Tod meiner Schwester denke. Mein Baby, meine Afifa, meine Afo. Mich hätten sie umbringen sollen, nicht sie. Nicht das kleine Mädchen, das beim Anblick meiner Verbrennungen weinen musste. Das Baby, das Freude in unser Leben brachte, als wir dachten, Alis Tod habe alles Glück aufgezehrt.

Wenn ich nicht an Afifa denke, denke ich an Sami. Niemand hat mir gesagt, dass ich ihn lieben soll – sie haben mir davon abgeraten. Aber ich konnte es nicht ändern. Es ist einfach passiert. Ich liebe ihn schon mein Leben lang. Und ich weiß, dass ich es auch für den Rest meines Lebens tun werde. Egal, wie lang oder kurz es sein wird. Doch je länger ich so bedrückt auf diesem kaputten Holzstuhl hocke, desto schlimmer werden meine Gedanken.

Schließlich kommt eine Frau mit einem roten Kopftuch aus einem Raum und ruft die beiden Frauen auf, die mir gegenübersitzen. Sie folgen ihr, ziehen die Tür hinter sich zu und überlassen mich den Augen des alten Mannes. Er macht zwar keinen bedrohlichen Eindruck, aber ich fühle mich dennoch unwohl.

Ein junger Mann im Anzug kommt heraus und bietet uns beiden Tee an. Ich wende den Kopf ab und antworte nicht. Ich habe Angst, dass sie schlecht von mir denken werden, wenn ich mit ihm rede. Der alte Mann lehnt den angebotenen Tee mit einem Zungenschnalzen ab.

»Na gut«, sagt der Mann und geht wieder.

Nach einiger Zeit öffnet sich die Tür und die beiden Frauen gehen flüsternd davon.

»Entschuldigen Sie«, sagt die Frau mit dem roten Kopftuch zu mir. »Bitte kommen Sie in mein Büro.« Aber ich habe zu viel Angst, um ihr zu folgen. Ich will nicht allein sein. Wo ist Sami? »Bitte, tritt ein, Schwester.«

Langsam und mit gesenktem Kopf stehe ich auf. Sie macht die Tür hinter mir zu und bedeutet mir, Platz zu nehmen. »Zieh den *chadari* ruhig aus, wenn es dir lieber ist.« Ist es nicht. Also schüttle ich den Kopf. »Ich heiße Mahnaz. Und du?« Ich kriege kein Wort heraus vor dieser neuen Unbekannten. Bis vor kurzer Zeit war ich ausschließlich von Menschen umgeben, die ich kannte und die mich ebenfalls kannten. Jetzt ist jeder, dem ich begegne, ein Fremder.

»Bei mir musst du nicht nervös sein.« Sie hat gut reden. Aber so einfach ist das nicht. Ich wurde aus meiner alten Welt gestoßen und jetzt soll ich einfach so dieser neuen vertrauen?

»Egal, welches Problem du hast, wir werden versuchen, dir zu helfen«, fährt sie trotz meines Schweigens fort. »Ich kann sehen, dass es sehr schwer für dich war, hierherzukommen. Du bist sehr mutig.«

Plötzlich kann ich die Tränen nicht länger zurückhalten. Mahnaz steht auf und fängt an, mir über den Rücken zu streichen.

»Ist schon gut. Weine, so viel du willst. Lass alles raus.« Sie zieht ein paar Papiertücher aus einer Schachtel und hält sie mir hin.

Ich strecke kurz eine zitternde Hand aus dem *chadari*, um sie entgegenzunehmen, und ziehe sie schnell wieder zurück.

»Meinst du, du kannst jetzt reden?«, fragt Mahnaz, als ich mir Augen und Nase abwische. »Ich kann dir nicht helfen, wenn du mir nichts erzählst. Lass deinen *chadari* ruhig an. Dann werde ich erst wissen, wer du bist, wenn du bereit bist es mir zu sagen. Erzähle mir einfach, warum du hier bist.«

Ihre Stimme ist sanft und beruhigend, ich kann durch meinen Schleier die Besorgnis in ihren Augen sehen. Ich weiß, dass ich reden muss, denn zurück in diese überfüllten, furchterregenden Straßen kann ich nicht. Ich bin auf die Hilfe dieser Fremden angewiesen. Also erzähle ich Mahnaz alles. Je mehr ich rede, desto leichter fällt es mir. Dutzende Taschentücher später beende ich meine Geschichte.

Ich kann selbst kaum glauben, dass ich ihr die Geschichte in allen Einzelheiten geschildert habe. Es bekümmert mich, dass ich ihr gerade jede Menge Gründe geliefert habe, mich hinauszuwerfen: Ich habe meine Familie hintergangen, den Tod meiner Schwester verursacht und mich zur Hure gemacht, die für einen Jungen von zu Hause weggelaufen ist. Ich suche nach Schrecken und Abscheu in Mahnaz' Augen. Doch da ist nichts. Nichts von dem, was ich gerade erzählt habe, scheint sie aus der Fassung zu bringen. Sie sieht einfach … mitleidig aus.

»Es tut mir leid, dass du das alles durchmachen musstest«, sagt sie behutsam. »Sehr, sehr leid. Und wie ich schon sagte, sind wir hier, um dir zu helfen. Egal, ob du nach einer Möglichkeit suchst, dich mit deiner Familie zu versöhnen oder um mit deinem Ehemann zusammenzuleben. Wir werden tun, was wir können, um dich zu unterstützen.«

»Ich kann nie wieder zu meiner Familie zurück«, sage ich. »Nicht nach Afos …« Ich bringe die Worte nicht noch einmal über die Lippen. »Ich kann nie wieder zurück.«

»Ich verstehe«, sagt Mahnaz und ich glaube ihr.

Sie will gerade fortfahren, als ihr kleines schwarzes Telefon klingelt. In meiner Familie hatten wir nie ein Mobiltelefon. Mein *baba* meinte, es sei nicht nötig, weil wir alle, die wir kennen, in wenigen Minuten zu Fuß erreichen können. Jetzt wünschte ich, wir hätten eines, einfach nur, damit ich ihn anrufen und seine Stimme hören könnte, auch wenn ich ihm nicht sagen würde, dass ich es bin.

»Entschuldige«, sagt Mahnaz, als sie auf eine Taste drückt.

»Ja. Hm, hm! Ja, bitte. Vielen Dank.« Sie beendet das Gespräch und schaut mich an. »Da ist jemand, der dich sehen will.«

Einen Moment lang jagen mir ihre Worte kalte Schauer über den Rücken, doch ihr Lächeln beruhigt mich. Ich höre die Tür aufgehen und drehe mich um. Durch den blauen Stoff sehe ich ihn. Er sieht erschöpft und schmutzig aus. Aber seine Smaragdaugen funkeln wie eh und je. Ich vergrabe das Gesicht in den Händen, kann die Tränen nicht zurückhalten. Doch zum ersten Mal seit Tagen sind es keine Tränen der Verzweiflung – sondern der Freude.

»Fatima?«, sagt er. »Weine nicht, Fatima. Es wird alles gut. Das verspreche ich dir.« Er kommt auf mich zu und zieht mich an sich. Ich strecke die Arme aus dem Stoff und dränge mich an ihn, so fest ich kann. In diesem Augenblick will ich mit ihm zu einem geheimen Himmel auffliegen, den Atem anhalten und loslaufen, ohne die Füße zu bewegen, einzig geleitet von unseren Herzen.

Und ich weiß, dass es so kommen wird.

Anmerkung der Autorin

In seiner jüngeren Geschichte ist Afghanistan ein Land, das sich seit 1979 im Krieg befindet. Es begann mit der Invasion der Sowjetunion, dann folgte ein barbarischer Bürgerkrieg, die Herrschaft der Taliban und zuletzt die von den Vereinigten Staaten angeführte Invasion im Jahr 2001.

Das Land ist eine komplizierte Mischung aus unterschiedlichen Ethnien, Ideologien und Kulturen. Mangelndes Verständnis und Wissen innerhalb einzelner Gruppierungen, aber auch von Außenstehenden tragen dazu bei, das Land weiter ins Chaos zu treiben. Eine stabile Einheit kann nur durch Zeit und Bildung erreicht werden.

Die komplexen Unterschiede zwischen den einzelnen Gruppierungen machen es schwer, zu definieren, was einen Afghanen ausmacht. Aus dem gleichen Grund ist es auch schwer, die Menschen nach einheitlichen Gesetzen zu regieren. Jede Gruppierung hat ihre eigenen Gesetze, die von Generation zu Generation weitergegeben werden. Im überwiegenden Teil des Landes haben Tradition, Kultur und Familie das Sagen, nicht die Regierung – und selbst in einer so religiösen Gesellschaft triumphiert die Kultur häufig über die Religion. Viele bezeichnen das Land außerhalb der Hauptstadt Kabul als »Wilden Westen«, weil es schwer zu regieren ist und in erster Linie von politischen Familien oder kriminellen Banden beherrscht wird. Dort spielt dieses Buch.

In den meisten afghanischen Kulturen wird das Schicksal eines Menschen von anderen festgelegt. Für Frauen gilt das in besonderem Maße. Diktiert von ihrer Familie und ihrer Gemeinde, wird ihr Schicksal besiegelt, noch ehe sie geboren werden. Sie selbst haben dabei kaum etwas mitzureden. Und nur wenige stellen diese Norm infrage. Wer seine Stimme erhebt, wird verteufelt, ausgeschlossen oder sogar umgebracht.

Nach meiner Erfahrung wünscht sich die Mehrheit der afghanischen Menschen Normalität und Frieden; sie haben den Krieg und die Kämpfe satt. Sie wollen ihr Leben in Ruhe verbringen, so wie es ihre Vorfahren vor ihnen auch getan haben. Sie wollen keinen Krieg – aber sie wollen sich auch nicht vorschreiben lassen, wie sie sich verändern sollen. Dabei ist Veränderung unumgänglich. Ich fürchte, dass die fortgesetzte Globalisierung in dieser traditionell konservativen Gesellschaft noch zu vielen weiteren kulturellen Zusammenstößen führen wird. Je weiter sich Fernsehen, Radio, Zeitschriften und Internet ausbreiten, desto mehr Menschen werden mit neuen Ideen und Lebensmodellen Bekanntschaft machen und – wie Samiullah und Fatima – vielleicht nicht länger zufrieden sein mit den Regeln, die ihre Familien und Gemeinden seit Generationen befolgen.

Obwohl sich die Afghanen nach Ruhe und Frieden sehnen, ist die Zukunft Afghanistans heute ebenso unsicher wie in den vergangenen drei Jahrzehnten.

Die Liebe kommt aus der Unendlichkeit
und bleibt in alle Ewigkeit.
Wer Liebe sucht,
entkommt dem Kreislauf aus Geburt und Tod.
Morgen, wenn wir auferstehen,
wird ein Herz ohne Liebe
die Prüfung nicht bestehen.*

Dschelaluddin Rumi

* Die Übertragung dieses Gedichts aus dem englischen Original stammt von der Übersetzerin Bettina Münch. Eine Einheitsübersetzung aus dem Persischen konnte nicht ausfindig gemacht werden.

Glossar

Da die lat. Schreibung der persischen Ausdrücke im Original der engl. Aussprache entspricht, wurden die meisten Begriffe im Internet nachgeschlagen und dort, wo man fündig wurde, die Schreibung vorsichtig angepasst.

In diesen Fällen wurde ee > i; sh > sch; y > i.

Aaka:	Onkel (Paschtu)
Abdur Rahman Khan:	Amir Abdul Rahman Khan, bekannt als »Eiserner Emir«, regierte von 1880 bis 1901. Der paschtunische Herrscher wurde verehrt und gehasst. Manche Afghanen sind der Ansicht, er habe das Land nach dem zweiten Anglo-Afghanischen Krieg gestärkt. Andere meinen, er sei grausam gewesen und habe viele Afghanen umgebracht.
Aday:	Mutter (Paschtu)
Afghanis:	Die afghanische Währung
Agha:	Herr (Dari und Paschtu)
Ahmaq:	Dumm bzw. Narr (Dari und Paschtu)
Allah tobah:	Gott möge es verzeihen – ein tadelnder Ausdruck, quasi die Aufforderung, sich vor Gott reumütig zu zeigen (Dari und Paschtu).
As-salamu alaikum:	Friede sei mit dir!, Grußformel

Aush:	Afghanische Nudeln
Azizam:	Mein Liebes (Dari)
Baas:	Genug (Dari und Paschtu)
Baba:	Vater (Dari)
Bachi:	Junge (Paschtu)
Bia:	Komm her (Dari)
Bibi:	Großmutter
Bitay:	Gib mir (Dari)
Boro berun:	Scher dich raus (Dari)
Chadari:	Dt. Tschador, ein großer, den ganzen Körper bedeckender Schleier, der von Frauen getragen wird. In der westlichen Welt auch als *Burka* bekannt (Dari und Paschtu)
Chai:	Tee (Dari und Paschtu)
Chai sabz:	Grüner Tee (Dari)
Charsi:	Jemand, der Haschisch raucht (Dari und Paschtu)
Dari:	Bezeichnung für die neupersische Sprache in Afghanistan. Neben Paschtu die zweite offizielle Amtssprache
Dewana:	Verrückt (Dari)
Dewanagak:	Auf verspielte Art und Weise verrückt (Dari)
Dilta rasa:	Komm her (Paschtu)
Distarkhan	Matte, Esstuch – ähnlich wie ein Tischtuch, nur dass es auf den Boden gelegt wird (Dari und Paschtu)
Dochtar:	Mädchen (Dari)
Dostit darom:	Ich liebe dich (Dari)
Dschingis Khan:	Ein mächtiger mongolischer Anführer, der im dreizehnten und vierzehnten Jahrhundert durch Eroberungen eines der größten Reiche der Weltgeschichte gründete. Manche verehren ihn als Helden, andere betrachten ihn als rücksichtslosen Mörder. Seine zahllosen Nach-

	fahren sind über die ganze Welt verstreut. Auch von den Hazara wird allgemein angenommen, dass sie mongolischer Abstammung seien, allerdings ist diese These umstritten.
Gak:	Kosewort, das normalerweise bei jüngeren Menschen in der Bedeutung von »klein« verwendet wird
Ghagaiga:	Sprich (Paschtu)
Gul:	Blume (Dari und Paschtu)
Hazara:	Eine Volksgruppe, die vor allem in Afghanistan, aber auch in den Nachbarländern Pakistan und Iran lebt. Die Hazara sind die drittgrößte ethnische Gruppe in Afghanistan.
Inschallah:	So Gott will (Dari und Paschtu)
Jan/Jana:	Liebe/r, nachgestelltes Kosewort (Dari und Paschtu)
Janem:	Liebes (Dari)
Jhazih:	Mitgift, Aussteuer
Jinn:	Dt. Dschinn; Geisterwesen, die nach islamischem Glauben neben den Menschen und den Engeln zu den drei vernunftbegabten Wesen gehören, die Gott erschaffen hat.
Kafir:	Ungläubiger (Dari und Paschtu)
Kaka:	Onkel (Dari und Paschtu)
Kalon:	Groß (Dari)
Karachi:	Schubkarren (Dari und Paschtu)
Kena:	Nimm Platz (Paschtu)
Khajur:	Frittierte afghanische Plätzchen (Dari und Paschtu)
Khak da saret:	Wörtl. »Sand auf dein Haupt«, ein Fluch, mit dem man jemandem den Tod wünscht
Khala:	Tante (Dari und Paschtu)
Khan:	Ein Anführer; in diesem Fall ein Stammesoberhaupt (Dari und Paschtu)

Khar:	Esel (Schimpfwort)
Khar quss:	Herabwürdigendes Schimpfwort (Dari und Paschtu)
Khastegari:	Eine Art Brautschau, bei der die Familie eines jungen Mannes die Familie einer jungen Frau aufsucht, um offiziell um ihre Hand anzuhalten (Dari und Paschtu)
Kho/kha:	Okay, gut (Dari und Paschtu)
Khuda/Khudaya:	Gott (Dari und Paschtu)
Khuda hafiz:	Auf Wiedersehen, wörtl. »Möge Gott dich beschützen« (Dari)
Khudai paman:	Mach's gut (Paschtu)
Khwarak:	Kosewort für Schwester (Dari)
König Amanullah:	Afghanischer König von 1919 bis 1929, bekannt für seinen Versuch, das Land zu modernisieren. Er wurde zur Abdankung gezwungen und musste aus Afghanistan fliehen.
Kor mo wadan:	»Möge dein Haus immer sicher sein« – eine Dankesformel (Paschtu)
Kuchi:	Eine paschtunische Gruppierung, die als Nomaden durch Afghanistan und Pakistan zieht
Kunak:	Kleiner Hintern (Dari)
Laiwanai:	Verrückter (Paschtu)
Lala:	Zärtlicher Ausdruck für großer Bruder (Paschtu)
Larsa:	Geh (Paschtu)
Lungi:	Ein langes Stück Stoff, das zu einem Turban gewickelt wird (Dari und Paschtu)
Madar:	Mutter (Dari)
Madrasa:	Islamische Religionsschule (Dari und Paschtu)
Mahr:	Brautgabe; ein Geschenk, das der Mann verpflichtet ist, seiner Frau nach der Eheschließung zu übergeben, und über das nur sie allein verfügen darf (Dari und Paschtu)

Maian wogora:	Sieh dir den Fisch an (Paschtu)
Maimon khana:	Gästehaus (Dari und Paschtu)
Maindai:	Mütter (Paschtu)
Manana:	Danke (Paschtu)
Masjid:	Eine islamische Andachtsstätte oder Moschee (Dari und Paschtu)
Mullah:	Ehrentitel eines islamischen Rechts- und Religionsgelehrten
Naan:	Essen oder Brot (Dari und Paschtu)
Neh:	Nicht/nein (Dari)
Nikah:	Islamische Hochzeit (Dari und Paschtu)
Nikah khat:	Ehevertrag (Dari und Paschtu)
Pakhto ghagaigai:	Sprichst du Paschtu? (Paschtu)
Pakol:	Eine afghanische Mütze mit aufgerolltem Rand
Paschtu:	Eine der in Afghanistan gesprochenen Sprachen. Sie ist neben Dari die offizielle Amtssprache des Landes und wird hauptsächlich von Paschtunen gesprochen.
Paschtunen:	Eine Ethnie, die hauptsächlich in Afghanistan und Pakistan lebt. In Afghanistan sind Paschtunen die größte ethnische Gruppe.
Payron:	Ein langes, weites Hemd bzw. Kleid, das in einigen Ländern Zentral- und Südasiens getragen wird, darunter Afghanistan und Pakistan; wird oft zusammen mit einer passenden Hose (*tambon*) getragen (Dari)
Peghlo:	Mädchen (Paschtu)
Qari:	Jemand, der aus dem Koran vorliest; häufig auch jemand, der das Heilige Buch nach bestimmten Regeln auswendig gelernt hat (Dari und Paschtu)
Qu'ran:	Koran, das Heilige Buch des Islams
Qurut:	Getrockneter und hart gewordener Joghurt

Qussi:	Abfällige Beschimpfung
Quza und chilemchi:	Eine Wasserkanne und eine Schüssel, um sich vor dem Essen die Hände zu waschen (Paschtu)
Rafeda:	Ein kleines Kissen, mit dem Brot in den Ofen geschoben wird
Rafedara bitai:	Gib mir das Kissen (Dari und Paschtu)
Rasa:	Komm rein/Mach schon (Paschtu)
Rawra:	Bring (Paschtu)
Saib:	Herr (Dari und Paschtu)
Salam/Salamona:	Hallo (Dari und Paschtu)
Shadi gak:	Kleines Äffchen (Dari)
Shaw bakhair:	Gute Nacht (Dari)
Sheen:	Grün (Paschtu)
Sheen chai rawra:	Bring uns grünen Tee (Paschtu)
Singaye/singa yasti:	Wie geht es dir/euch? (Paschtu)
Sufis:	Muslime, die eine mystische Form des Islams praktizieren
Taliban:	Wörtl. »Studenten« – eine extrem islamistische politische Bewegung in Afghanistan und Pakistan. Von Mitte der 1990er-Jahre bis zu ihrem Sturz infolge der US-geführten Invasion im Herbst 2001 kontrollierten sie weite Teile Afghanistans.
Tambon:	Hosen – in diesem Fall lange, weite Hosen, die in einigen Ländern Zentral- und Südasiens getragen werden, darunter Afghanistan und Pakistan. Oft trägt man sie zusammen mit einem passenden Kleid/Hemd, dem *payron*. (Dari)
Tandour:	Eine Art runder Backofen, der meist in den Boden eingelassen ist (Dari und Paschtu)
Taschakur:	Danke (Dari und Paschtu)
Tobah:	Buße tun

Toschak:	Matratze (Dari und Paschtu)
Tufan:	Sturm (Dari und Paschtu)
Tut:	Maulbeeren (Dari und Paschtu)
Wa alaikum as-salam:	Erwiderung auf die Grußformel *»As-salamu alaikum«*
Worora:	Bruder (Paschtu)
Za:	Geh (Paschtu)
Ziyarat:	Schrein
Zoy/zoya:	Sohn (Paschtu)

Danksagung

Dieses Buch wäre nicht entstanden ohne die wunderbare Unterstützung der Philomel und Penguin Familie, die mir von Anfang an das Gefühl gab, schon immer dazugehört zu haben. Ein besonderes Dankeschön geht an Jill Santopolo. Ihre Anleitung und Erfahrung waren mir ebenso wertvoll wie ihre Freundschaft, Aufrichtigkeit und Freundlichkeit. Ich kann gar nicht in Worte fassen, wie dankbar ich Dir bin, Michael Green, und dem ganzen Team von Philomel und Penguin. Viele von Euch haben hart und voller Herzensgüte an diesem Buch gearbeitet. Keinesfalls vergessen darf ich Nick Schifrin, der die E-Mail verschickte, die alles in Gang gesetzt hat, *besyar taschakur* und *dera manana*, lieber Freund.

Außerdem möchte ich mich bei meiner Familie für die Liebe, Unterstützung und Geduld bedanken, die sie mir entgegenbrachte, als ich mich auf das Abenteuer einließ, in meiner arbeitsfreien Zeit einen Roman zu schreiben – kaum noch Zeit mit ihnen verbrachte und dafür umso mehr mit meinem Computer und meiner Fantasie. Sie haben nie aufgehört, an mich zu glauben. Allen voran gilt mein Dank meinem Ehemann, Conor Powell: Du bist mein Ein und Alles.

Danke, dass du diese Reise mit mir unternommen hast und mich bei allem, was ich und was wir tun, motivierst. Meiner Mutter, Mahnaz Abawi, deren Gebete und Liebe mich mein Leben lang geleitet haben. Meinem Vater, Wahid Abawi, der mein Fels in der Brandung war und mir mit seiner Stärke und Güte gezeigt hat, was einen echten Afghanen ausmacht. Meinem Bruder Tawab Abawi und seiner Frau Kelli, für ihre Ermutigung und Liebe. Und den Powells und Phelans für ihre unermüdliche Unterstützung. Gott hat mich mit vielem gesegnet, aber der größte Segen sind meine Lieben.

Außerdem möchte ich die Gelegenheit nutzen, mich bei meinen Brüder und Schwestern in Afghanistan zu bedanken, die mich als eine der ihren aufgenommen und mir in all den Jahren, die ich dort verbrachte, wahre afghanische Gastfreundschaft zuteilwerden ließen. Sie sind eine Inspiration. Jeder Mensch in Afghanistan bewahrt in seinem Herzen einen Schatz an Geschichten auf, von denen die meisten unerzählt bleiben werden. Ich hoffe, dass die Welt eines Tages die hinter dem Krieg und der Zerstörung verborgene Schönheit und die Wunder erkennen wird, die diese tragische Historie in sich birgt. Mein ganz besonderer Dank gilt Qari Saib Fazal Ahad für seine Nachforschungen, den Shinwaris für ihre Hilfe und Mandy Clark für ihren Input. Und allen anderen, die mein Leben berührt und mir Kenntnis über ein Land vermittelt haben, das nur dank der Geduld und der harten Arbeit der guten Menschen, die es bevölkern – afghanischer wie anderer Nationalität –, weiter überlebt.

Außerdem möchte ich mich mit *teşekkür ederim* bei Starbucks in Istanbuls Istiklal Straße bedanken, wo man mir gestattete, stundenlang zu schreiben und zu tippen, während ich an meinem Kaffee nippte. Dank geht auch an die Regionalbibliothek von Chantilly, die mir das Gleiche ermöglichte – ohne den Kaffee.